86
—不存在的戰區—

Change the way to live.
To advance.

[作者]
安里アサト

[插畫]
しらび

[機械設計] I-IV

EIGHTY SIX Ep.6

—旭日不昇，是為永夜—

ASATO ASATO PRESENTS

The number is the land
which isn't
admitted in the country.
And they're also boys and
girls from the land.

Kadokawa Fantastic Novels

THE BASIC DRONES

〔「軍團」的基本戰力〕

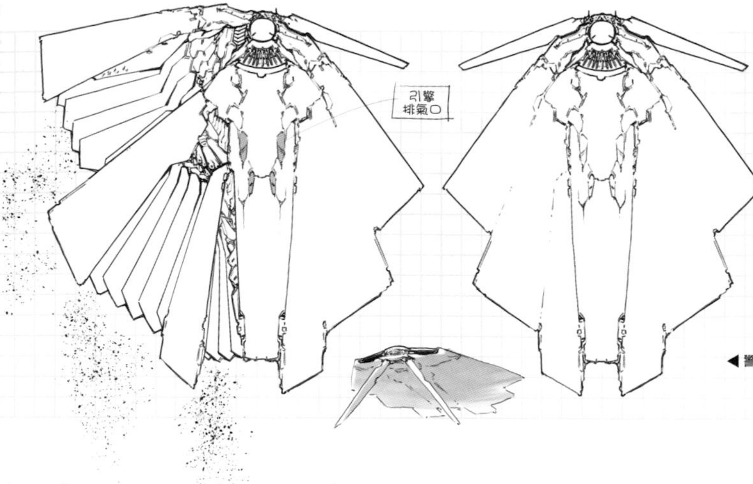

◀警戒管制型

〔Rabe〕

警戒管制型

[SPEC]

〔全寬〕約122m
〔重量〕不明

〔Eintagsfliege〕

阻電擾亂型

[SPEC]

〔全長〕約10cm
〔重量〕約2g

■警戒管制型（Rabe）

航空超大型「軍團」，是阻電擾亂型的母艦機體。除了輔助進行電磁干擾，也能活用飛行高度進行敵境偵察。

■阻電擾亂型（Eintagsfliege）

體型最小，但是在戰爭此一範疇當中卻是最凶惡的「軍團」。其翅膀能發出強力電磁波，對通訊進行電磁干擾。它在聯合王國厚重覆蓋高空，讓太陽光照射不到地表，帶來急速的寒化效應。

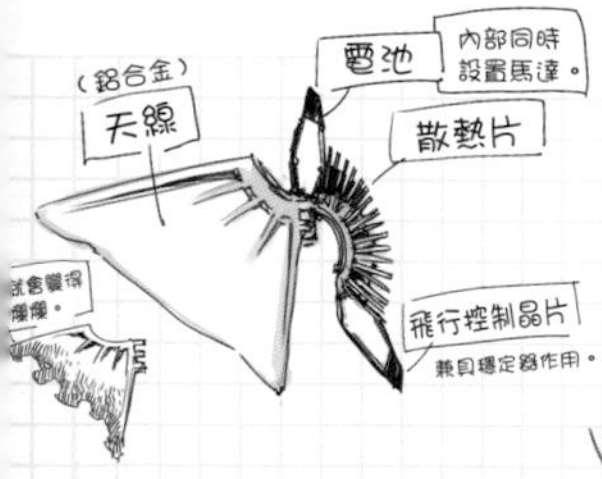

阻電擾亂型▶

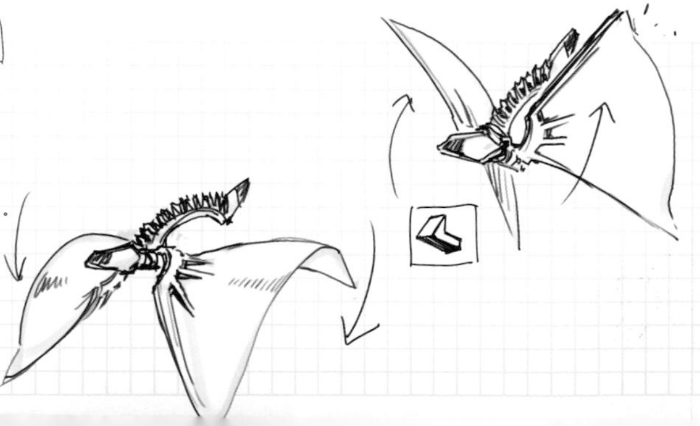

EIGHTY SIX Ep.6
The number is the
which isn't
admitted in the
And they're also
girls from the

[NAME]

「軍團」戰力一覽表

LEGION:LIST

01 Ameise 斥候型

名稱取自「螞蟻」。基本任務為戰車型或長距離砲兵型的支援與攻擊目標指示，或是以機槍裝備掃蕩步兵戰力。是最常見的一種軍團。

02 Grau wolf 近距獵兵型

名稱取自「狼」。雖然裝甲較薄但機動力高，除了使用近戰用刀刃進行格鬥戰，也可運用背部背負的發射器進行火力支援。

03 反人員特殊兵器 自走地雷

藉由「抱住」人類或人類軍裝甲兵器進行自爆的「軍團」。行動單純，但也因此而成為最棘手的敵人。大小與人類相差無幾，用反人員步槍即可擊毀。

04 Löwe 戰車型

名稱取自「獅子」，是「軍團」的主力。正如其百獸之王的名稱，面對其裝備於上方的120mm砲，人類軍的機體將與紙屑無異。

Illustration：I-IV

[SYNOPSIS]

以下為目

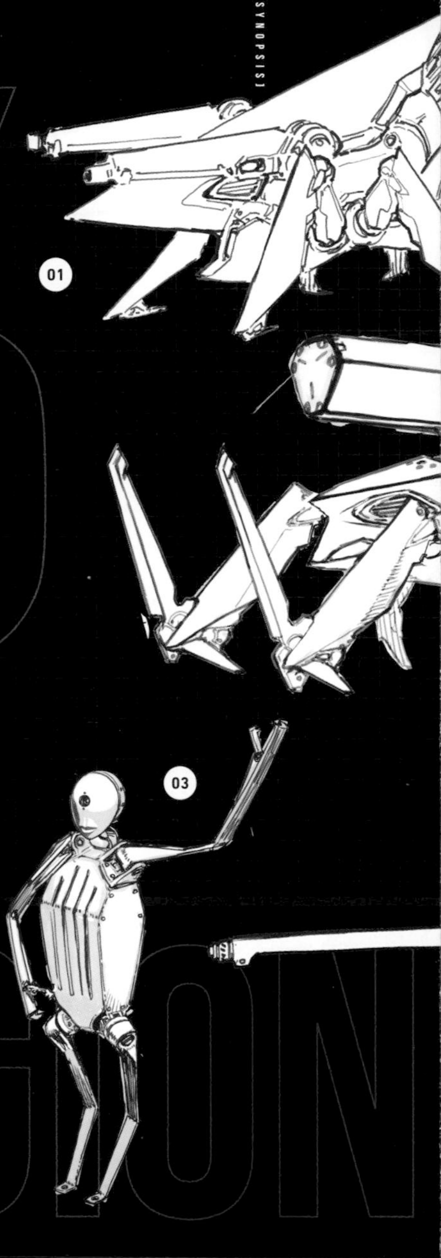

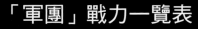

八六是注定一死之人。

第八六機動打擊群　日誌的潦草文字

序章　厲婦

「軍團」不會作夢。

夢是大腦進行的記憶整理作業。「軍團」的流體奈米機械製中央處理系統，雖說是仿造大型哺乳類的腦神經系統，但終究不過是機械裝置，無法實行同樣的程序。

所以，她再也不會作夢。

『——無貌者呼叫女主人。』

僚機的呼喚，讓她從待機狀態的虛無薄明中甦醒。

自首次啟用以來經過十年以上而似乎有些磨蝕的機體，略為揚起了複合感應裝置。

與它們對峙的聯合王國用「無情女王」此一識別名稱呼喚這架「軍團」。她有著寒月般的白群色裝甲，以及女神憑倚新月的識別標誌。本來該有的機槍裝備早在多年前失去，如今此種初期批號的斥候型（Ameise）只剩下她一架。

通訊由覆蓋天空的阻電擾亂型（Eintagsfliege）與飛在更高高度的警戒管制型（Rabe）進行中繼，跨越她潛伏的龍骸山脈，自更遙遠的地方傳來。

『作戰目標未達成——請說明放棄作戰之理由。』

她壓抑住想嘆氣的心情。雖然她放棄能吐氣的嘴、喉嚨與肺已久，但身為人類時的習慣卻總是改不掉。

『放棄？目的不是已經達成了嗎，無貌者？——之前的作戰造成聯合王國的挺進部隊喪失了大多數識別名稱為「阿爾科諾斯特」的機體。我們迫使敵方戰線後退，並且成功建立了前進陣地，下次作戰就能突破戰線。這麼一來戰場將會移至平地，到時候就是我們「軍團」……機甲兵器發揮本領的時候了。』

看樣子北方的獨角獸很快就會失陷。

她冷漠、透徹地說道。

在幾百公里外的彼方，無貌者做出回應。

那是她所屬的「軍團」廣域戰略網路中——以「軍團」部隊單位而論規模僅居第二，可與複數國家對峙的大隊的總指揮官機。此外，他也跟她一樣，是大陸全境全體「軍團」集團的總稱——統括網路中負責決策的指揮官機之一。

他——應該是吧——既然也是採用了人腦構造的指揮官機，理應還保有生前的記憶與人格。然而「軍團」的加密通訊在加解密的過程中會消除發言者的語氣。當她的話語在無貌者那方播放時，想必也已成了枯燥無味的機械語言。

『優先擄獲目標「火眼」、「狡徒」以及「密涅瓦」尚未擄獲。』

原來說的是她負責的戰域——反聯合王國戰線的三個重要目標。

身懷看穿「軍團」所在位置能力的特殊個體「火眼」。個體名稱及經歷不明。

聯合王國的無人機駕馭系統，識別名稱「西琳」之開發者「狡徒」。個體名稱不明，推測為聯合王國第五王子「維克特・伊迪那洛克」。

共和國的技術人員「密涅瓦」。個體名稱「亨麗埃塔・潘洛斯」。

關於前兩者，已於前次攻勢中，在聯合王國軍基地確認到了存在。儘管當時沒能發現密涅瓦的蹤跡，但有情報指出她已從共和國前往聯邦，目前人在聯合王國。

只不過……

『這在我們「軍團」實行被賦予的命令上，有其必要性嗎？』

『在戰略上有其重大意義。況且火眼極可能是「軍團」最高階指揮權限之繼承者。領受最新命令，乃是目前統括網路之最優先目標。』

『…………』

「軍團」是齊亞德帝國開發並投入戰線，以侵略為目的的自律兵器。

這點至今依然不變。「軍團」之所以在帝國毀滅後仍然以人類為攻擊對象，純粹只是因為它們遵從滅亡帝國的遺命。只不過是唯唯諾諾、默默無語、恭肅嚴整地服從著帝國軍留下的「殲滅敵軍」此一最後命令罷了。

並不是它們對人類發起了兵變。

「軍團」終究只是人類的——已經逝去的人類忠實且順從的工具。

所以想得到司令官，是組進「軍團」中央處理系統之中的某種本能。「軍團」原本是用以代替士兵到下級軍官階級的存在，按照本來的規定，負責擬定戰略的上級指揮官應該永遠是人類。它們的系統裡組進了一項作為安全措施的初始指令，規定當一定期間未收到命令時，它們必須尋求擁有指揮權之人，或者是指揮權的繼承者。

而正如無貌者所說，火眼有可能是「軍團」的最高階指揮權繼承者。夜黑種與焰紅種的混血，在齊亞德帝國是帝室的特徵。因為大貴族決不會淡化自家的血統，特別是身懷異能的古老門第，更是不知道在另一種思想下調整過的基因之間會如何互相影響。因此毋寧說這種混血只存在於帝室之中。之所以一味參與挺進作戰這種死傷率極高的戰鬥，若是解釋成當事人對現行政權而言是礙事的舊統治階級，就可以理解了。

只是……她陷入沉思。

根據高機動型（Phoenix）帶回來的火眼觀測影像，他是不滿二十歲的少年兵。包括旁系在內，帝室之中沒有這種年紀的成員。若非如此，再怎麼說也不至於讓襁褓中的公主即位。

那個少年兵，不是「軍團」尋求的「皇帝（王）」——……

無貌者的發言，打斷了不著邊際的思考。

『女主人，貴官是否用計將火眼引誘至貴官的負責戰域了？』

她沉默了一瞬間。

因為正是如此。

她本來就是有此打算，才會在高機動型身上植入了訊息。不應遭到擊毀的高機動型萬一遭到擊毀時，會播放她的留言。留言之中沒有傳達任何具體資訊，只是邀請火眼前往不知身在何處的她跟前。

不過……

『這不就是我們的目的嗎，無貌者……有什麼疑問嗎？』

『否定。請於成功引誘「火眼」後，將其擊殺。』

…………？

她因為感到納悶而陷入沉默。

儘管她已經沒有能緊蹙的雙眉。

『不是要「尋找」最高階指揮權限繼承者嗎？』

方才無貌者是這麼說的。

那應該是全體「軍團」的意志才對。

應該是就連她與他們這些將所有「軍團」納於麾下的統括網路指揮官機都無法違逆的，組進「軍團」系統之中的本能——禁規(防護裝置)與絕對命令的意志才對。

『肯定。必須搜索最高階指揮權限繼承者——』

剎那間。

無貌者停頓了一段彷彿逡巡、困惑、混亂的空白時間。

然而下個瞬間，那語音已經取回了「軍團」的——與全體殘存人類世界為敵的殺戮機器之指揮官該有的無生命與冷酷性質。

毫不猶豫，毫無躊躇。

殺戮萬物。

『——並確實實行排除步驟。』

EIGHTY SIX

The number is the land which isn't
admitted in the country.
And they're also boys and girls
from the land.

ASATO ASATO PRESENTS
[作者] 安里アサト
ILLUSTRATION／SHIRABII
[插畫] しらび
MECHANICALDESIGN／I-IV
[機械設定] I-Ⅳ

Kadokawa Fantastic Novels

86

—不存在的戰區—

Change the way to live.
TO advance.

[Ep.6]

—旭日不昇，是為永夜—

Change the way to live. To advance.

CHARACTERS

齊亞德聯邦軍
「第86獨立機動打擊群」

辛

被聖瑪格諾利亞共和國蓋上代表非人──「八六」烙印的少年。擁有能聽見軍團「聲音」的異能，以及卓越的操縱技術。擔任新設立的「第86獨立機動打擊群」總戰隊長。

蕾娜

曾與辛等「八六」一同抗戰到底的少女指揮管制官。奇蹟般地與奔赴死地的辛等人重逢後，於齊亞德聯邦軍出任作戰總指揮官，再次與他們共同征戰。

芙蕾德利嘉

開發「軍團」的舊齊亞德帝國之遺孤。與辛等人一同對抗過往昔的家臣，同時也有如親哥哥的齊利亞。在「第86獨立機動打擊群」擔任蕾娜的管制助理。

萊登

與辛一同逃至聯邦的「八六」少年。跟辛有著不解之緣，一直以來都在幫助因為「異能」而容易遭受排擠的辛。

可蕾娜

「八六」少女，狙擊本領出類拔萃。對辛懷有淡淡的好感，最後究竟會──？

賽歐

「八六」少年。個性淡漠，嘴巴有點毒，而且愛挖苦人。擅長運用鋼索進行機動戰鬥。

安琪

「八六」少女。個性文靜端莊，但戰鬥時會表現出偏激的一面。擅長使用飛彈進行大範圍壓制。

葛蕾蒂

聯邦軍上校，能理解辛等人的心情，後來擔任「第86獨立機動打擊群」旅團長。同時也是新型機甲「女武神」的開發者。

班諾德

辛等人在聯邦軍的部下，是個老練的傭兵。敬重年紀尚輕的辛為指揮官，在新設部隊受命帶領一個戰隊，以支援辛等人的戰鬥。

阿涅塔

蕾娜的摯友，擔任「知覺同步」系統的研究主任，和過去同住在共和國第一區的辛是兒時玩伴。與蕾娜一同被派往聯邦軍後，也與他重逢了。

馬塞爾

聯邦軍人，原為機甲駕駛員，在過去的戰鬥中負傷造成後遺症，於是改以輔佐蕾娜指揮的管制官身分從軍。

西汀

「八六」之一，在辛等人離去後成為蕾娜的部下。現與新設「第86機動打擊群」會合，率領蕾娜的直衛部隊。

達斯汀

共和國學生，曾於共和國崩壞之前發表演說，譴責國家對待「八六」的方式；在得到聯邦救援後志願從軍。隸屬於安琪的小隊。

維克

羅亞．葛雷基亞聯合王國第五王子，該王室的異能者，也是當代的先天異才保有者「紫晶」，開發了人型控制裝置「西琳」支撐聯合王國的戰線。

瑞圖

在共和國崩壞時存活下來的「八六」少年，後與「第86機動打擊群」會合。出身於過去辛隸屬的部隊。

蕾爾赫

維克親手塑造的半自律兵器控制裝置「西琳」一號機，採用了維克青梅竹馬的腦組織。講話方式相當奇特。

柳德米拉

「西琳」少女，於前次列維奇要塞攻防戰，與其他西琳一同犧牲自己成為辛等人的「吊橋」，開拓了生路。

EIGHTY SIX

登　場　人　物　介　紹

The number is the land which isn't admitted in the country. And they're also boys and girls from the land.

第一章　森林裡的狼人

原本前往列維奇要塞的「軍團」主力，在他們奪回要塞後沒過多久就調轉了方向。

趁著此時敵方部隊移動產生的空隙，聯合王國軍的救援部隊也在奪回要塞過了一天多之後到達現場。

他們表示目前是由投入的後備戰力拖延著「軍團」的攻勢……只是拖延罷了。他們既無法反擊令敵軍撤退，也無法維持戰線。換言之無論是救援部隊還是機動打擊群，待在聯合王國軍第一機甲軍團作戰區域的全體部隊，已經無法繼續留在這個戰場上。

因此，機動打擊群與「西琳」浴血奮戰奪回的列維奇要塞基地也決定棄守，努力全化做了泡影。

救援部隊的運輸軍卡，與機動打擊群的重裝運輸車——白色與鐵灰色的這些車輛簡直有如葬禮車隊一般，駛離要塞基地。

蕾娜從這些重裝運輸車的其中一輛，勉強讓超出規定的人數坐上車廂的擁擠車內，隔著防彈玻璃眺望暗沉的雪景。望著在聯合王國的戰場度過一段時日的基地，那座與「軍團」互相爭奪，最後仍然守不住的斷崖要塞。

她的目光，不禁朝向那座斷崖的一隅，如今只遺留少許殘骸的攻城路。

自願成為建材的「西琳」與「阿爾科諾斯特」全身上下都是聯合王國的機密。特別是「西琳」的腦部構造，即使對於「軍團」也相當有用。他們趁著短暫期間盡可能將其回收，據說難以回收的部分，之後也會用炸藥與燃料徹底焚燬。

如人類一般犧牲，卻不會像人類一樣受到弔唁。

至於另一群功臣八六，也受到了巨大傷害。

即使是慣於戰鬥的他們也不習慣打這種雪地攻城戰，而且即使浴血奮戰，一連串的戰鬥在戰略方面等於是以無所作為做結，一無所獲。可能是因為疲勞與徒勞無功感的關係，在離開基地的前後時間，他們都是一樣地沉默寡言，顯得有些意志消沉。

造成最大影響的，是那條由「西琳」們組成的攻城路。

為了掩埋護城河並在高達一百公尺的斷崖架構出傾斜道路，她們累累重疊，堆起必須抬頭仰望的殘骸之山。呈現少女外形的機械人偶們笑著摔落崖底、遭人踐踏蹂躪而死，成了那個巨大的墓碑。

就連隔著主螢幕都是極具衝擊性的淒慘影像，八六們卻是人在現場，親眼目睹。

而且還得踏爛她們慘不忍睹的殘骸，一邊犧牲她們的性命一邊往上衝。

其衝擊性無可計量。

坐在她對面位子的辛也是。

想起辛當時獨自站在「西琳」們屍山前方露出的側臉，蕾娜愁眉不展。

就像個不知所措的受傷孩童。

在被風吹散的雪花白紗後方，彷彿稍縱即逝。

他當時就是那樣的神情。

那種場面，使得連在那第八十六區的絕命戰場奮戰長達五年的辛，都不禁露出那種神情……

目光轉回車內一看，同個車廂的處理終端們幾乎全身陷進座椅裡，發出沉靜的鼾聲。看來目前是疲勞大於其他一切，每個人都沉眠不醒。

辛也同樣地稍微交疊雙臂，將身體靠在堅硬的座椅椅背上，封起薄薄的眼瞼閉目養神。雖然表情就跟他平時一樣，靜謐得彷彿拒人於千里之外，但臉色果然不是很好。這幾天攻城戰的疲勞尚未完全消除。

應該睡著了……吧……？

蕾娜見狀伸出手，拿起了被扔在一旁的毛毯。

人在入睡時體溫會下降。雖說重裝運輸車上備有空調，但如果讓身體著涼的話就沒辦法疏緩疲勞。

蕾娜一面跟狹窄的車廂搏鬥，一面慢吞吞地攤開摺起的毛毯。就在她彎身想替辛蓋上毛毯時，他那血紅雙眸忽然間睜開了。

「……………蕾娜？」

「呀！」

少年眨了兩三下眼睛，有些迷茫地往上看的紅瞳，距離近到讓蕾娜不禁向後跳開。一不小心放手的毛毯，不上不下地掛在他的膝蓋上。

「……？發生什麼事了嗎？」

「沒有，那個……」

蕾娜用從平素的她身上難以想像的迅捷動作坐回座椅，毫無意義地挺直背脊，雙手放在併攏的膝蓋上，一面滿臉通紅地看向別的方向一面說道。

「我以為你在睡覺，所以……」

「喔……」

辛含混不清地應了一聲，反應果然很遲鈍。蕾娜憂心地皺起了眉毛。

「你應該很累了吧，睡一下沒關係的。」

「不了，這裡還是敵境。」

辛緩慢搖頭，說他不能睡。

「聯合王國的救援部隊正在負責警戒與戰鬥的工作。我已經確認過救援戰力足以應付這些任務了，所以你不用硬撐沒關係……別擔心，這裡並不是第八十六區。」

因為這裡並不是只有八六得被迫接受戰鬥與最後的死亡，連一個支援都得不到的孤獨戰場。

這裡已經不是世界的一切都與他們為敵的第八十六區了。

「也許你會說，人類就是會為了自己而犧牲他人。但是人類也會為了保護祖國、他人或是某種事物而戰。所以……你別擔心。」

「…………」

辛沒回應，只是目光如俯首般低垂……眨眼的速度很慢，就像在強撐著不闔眼。雙眼的焦點也不安定地搖來晃去，看得出來他其實應該很睏。

「……蕾娜妳……」

所以脫口而出的細微聲音也是，像是在呼喚蕾娜，卻帶有某種自言自語的聲調。

「即使看到了那種東西，還是說得出這種話呢。」

曖昧的話語讓蕾娜眨了一下眼睛，然後恍然大悟地點了個頭。原來指的是自己說過的話語。

——你覺得這個世界美麗嗎？

——你們能夠愛這個世界，愛人類嗎……？

「為什麼，還能像這樣——……」

對於他彷彿冷言冷語，卻又帶點苦求語氣的問句，蕾娜淡淡地、哀傷地微笑了。

「西琳」們用自己的身體堆起的攻城路。

看在對這世界與人類都不抱任何希望的他眼裡，那片光景恐怕也有如世界的惡意象徵吧。讓他認為，那就代表整個世界。

或許是這樣沒錯。蕾娜雖不願這麼想，但或許真是如此。

即使如此……

「……不是的，我……我也並不認為人類一點都不卑鄙下流。」

從以前到現在，蕾娜並不是從來沒恐懼過世界的惡意。踐踏八六還不以為恥的祖國、無人傾聽的上報、不被理解的訴求、眾人的漠不關心、才剛知道名字，翌日就死去的部下。然後是最後那場大規模攻勢，以及數都不願去數的成堆死屍。

以及直到有人譴責為止，從來沒想過要問他們的名字，甚至不覺得哪裡奇怪的——過去的自己。

她知道世界與人類並不是只有美麗的一面，而是也有著讓人不忍卒睹、噁心作嘔的一面……這些她目睹過無數次了。

即使如此……

「只是……那樣我會很困擾的。那樣的話誰都……不，我會……」

蕾娜心急地解釋到一半，發現現在不適合而搖了搖頭。辛現在很累了，疲倦的身心都急需休息。

「對不起，晚點再說吧……比起這個，你現在最好休息一下。不想睡的話，光是閉目養神也會改善的。」

她拿起滑落一半的毛毯，這次終於幫他蓋到肩膀位置……這麼一來，手當然就會移動到臉龐附近。手背擦過臉頰，感受到此刻遠比她冰涼的體溫；她拚命將它趕出意識之外，把毛毯邊緣塞進座椅與椅背之間，以免行駛的震動讓它滑落。

蕾娜回到座椅上，凝望著辛一會兒——沒過多久，聽蕾娜的話閉上眼睛的辛，身體忽地放鬆了力道。

都睏到睜不開眼睛了，自然不可能只是閉目養神。

重裝運輸車的堅硬座椅再怎麼客套也稱不上舒適，但辛卻虛脫般地靠在座椅上，終於沉沉睡去了。

睡臉合於年紀地稚氣未脫。蕾娜輕聲笑了笑，然後忽然變得愁眉不展。他之所以睡得如此之沉，並不只是因為攻城戰帶來的疲勞。

是因為「軍團」的大部隊如今終於遠去。

也是因為「西琳」們已經離開了。

對他而言這幾天來的戰鬥，總是有著悲嘆之聲震耳欲聾的機械亡靈們待在幾公里範圍的極近距離內，可以想見一定形成了沉重的負擔。還有從未體驗過的攻城戰——對固若金湯的防衛設施反覆進行不見成效的攻擊，磨損心力的戰鬥也是。

明明承受到一獲得解脫就沉沉睡去的嚴重負擔。

……為什麼？

蕾娜抿緊了嘴唇。

相反的情況已經發生過幾次。蕾娜懷抱的悲傷、痛楚或罪惡感，總是有辛接納她，為她化解。

但為什麼辛他自己卻……

連喊一句難受，吐一點苦水都不肯——不肯依賴蕾娜？

†

磨得晶亮的黑檀螺鈿桌子上，朦朧地浮現出全像式地圖。

「——此次『軍團』一連串的攻勢，造成第二戰線以及第一機甲軍團作戰區域失陷。」

這裡是羅亞．葛雷基亞聯合王國的君王城堡中，用來召開軍議的一個房間。不只負責擬定軍略的王族與將官，就連目前身在前線的人員，都以全像式影像的身影圍繞著桌子與上面的立體地圖。

光線描繪出聯合王國的主戰場——龍骸山脈的一角。聯合王國軍於北邊山脈布陣，「軍團」則是占據南邊；以兩者之間山麓低地為戰場展開交鋒的第二戰線，如今聯合王國軍這邊的防衛線，已大幅後退至築於北邊山脈山頂附近的備用陣地。

「軍團」主力吞沒了北邊山脈的山麓，如今地圖的一半以上都在敵人的勢力範圍內。

「該區域目前已構築出『軍團』的前進陣地。根據機動打擊群的異能者的觀測，已確認有大型部隊進入前進陣地。經過偵察，得知大型部隊為以重戰車型為主體的重機甲部隊，據研判可能是再次發動攻擊的前兆。」

這是「軍團」突破戰線時的常套戰術。

先用集中投入的重戰車型衝擊力破壞人類軍的防衛線，再由後續部隊加以壓制。人類至今不知吃過了多少次這種戰術的虧。無論是聯合王國也好，聯邦或同盟也好，聖瑪格諾利亞共和國也好，在電磁加速砲型的砲擊射垮了要塞壁壘之後，來的都是這一套。

「假設備用陣地——龍骸山脈遭到突破，接著就換南邊平原成為戰場。此處是維繫我們聯合王國命脈的穀倉地帶，一旦此處被戰火吞沒……恕屬下斗膽，即使陛下與王城能保得住，聯合王國的國運也將就此斷絕。」

一瞬間，就連尚武王國的軍議場合，都陷入一種彷彿一觸即發的緊迫死寂。沒錯。現在聯合王國據守的備用陣地後方，實質上已經沒有能夠後退的戰場。

他們必須死守……必須奪回陣地，否則無路可退。

「再加上從春前到現在，阻電擾亂型造成的氣溫降低也帶來了影響。這個問題若是不能在夏天之前解除，南邊的穀倉地帶一樣會毀於一旦。」

在最深處的王座，國王輕嘆了一口氣。

「也就是說我們王國的壽命，只剩下一個半月了——雖說『軍團』要維持住那成群蝴蝶，應該也是一項沉重的負擔。」

「軍團」的能源生產方式基本上都是太陽能發電。在這日照量較少的北方大地，即使是「軍團」也無以為繼，特別是在冬季。

取而代之地，可以用地熱發電。而飛翔能力不強的蝴蝶翅膀，要想飛到能覆蓋聯合王國南方整片天空的距離，即使考慮到可利用風向與電磁彈射機型（Zentaur）展開進擊，起飛基地仍然有限。

而其中之一，同時也是「軍團」的大規模地熱發電據點，就在……

「龍牙大山……看來還是非得攻陷那個據點不可了，而且必須盡快。」

「陛下所言甚是。我們必須穿越那些『軍團』的防衛線，壓制龍牙大山，藉此解除阻電擾亂型的展開，以妨礙那些傢伙增強戰力……除此之外，沒有其他方法能夠拉回第二戰線，延續我國的命脈。」

國王點了個頭，問道：

「扎法爾，機動打擊群目前情況如何？」

對於這個問題，統括第二戰線的王儲點頭回應。問的是龍牙大山據點攻略作戰的關鍵——來自鄰國的外派部隊現況如何。

寶劍的刀鋒，是否銳利如前？

「指揮官等人為了決定作戰方針而留在王都，本隊目前也退到了後陣。除了必須等待來自聯邦的補給……畢竟他們是與亡靈大軍對峙的斷金利劍，若是拿來做割草之類的尋常工作，把刀刃用鈍就得不償失了。」

「那麼是可以調動了？」

無論是聯邦出借的利劍，還是聯合王國既厭惡又引以為傲的死鳥聯隊。

扎法爾宛如祕藏於刀鞘中的利刃，露出一絲淺笑。

「當然可以。」

†

「……關於在列維奇要塞基地損耗的『破壞神』，好像在下個定期班次就可以湊齊規定數量了。聽說國內也得補充大規模攻勢損耗的資源，所以沒啥多餘的生產線，不過這方面似乎有維契爾上校幫忙解決。」

班諾德雖是唯一舊戰鬥屬地兵出身的戰隊長，並且負責帶領同樣全為傭兵的極光戰隊，但仍以處理終端最上級士官的身分，照舊輔佐總隊長辛。

班諾德站在搬進來的幾張辦公桌之中，辛的那張桌子前面說道。

為了重新策劃龍牙大山據點攻略作戰的方針，不只蕾娜等指揮官與眾參謀，身為最上級士官的辛等五人與班諾德，以及各個大隊的大隊長都回到了王都來。這裡是他們作為宿舍的離宮中，當成大隊長共用辦公室的大廳。

窗外今天依然是一片雪景，在這個即將迎接夏季的時節，怎麼看怎麼詭異。

「那些大人物的作戰會議差不多也快結束了，我看補給一做完大概就要開始進行作戰了吧。連後方區域的氣氛都緊繃成這樣，他們的戰況老實講，恐怕連等我們做補給的時間都沒有——話說……」

其他大隊長都有事外出，班諾德若無其事地環顧只有辛一個人在的大廳，然後接著說：

「你們還好嗎？」

「……什麼還好？」

「還問我什麼。現在是還好，但是在要塞基地收復戰結束後，你對我們發出撤退命令時，聲音聽起來可不太安定啊。」

被他這麼一說，辛抿起嘴唇。

他想起雪地裡，那些「西琳」的殘骸，以及踏過她們往上衝的自身行徑。那就像是將他至今踏過戰友們的成堆屍體走過戰地，一路犧牲他們向前進的道路，賦予了形體一樣。

一種念頭油然而生。

人類，都是怪物。

他被迫認清笑著說正合己意、無所作為地死去的那堆屍體，正是他們八六秉持著驕傲走到的結局——即使如此，自己只剩下這份驕傲了。

事到如今，已經無從改變。

「……不會影響到作戰的。」

「是啦，我是相信你辦得到……不過你還真的是失去常態了耶，這麼輕易就承認了。」

「…………」

太大意了。

辛忍不住蹙額顰眉，班諾德得意地笑著……真是氣人。

「哎，我倒覺得你這樣可愛一點還比較好。畢竟那條攻城路就連我們傭兵看了都一陣反胃，你們幾個小鬼心裡肯定不好受吧。」

「真要說的話，那你們沒事嗎？」

「哎，畢竟我們是禽獸(Wargus)嘛。我們是不會想用那種方式死掉，但總比柴草死好多啦。啊，柴草死是我們戰鬥屬地的方言，意思是老死在床上。」

「禽獸？」

班諾德偶爾會這樣稱呼舊戰鬥屬地兵。

稱他們為人形野獸……語氣中顯得有些驕傲。

「是啊。」班諾德點頭。

「古時候被趕出村子或城鎮的人都不再是人，而被當成野狼。我是說法律上啦。就是成了無法活在人類社會、不能當成人類看待的生物。」

「記得是叫薩利克法？……竟然講起了這麼古老的觀念。」

「不，我倒想問你怎麼會知道這種事啊……雖然早就知道你是什麼書都看了。」

「我曾經聽說萊登的家族起源就是你說的『狼人』。好像是想脫離這種身分，才會舉家從帝國搬到共和國。」

「喔……所以修迦中尉才會叫作『狼人(Werwolf)』是嗎？既然是來自帝國，那中尉的祖先應該也是哪裡的戰鬥屬地兵吧……結果接著被共和國當成人形野獸，該怎麼說呢？真是太倒楣了。」

「…………」

那個個人代號，其實只是因為剛認識時的萊登脾氣比現在壞得多，什麼事情都像頭餓狼般緊咬不放煩死人了，所以有九成是取來罵他的。

班諾德沒發現辛一言不發又目光游移，繼續說道：

「……總之，戰鬥屬地兵說穿了，就像狼人一樣。我們原本是帝國邊境的蠻夷戎狄，因為不像農奴，死了也沒損失，所以每次戰爭爆發都叫我們去賣命，並且給予我們豐厚的糧秣以免我們倒戈。後來訂立制度，就成了戰鬥屬地兵。也就是以免稅特權與不分戰時平時的糧食配給為代價讓上頭養著的，從屬身分的戰士階級……好吧，不過也因為這樣，所以愛好和平的臣民先生或是國民小姐都無法接納我們就是了。」

難怪。

原來是因為這樣，所以在帝國傾頹、聯邦成立之後，舊戰鬥領地兵此一區別才會繼續留存下來。

他們不具有聯邦的公民權，但卻是聯邦的人民。他們進不了軍官學校或士兵訓練所，但卻被視為傭兵，是規定必須從軍的戰場人民。

外形是人，卻被當成野獸看待。

所以稱為禽獸。

再也無法與人類融合的野獸。

對於這點……

「你們從來——沒想過要改變嗎？」

「沒有耶，因為很輕鬆啊，對於我們這些列祖列宗都是靠打仗維生的人來說。」

他心平氣和地說。用的是既無義勇精神也並未心存不滿，由衷如此認為之人的語氣。

「畢竟我們幾百年來，除了打仗什麼也沒做過嘛。戰爭就是我們的中心價值觀，所以跟國民大爺們水火不容是應該的，我們也壓根兒不想在和平的城鎮裡過日子……所以說野狼到死都是野狼，沒辦法變成人，也不想變。」

「…………」

意思是自己只有這份驕傲。這份驕傲——無法改變。

班諾德低頭看著陷入沉默的辛，忽然間笑了起來。他有著粗硬的灰銀色頭髮，以及底下的金黃眼瞳。一如他的自稱，給人某種年長野狼的感覺。

一種冷酷的性子。

「請上尉千萬別失去這種討人喜歡的個性喔。你們八六總不會想成為人類（我們）以外的東西吧。」

「——話說，我們的目的不變，仍然是破壞龍牙大山的據點。」

在王城一隅為了召開軍議而準備的大廳，維克將粗樸的戰況圖投影在精緻脫俗的木片拼花桌上，一邊從行動情報終端追加開啟幾個全像式視窗一邊說道。

大廳裡除了他與蕾娜之外，還有機動打擊群的旅團長葛蕾蒂，以及機動打擊群與維克直轄聯隊雙方的參謀們列席。

「機動打擊群的損害不至於影響到繼續作戰對吧？我的聯隊損害程度也在容許範圍內。」

「是的。」

不過取而代之地，卻犧牲了那些「西琳」。

據說維克的聯隊士兵們，也跟八六們一樣受到了打擊。特別是將「西琳」當成部下疼愛的指揮管制官們，士氣更是嚴重低落。

然而維克卻彷彿對這些部下或八六們的動搖毫不關心，顯得平靜自若。

「問題在於聯合王國軍的本隊。再加上補充問題，他們光是維持防衛線就已經自顧不暇了，頂多只能對『軍團』的前線發揮壓迫之效，很難再像前次那樣撥出佯攻戰力——換言之在攻略龍牙大山時，無法實行事前想定的作戰。」

蕾娜懷抱著有些複雜的心情，靜觀他那心平氣和的聲調與表情。當然蕾娜明白，維克想必是想過了對策，正因為知道擔心也沒用才會是這種態度，但是……

與蕾娜的內心想法恰恰相反，葛蕾蒂也淡定地回應：

「殿下的意思是必須重新思考，要如何穿越『軍團』的防衛線，走過七十公里——不，如今我軍退向後方，距離已拉長到九十公里；要如何翻越這段距離壓制龍牙大山據點，對吧？」

桌上展開新的全像式視窗，顯示出「軍團」的總數。戰域圖上出現部隊的長方形記號，描繪出長長一條的厚實陣形。

蕾娜抬頭看著視窗，皺起眉頭。雖然是司空見慣的事了。

「我名叫『群』，因為我們多的緣故——正如軍團（Legion）之名，數量真是太龐大了。」

在上一場攻勢當中「軍團」同樣無法全身而退，總數卻跟開戰前「完全一樣」。

在戰鬥中損耗的兵力，竟然在這麼短的期間內得到補充。還是老樣子，後方自動工廠（Weisel）型的大量生產能力既超乎常理又讓人氣惱。

對於這條厚重的防衛線，正面突破是能避免就避免，不如說不值一談。憑恃武力撬開敵軍防衛線的突破行動，需要遠遠多於敵軍的戰力。雖然也不是不能讓敵方部隊分散，再將戰力集中於薄弱的一點以相對性地顛覆戰力差距，但任何事情都有其限度。旅團規模的機動打擊群，能誘使多少敵方部隊分散可想而知。

於是蕾娜換個想法，開口詢問。

她無意對「軍團」以牙還牙，不過……

「那麼航空器——空降的話呢？」

「我看行不通。聯合王國這邊跟你們一樣，也被敵軍部署了對空砲兵型（Stachelschwein）。況且以現況而論，阻電擾亂型在我國的展開比共和國或聯邦更難纏。」

阻電擾亂型除了電磁干擾之外，還會聚集於航空器的飛行路線上，飛入進氣口做出破壞引擎的攻擊行動。再搭配對空砲兵型的對空砲火，航空器難以入侵「軍團」支配區域的原因就出在這裡。

「那火箭引擎的話——」

「聯合王國沒有裝載量（Payload）大到能運輸空降部隊的機種。」

維克淡定地加以否決後，忽然間抬起頭來。

「維契爾上校，記得在去年的電磁加速砲型討伐作戰，妳用翼地效應機載過諾贊上尉等人的空降部隊。聽說最後它墜毀了，不知道有沒有二號機？」

初次耳聞的事情讓蕾娜眨眨眼睛。翼地效應機？在陸上，而且是闖入「軍團」大軍之中？

據說當時辛等人帶著一個戰隊規模的戰力，直接接受葛蕾蒂的指揮。也就是這位給人成熟穩重女性印象的女軍官。

她竟然會這樣亂來？

至於葛蕾蒂，則是輕輕搖了搖頭。

「『尼塔特』——殿下問到的翼地效應機，只有當時墜毀的那一架而已。留在開發公司那邊的試作機也已經繳交給政府，拆解挪用做其他用途了，沒有留下來。況且就算有留下來，僅僅一架也不夠用。」

「裝載量不夠，是吧。而且也沒有會操縱的機師。」

「該次作戰是由我擔任機師，但我不熟悉聯合王國的空域。恕我失禮，貴國想必也沒有運輸機以外的機師了吧。」

「的確如此，只剩一部分的戰鬥機與轟炸機擺在機庫角落占空間。」

維克暗暗承認了國內沒有機師的事實，嘆一口氣。

接著蕾娜也發表意見。

「能否用砲擊或飛彈淨空進攻路線呢？」

「飛彈以現況來說導引功能失效，區區重砲對重戰車型的效果也有限。大規模攻勢時也是如此，它們會在長距離砲兵型的砲擊掩護下展開突擊。」

「…………」

雖然早就知道了，不過看來砲擊也沒用了。

在陷入沉寂的會議室當中，蕾娜更進一步動腦思考。辦法，就沒有什麼辦法了嗎？有什麼能夠運送「破壞神」，或者是開拓他們的進攻路線，將他們送至龍牙大山的辦法——……

啊！蕾娜睜大雙眼。

說不定……

維克眼尖地察覺到，問她：

「妳似乎想到了什麼妙計啊，米利傑。」

「沒有……」

雖然完全稱不上妙計，不過……

「但是，我想總比只讓機動打擊群突圍要好多了……維克，我有件事想拜託你。還有，『西琳』她們補充得怎麼樣了？能夠期待她們付出多少戰力？」

維克用鼻子哼了一聲。

就像被問到理所當然的多餘問題，他用有些不耐煩的神情說：

「妳還不懂嗎？她們是武器的零件。而在戰爭當中，大多數的情況下都是量比質重要——要是不能量產的話，就沒資格作為現代軍武了。」

†

喀滋一聲，軍靴的跫音在背後停住。

那跫音比起步寬來說異樣地沉重。從腿長來想應該比辛來得嬌小，體重卻遠比他來得重。

簡直就像用金屬的骨骼與臟腑、人造的肌肉與皮膚所構成。

遲了一拍後，辛感覺到跟著他的瑞圖倒抽一口氣、退開一步的氣息。

「——久違了，死神閣下。」

回頭一看，在木片拼花的走廊上，站著一名高挑的少女。

她有著人類不該有的，恰如熾熱火焰的透明緋紅頭髮。身上穿著她們專用的胭脂色軍服，額上鑲著紫羅蘭色的擬似神經結晶。

發出的是同一種嗓音。

——來吧，各位請。

「……柳德米拉。」

嗓音之中，帶有些微悚慄般的聲調。

然而面對難掩內心戰慄的辛，機械少女卻報以微笑。婀娜地，絲毫不把眼前人類的戰慄當一回事。

用跟之前見過的同一種容顏。

「是。個體識別名稱『柳德米拉』，很榮幸能再次從軍。還請各位此次繼續盡情利用。」

用跟她在「阿爾科諾斯特」殘骸堆成的攻城路頂端——完全相同的容顏與表情。

「什麼盡情利用……妳怎麼能，笑著說這種話……」

瑞圖呻吟道。柳德米拉保持微笑，不責怪他的戰慄。

同樣地，也不屑一顧。

「因為這是我等的喜悅。因此，還請各位不用客氣。」

「…………」

「西琳」與「軍團」──與「黑羊」或「牧羊犬」一樣都是以戰死者腦部構造為基礎製造的「兵器」。腦部構造、戰鬥資料與擬似人格保存在安全的後方地帶，是能夠無限量產與重新生產的現代軍武之一。

辛以為自己很明白這個道理。

眼前的柳德米拉，想必跟日前戰鬥中捐軀的柳德米拉擁有相同的擬似人格與相同的戰鬥經驗，也很可能與幾天前作戰尚未開始時的她擁有相同記憶。即使如此，辛仍然覺得她們不能稱為同一個存在，但是……

辛心想：原來如此，這的確很可怕──很駭人。

於日前戰鬥中才剛捐軀──毀壞的少女，在下一場戰鬥就能回到崗位。用的是同一個身姿、同一套嗓音與表情、記憶與人格。

以及若無其事的神情。

用完即丟的她們照著自己遭到的對待，將本該僅限一次的自身之死，一次又一次地用過就換，歸返戰場。

如同塵土，如同草芥地，對待自己與自己的死亡。

那對於意識或無意識地執著於死法或死亡樣貌的人類而言，是無可比擬的褻瀆。

死亡不過是死亡罷了。

沒有意義。

沒有價值。

無論是死法還是死亡樣貌，都沒有任何一點意義，或是價值。

直至死亡之前的人生，也一樣。

被迫親眼見識到這一切，給了辛如此感受。

「……是啊。」

蕾娜從王城會議室走到作為宿舍的離宮時，在相通的走廊上巧遇了蕾爾赫。

「……啊。」

「哦，這不是『鮮血女王（Bloody Regina）』閣下嗎？」

面對忍不住停下腳步的蕾娜，蕾爾赫坦誠而殷勤地回話。

之前戰鬥中失去的手臂與腿，理所當然地一點傷痕也沒有。

像施洗約翰的頭顱一樣拆下的頭也是。

蕾爾赫將右拳抵在胸膛中心，做出聯合王國軍特有的撫心禮（Hand-to-heart salute）之後接著說：

「『西琳』一號機『蕾爾赫』，如您所見地回到崗位了。今後下官會繼續成為聯合王國與機動打擊群的利劍悉心戮力，還請閣下盡情利用。」

「這樣啊……那個……還真快呢。」

蕾娜不便說「修理得真快」，於是含糊其辭。

但蕾爾赫絲毫不顯得在意，開朗地笑著。

「下官已經算慢了，因為下官的機體只能在殿下的工房進行全面更換……其他『西琳』在生產工廠與前線基地都預先備妥了組裝完畢的備用零件，需要換新時只要灌入擬似人格資料與最新戰鬥資料後啟動即可。即使像上一場戰鬥那樣失去整個身體，也能即刻重新配備。真要說的話，其實在不同的部隊中本來就同時配備了相同識別名稱與外裝的『西琳』。」

「…………」

蕾娜覺得她們作為兵器的實情可用慘烈來形容，但蕾爾赫卻反倒講得彷彿引以為傲。

這番內容讓蕾娜實際體會到，她們對聯合王國而言真的只不過是兵器的零件、量產的工業製品罷了。

在基地或工廠隨時備有備用零件或機體，對現代軍武而言是理所當然的措施。「女武神」在各個戰隊與大隊也都準備了一定數量的備用機體。只有過去待在第八十六區時的辛一個人就擁有兩架專用的「送葬者」備用機體，算是稍稍特殊的運用例子。

但是將同一種措施適用於具有人類外形的她們身上，從蕾娜的價值觀來說實在難以苟同。

「……妳不會……覺得不好受嗎？」

「閣下指什麼呢？」

被她心平氣和地反問，蕾娜一時語塞了。

也許是早就習慣了人類的此種反應，蕾爾赫苦笑後接著說：

「閣下以為砲彈待在工廠或倉庫，或是在炸碎之前，會哭著說它覺得難受嗎？——各位人類之所以厭惡戰爭，是因為各位並非為戰鬥而生的存在。身為兵器的我等『西琳』是為了屠戮敵人而生產，與敵人一同粉碎只會令我們感到驕傲，不會覺得可厭。對我等來說，那邊……」

她用視線對準了蕾娜身邊，一把掛在牆上做裝飾的古老刀劍。

「那把劍才叫可憐。生來是為了斬殺敵人直至折斷碎裂，卻未能在戰鬥中折斷，在戰爭的進步中落伍，最後淪為裝飾品任人觀賞……各位也是。」

這句話讓蕾娜感到始料未及。

蕾娜愣愣地眨了眨白銀眼眸，回望著個頭比自己嬌小一點的少女。

「妳說我們嗎？」

蕾爾赫維持立正姿勢，只彎曲脖子耿直地點頭。

「正是。各位人類厭惡戰爭，害怕在戰爭中死亡。但各位卻繼續留在戰場上……各位不覺得難受嗎？不像我等，人類一旦死亡就結束了。除了戰爭之外，各位多得是能做或想做的事。各位的時間並不是只能用來打仗，卻把時間浪費在戰爭上，這樣不會覺得難受嗎？」

「……或許會吧。可是……」

若是問蕾娜覺得難不難受，或許是很難受。至少她待在戰場上，從來不曾感到快樂或是高興。自己一定沒辦法像當時若無其事地投身於深谷的「西琳」們那樣笑著赴死，好像那正合她們的心願一樣。

其實，蕾娜也並非喜歡戰鬥。

可是……

辛……還有那時講過話的，先鋒戰隊的處理終端們……

「因為八六們選擇在戰場上存活到最後一刻。而我也——已經決定與他們並肩奮戰。」

蕾爾赫忽然偏了偏頭。

「這可真是……世人常說當局者迷，看來也的確不假呢。」

她那雙翠綠眼眸……

對著陽光一看，會發現透光率與人類的眼球有些微差異。

「這話是，什麼意思——」

「下官是認為，死神閣下他——八六的各位人員，並沒有在追求戰場或戰鬥。」

「……大家果然是心事重重啊。」

儘管已經跟芙蕾德利嘉講過幾次，在聯合王國跟紅茶一起端來的水果或花糖醬等等不是用來加在紅茶裡的，但她怎麼也聽不進去。

熟識的年長侍從後來似乎覺得芙蕾德利嘉這樣很可愛，每次都只有她那份小銀碟裡的糖醬堆得特別高。然而她這次卻低頭看著華美地漂浮著玫瑰花瓣的紅茶而沒喝，萊登聽她這麼說，揚起一邊眉毛。在離宮宿舍的這間日光室，如今只能望見毫無趣味性的一片雪白庭園。

「……是啊，那個實在讓人不好受。」

包括以「西琳」與「阿爾科諾斯特」堆成的攻城路，以及踩過那一切進攻的自身行徑。

還有不禁從中聯想到的事物。

特別是以瑞圖為首的幾個年少成員，萊登覺得他們情況是真的很不妙，只是沒說出口。報告書或聯絡事項裡的小錯誤越來越多了。雖然八六沒受過像樣的初等教育，有很多人不擅長讀書寫字，但就算撇開這點不論，情況還是誇張了點。他們沒能專心處理眼前的事務，為了某些事情而分心，變得無心工作。

也顧不得這些文件或檢查，或許會直接關係到自己的生死。

「汝看起來似乎還好吶。」

「因為我不在現場啊，是等到事情都結束了才看到的。」

萊登沒看到「西琳」們用自己的身體堆出攻城路的模樣，也沒有一邊踩爛那條屍體成堆的攻城路——那些機械少女一邊往上衝。

然而一些同樣負責阻滯作戰的八六，照理來講應該跟他一樣只看到了結果，卻也瀰漫著不小的動搖氛圍，可見萊登多少還能保持平靜，不會只有這個理由。

恐怕真正的原因是……

因為萊登「磨削自己的程度最輕」。

萊登在十二歲之前都讓人藏匿於八十五區內，因此較少接觸到第八十六區的惡意。也因此他比其他戰友接觸過更多他人的善意。

雖然他自認為，在第八十六區的戰場喪失了許多事物……即使如此，自己應該還沒完全失去一切。

芙蕾德利嘉察言觀色般地抬頭看他，就像在觀察傷勢似的，用有點慎重的態度。

「汝……有何感想？」

「我不會想變成那樣。」

萊登簡短地回應了。

一說出口他才發現，這短短的回應竟帶有一點冷漠割捨的語氣。

萊登小聲咂了咂嘴，不讓芙蕾德利嘉聽見。原來如此，的確是承受到了壓力。只不過是沒察覺到罷了，其實無論誰都一樣，包括自己在內。

他無法面對繼續抬眼望著自己的血紅眼眸，調離了目光。

那種看透人心般的火紅。

能夠燒盡一切欺騙、逞強或隱瞞，毫不寬宥。

「……我知道啦。我雖然不想變成那樣，但又不知道該怎麼做才對。我不懂該怎麼做才不會變成那樣，要做什麼改變才能跟她們有所區別。」

萊登知道自己與她們不同，這點道理他懂。但究竟是哪裡不同？

要做什麼改變，才能夠不用加入那座屍山？這點萊登不懂，恐怕其他戰友也都還不懂。

……不對。

萊登苦澀地歪扭了嘴角。

「大概是不想懂吧。雖然我不願意承認，但因為那是……」

不記得在什麼時候，他曾經跟辛談過。

——你會希望能想起來嗎？

想起家人、故鄉。想起當時漠然夢想過的，自己的未來。

想起曾經幸福的時光。

當時自己回答「不想」。恐怕辛也是一樣的心情。

萊登並不希望能想起來。不，正確來說是想都不願去想。

不願去想自己也曾經擁有那一切，過去的自己也有過能追求那一切的可能性。這是因為……

因為那不是身為八六的自己，能夠相信的……

「因為那些以前——不是我們能追求的事物。」

「下次作戰的詳細計畫，聽說就快決定了喔。」

在決定作戰方式之前，八六們受命暫時返回王城；如今眾人對他們的眼光都很冰冷。

儘管第二戰線的後退事實上並非機動打擊群的責任，但受到派遣而來的他們確實是沒能幫上忙。他們並不在乎遭人蔑視，但也不想引起無益的爭端，因此都很少外出；此時賽歐就待在離宮宿舍的一間起居室裡，如此說道。

雖然他們很清楚外人都把他們視為戰鬥狂，或是就像目前這樣當成好用的兵器，即使如此仍自願選擇從軍之路，但是……

「畢竟他們供應不了我們八六吃太久的閒飯，況且聯合王國的狀況也真的已經很危急了……可是——」

賽歐抬起頭來，向意興闌珊地看著窗外的她問道：

「妳還好嗎，可蕾娜？」

「問這幹嘛？當然好得很啊。」

可蕾娜雖然這麼說，但聲調卻恐怕比本人想像得還要尖刻。

自從收復列維奇要塞基地的那場突圍以來，她就一直是這樣。可蕾娜就像拒絕讓人碰到似的，總是渾身帶刺，如同受了傷而變得極其敏感的貓。

只不過是程度不同罷了，其實辛、萊登、安琪或自己……所有八六都是如此。

可蕾娜彷彿對一言不發的賽歐感到不耐煩了，瞇起一隻金色的眼睛。

神情很不友善。

「我們跟那些傢伙不一樣。」

跟那些擔任無人兵器處理裝置的「西琳」不同。

跟那些當時笑著說正合己意，毀壞而死的「西琳」不同。

「根本不一樣。這種事情，這點小事，還需要解釋嗎？我不懂大家幹嘛為了這種事情煩惱。我們不是那些傢伙——不是『西琳』。」

嘴上這樣講，口中卻發出咬牙切齒的摩擦聲。

可蕾娜如此說道，像是嚴詞否定，像在說服自己。

「那堆屍體，不是我們的屍體。」

「嗯。」

「西琳」跟八六不一樣。等著遭人踐踏而笑著死去的她們，並不代表自己與戰友們的末路。

應該是這樣沒錯。這點——他們明白。

「可是啊，假如有人問我們哪裡不同，就是因為不知道哪裡不同，大家才會——無法一概否定吧……我也不知道。」

當自己有一天將要死去的時候。

也許會在那個無可挽回的瞬間體會到，自己的死只是笑著說正合己意，毫無作為的死亡。

自己的內心當中，沒有明確的根據，可以徹底否定這個念頭。

所以這件事……

「我想我們每個人——大家都在害怕。」

就連辛也是。還有……

就連不做回應，只是讓金色眼眸看向別處，抿緊嘴唇的可蕾娜也是。

「妳還好嗎？艾瑪少尉……不對……安琪，妳手又停住了。」

聽到這種講得很不習慣，還很不順口的呼喚方式，安琪從共用辦公室的辦公桌上抬起頭來。

她先關閉顯示自己小隊配備武器補給狀況的電子文件，然後聳了聳肩。

「我早就在猜會不會是這樣……」

安琪回望對方，看到還看不太習慣的白銀髮色與眼瞳，以及機動打擊群當中唯一的一件，共和國的男用深藍軍服。

視線高度比戴亞稍低一點，每次看回去時，總是有一瞬間目光對不上。

「你果然也沒受影響呢，達斯汀。」

一同衝上那條攻城路的他，以及想必從司令部看見了狀況的蕾娜、維克或芙蕾德利嘉，還有雖然不在現場，但想必聽人轉述過的阿涅塔與葛蕾蒂都是。

因為他們不是八六。

「哎，雖然我還不至於看習慣了成堆屍體，但是在大規模攻勢時，或者應該說，那個……」

去年夏天的大規模攻勢當中，共和國蒙受了最嚴重的災害，到了整個國家都被「軍團」的大軍勢吞沒的程度。

那時候是夏天，共和國被自己做出來的護牆、地雷區與大群「軍團」所包圍，落得無處可逃。不捉俘虜也不區分軍民的殺戮機器，將多達數千萬的共和國民殺死了大半……劫後餘生的人，連埋葬那些屍體的多餘時間都沒有。

「如果我用詞有所冒犯，請妳別見怪。我反而不懂你們為什麼要那麼在意。的確，我也覺得那場作戰很殘酷，但是……在共和國的地下鐵總站作戰時，大家不是都看到了大腦標本，或是堆積如山的腐爛屍體嗎？那時候你們顯得不怎麼在意，為什麼看到跟那些東西相差無幾的『西琳』卻受到這麼大的打擊？老實說，我實在不太能體會。」

達斯汀的腦海，還記得在夏綠特市中央車站地下鐵總站看見的辛。

面對被當成物品般取出，當成物品般切開分類，密封在玻璃圓筒裡的大腦，那種該有的尊嚴盡皆遭到剝奪的人類遺骸，辛卻連眉毛都沒挑一下地低頭看著。

那種把被當成物品對待的遺骸同樣當成物品一樣看待的，冷血透徹的紅瞳。

那時的冷血透徹不負死神的異名，然而日前的戰鬥中——辛的模樣卻恰恰相反。

面對機械少女們用自己的身體與癲狂堆成的攻城路，面對雖然的確殘忍，但與地下鐵總站的成堆屍體相差無幾的那片景象，他駕馭的「送葬者」確實呆立了一瞬間。

「……這樣啊。你果然跟我們不一樣呢。」

達斯汀不會覺得，那座機械死屍的山丘就像自己。

達斯汀恐怕從來不會產生這種念頭，覺得那些笑著說正合己意而急著尋死的「西琳」，看起來就跟自己沒兩樣。

即使看見同一種事物，自己與達斯汀卻有著天差地別。

即使將同一個戰場定為自己的容身之處，要求自己應戰，八六與不是八六的人就是不一樣。

即使已然失去了祖國與家園，不一樣就是不一樣。

「……抱歉。」

「別在意，你不需要為這種事道歉……只是……」

這個問題，會不會很殘酷？

聽起來會不會像是在責怪身為共和國民的他？

雖然安琪沒有那個意思，但她是八六，達斯汀是共和國民，所以聽起來，或許難免帶有譴責意味。

「我想說，如果我們沒有少了某些部分，是不是就能像你一樣？如果我們還有留下什麼部分……是不是……就能繼續當個正常人？」

「…………」

對於這個問題，達斯汀垂下雙眼，調離了目光。

只是問問罷了，想必不具有責怪的意味。只是其中卻有著隔閡。

不只是安琪，所有八六有時都會感覺到這種隔閡。

那種眼神的，話語的——無邊無際的虛無。

「我想，大家之間應該有些誤會……但我覺得你們沒什麼不正常的。因為正常與否，說到底只是價值觀的問題。只是……」

達斯汀挑選了一會兒用詞，一邊斟酌著一邊說：

「我覺得妳現在活得有點痛苦。感覺妳好像在作繭自縛。」

說自己與戰友們是八六。

安琪以及八六們偶爾會這麼說。說著共和國給他們取的蔑稱，但顯得引以為傲。

然而看在達斯汀的眼裡，卻覺得有點像是……一種詛咒。

作為建立自身價值的驕傲。像是束縛自己的詛咒。

驕傲與詛咒只有一線之隔。

為了某種事物而活，作為某種存在而活。賦予自己這種定義以發掘自己生命的意義，但同時也是無法為了其他目的而活的咒縛。

達斯汀也覺得，任何人活著都會受到某些事物束縛。例如血統，例如感情，例如祖國。有的是語言、文化、感情或揭櫫的理想，或是自己過去走過的人生。這些全都能束縛一個人。

不管如何自認為活得自由自在——完全的自由，都是不存在的。

但是……

「當你們八六說自己是八六時，有時看在我眼裡，會覺得你們是在說自己除了八六什麼都當不了。就好像在說……你們除了現在的自己之外，什麼都不能再追求了。」

†

父王大他七歲的王姊，也就是維克的姑媽——斯韋特蘭娜．伊迪那洛克跟維克一樣都是伊迪那洛克的異能者，是上一代的「紫晶」。

在裝有窗框設計時尚脫俗的半圓玻璃窗，呈現扇形的待客廳（Salone）裡，來自窗外雪景庭園的微弱陽光透過雙重玻璃淡淡灑落室內。

「——上一場戰事我已經聽說了，似乎是一場悽慘的戰鬥呢，維克。」

伊迪那洛克王室的異能除了增強智能之外，有時還會以徹底超越當代技術水準或體系，架構出全新理論的天馬行空般想像力的形式展現出來。

只是，後者不知是出於什麼原因，一次只會展現在一人身上。當新一代異能者誕生的同時，之前的「紫晶」就會以不明原因失去他們驚異的想像力。因此「紫晶」永遠只有一人。

關於為何會發生這種現象，歷代的伊迪那洛克異能者們之間雖然提出過各種假設，但所有人都不是很感興趣，因此沒有更進一步調查。一方面也是因為他們認為伊迪那洛克的「紫晶」光是存在一人就能在人世間掀起風浪，要是再來個兩三人，他們深愛的國王與國王治理的國家怕要危如累卵了。

「斯塔納……國王陛下他啊，在我面前可是臉色發青呢。雖說是抱持著覺悟讓你上戰場……你也真是個不孝子呢。」

「嗯？這麼說來姑媽您並沒有為我擔心嘍？」

斯韋特蘭娜歪扭著與嬌小身軀可說極不搭調的美豔容貌，咧嘴嗤笑了一下。那副女童般的容貌，讓人不太敢相信她居然比維克的父王年長。

「我們伊迪那洛克的靈蛇，怎可能死在那種戰火之中？我們可是剖析世界的每個祕密，就連迎向世界末日之際，都會嗤笑著說原來還有現象可供觀察的一群毒蛇啊。在世界末日之前死去，對我們而言是奇恥大辱……若是真的發生那種事，就由我親手把你磨亮吧。這樣吧，就拿你的肋骨打磨成簪子好了。」

維克不出聲地苦笑。他自知是條偏離人道的毒蛇，但……

斯韋特蘭娜疼惜地撫摸著放在奢華禮服大腿上的獵犬——死後的頭骨。在她位於王宮深處庭園的離宮中這個房間裡，擺放著琳琅滿目的雕像。它們被磨亮得有如象牙或白珊瑚，原本是她心愛的小鳥、貓兒、獵犬或奶娘，如今盡成了白骨工藝。

彷彿作為超人智慧的代價一般，伊迪那洛克的異能者當中有很多人缺乏倫理觀念或同理心。

維克的王位繼承權被褫奪，其實在伊迪那洛克的歷史當中並不是很稀奇的處置方式。

目前用來作為謁見廳的，鑲滿蝴蝶翅膀的大廳，那個房間據說也是出於伊迪那洛克始祖兼初代「紫晶」的狂王之手。他在這永冬國度揮霍巨資，將一座離宮設計成溫室飼育幾千隻的蝴蝶，後來又突然將牠們全殺了。

「姑媽說的有理。正因為如此，我可不能在這種時候敗給那些『軍團』——姪兒願請姑媽提供助力，請姑媽打開『武器庫』。」

斯韋特蘭娜忽地瞇起了眼睛，像是要挖苦他。

又有點像是在疼愛他。

「你也還真是少不更事吶，維克。」

唐突的一句話讓維克措手不及，回望著她。

斯韋特蘭娜保持著微笑，用睫毛陰影深沉的雙眸抬眼瞧他。

那是比維克更藍一些的紫瞳。

「你應該很討厭玩打仗遊戲才是……記得她是叫蕾爾赫莉特吧，你就這麼珍愛那隻金色雲雀嗎？分明是早已撒手人寰的小鳥，你卻甘願受到她臨死之前的話語束縛如此之久。」

「是的……如同對姑媽而言，父王比什麼都來得重要一樣。」

斯塔納。

父王有多位手足，但被允許用暱稱稱呼這位國王的，只有斯韋特蘭娜一人。

斯韋特蘭娜加深了笑意。

「是嗎……也罷，喜歡什麼就全拿去吧。寶貝弟弟的孩子的請求，我怎能不聽呢？」

†

「妳說大型會議嗎？」

「對，由於作戰的詳細內容已經決定，所以接下來要在這場大型會議中，徵詢國王陛下、宰相閣下與元老院的許可。」

在第八十六區雖然無緣看見這種全像式作戰圖，但在聯邦的從軍生活中實在是看習慣了；辛只將視線從圖上移開，回問之後，蕾娜點點頭。

「簡而言之，就是對聯合王國各位重要人物的作戰說明。雖然主要負責說明的是指揮第二戰線的王儲殿下，不過身為作戰中發揮關鍵作用的龍牙大山攻略部隊的指揮官，我應該也必須回答問題。」

辛想了一下之後說：

「妳是說全體第二戰線——軍團或軍隊等級的作戰詳細內容，對吧。那樣的話，我想應該是輪不到我……大隊指揮官階級的人說話，這樣想沒錯吧？」

意思是說「應該用不到我出席撐場面吧」。

「沒錯……還有為了配合作戰需求，『西琳』即將再次配備到部隊裡，你可以嗎？畢竟……上次戰鬥才剛發生過那種事。」

「以我個人來說，我是不希望她們與先鋒戰隊同行。」

蕾娜嚇了一跳，抬起頭來。

她那反應不像是在責怪辛話中是否有排斥「西琳」的意思。不知怎地，比較像是一種抱持期待的反應。

「你的意思是不是說，你身體會不舒服？」

「不是，是因為我無法區分她們與『軍團』的差別。」

以流體奈米機械模擬戰死者腦部構造的「軍團」，與在存活無望的傷兵死前最後一刻取出大腦，用人造細胞複製而成的「西琳」，就吸收了死者最後思維這點而論並無任何不同。至少聽在辛的耳裡，同樣都是亡靈的叫聲。

「特別是在陷入混戰時，我實在分不清楚……不過只要習慣了就能從聲音分辨，因此如果可以的話，希望能分配作為先鋒戰隊的隨軍偵察兵。」

「…………」

蕾娜大嘆了一口氣。

「不是這個意思。我不是問會不會影響到作戰，是在問會不會對你個人造成負擔。」

意外的一番話，讓辛直眨眼睛。這要他如何回答？

「就跟『軍團』一樣……我習慣了。」

辛的異能聽見的範圍原本就相當廣大，其中聚集的「軍團」聲音數量更是龐大。現在只不過是聽見的聲音增加一點罷了，不會造成更多負擔。如同海邊居民不會在意浪濤聲，辛也不會覺得隨時能聽見的亡靈之聲是什麼特別負擔。

聽他這麼說，蕾娜沉默了一段時間。

那沉默帶有一點嘔氣的味道。

「你雖然這麼說……可是在共和國地下鐵總站的戰鬥，還有上次的要塞收復戰之後，你都睡著了。」

「地下鐵總戰的戰鬥是因為『牧羊犬』的配備造成聽見的音量變大，上次的戰鬥則是……真要說的話，我平常也不是不會睡覺啊。」

到了晚上本來就會睏，只不過是疲勞的時候睏意更明顯罷了。

「是這樣沒錯，但我不是這個意思……辛每次遇到這種時候，都不肯吐一句苦水，讓我很擔心。」

隔了一小段時間後，蕾娜似乎用這段時間下定了決心，探出身子說：

「前幾天，蕾爾赫跟我說了一件事。」

突然冒出來的名字，讓辛的表情僵硬了起來。蕾爾赫。

她所隸屬的，那群封入了戰死者悲嘆的鳥屍。

高高聳立的，機械少女們的成堆屍骸。仍然縈繞耳畔的笑聲。

她對自己說過的話。

——閣下明明就還活著。

在那驕傲自負到了最後注定加入的屍山，她說就連這份驕傲，以戰士而言都只是半吊子。

——有一天，能跟某人……

她那時突然翻臉，讓辛一時措手不及。但他當下無法即刻否認，是因為……

其實……

就在思維即將想出答案的前一刻，他將它壓下。那是不能去想的一句話。

一旦去想那種事，自己就會……

「她說你們，其實並不是真心想待在戰場上——……」

「蕾娜妳才是。」

辛打斷了她。他不願去想，不願讓蕾娜繼續追問他這種事。

不願讓她懷疑自己。

戰鬥到底，是八六的驕傲。別人也就算了，辛不願讓她來懷疑這份驕傲。

即使被迫認清最後只會無所作為……但是他們除了這份驕傲，已經一無所有。

辛打斷了蕾娜之後才發現沒事情可問，但既然已經開口，就接著說：

「蕾娜妳才是……難道妳不曾產生過不想戰鬥的念頭嗎？……不，我明白妳是自己選擇要戰鬥到底，只是……」

看到她那白銀雙眸一瞬間變得憂鬱，他稍微慌張地補充道。

自己對她的事情一無所知……也從沒想過要去了解。

辛在那座雪地戰場的斷崖要塞中，了解到了這點。

她是懷著何種心願而戰鬥到底？

她為何能繼續對人類與世界抱持希望？

現在開始還不遲，辛希望能慢慢了解這些問題的答案。

「但是妳看到那條攻城路，看到共和國在大規模攻勢中毀滅……難道不會覺得受夠了嗎？妳……為什麼能不這麼想？」

蕾娜見識過人的下流卑鄙，早已見識過世界的惡意。她應該也知道，人類與世界並不是全都美麗動人。

即使如此，她之所以能不放棄希望……

「是因為有某些事物……足以讓妳覺得，這個世界值得妳愛嗎？」

辛講話有些遲疑。

因為這些話他講起來非常不習慣，覺得都只是些空泛的言詞。

辛也知道有些人的行為稱得上高潔或良善。在第八十六區的強制收容所，一位神父保護了他與哥哥。並肩奮戰但先走一步的所有戰友由最後一人帶走，這份約定原本是由他最初加入的部隊的戰隊長背負著。特軍校的同梯為了妹妹而戰。聯邦的長官與他們一同踏上決死之行，不惜孤立於敵軍之中也要送他們前進。

雖然這些對辛而言，只是極少數的例外，但蕾娜卻不這麼想，是因為知道的這類善行數量上的差距，還是……

一路走來的道路、看過的事物究竟有什麼差別，才會讓自己與她……

對於這唐突的問題，蕾娜直眨眼睛。

然後她高興地探出了身子。

「怎麼突然問這個？」

「……一開始是蕾娜先提起的吧，說我不愛這個世界。」

「對不起，因為你忽然這麼說，把我嚇了一跳……可是，我很高興你願意試著包容我的想法。

──這個嘛……」

蕾娜微笑後閉起眼睛。

「我想，並不只是因為有些事物值得我去愛。不是因為美麗勝過醜陋，或是有什麼優點能蓋過缺點，所以才能去愛。我並不是因為還不夠了解世界的冷酷，才能夠不感到失望。只是，這樣說吧……」

她稍微想了想，尋找適當的說法，隔了一段整理想法的時間之後才說：

「我想去相信。相信這個世界還有改變的可能性，讓任何人都能幸福地活下去。」

辛想都沒想到她會這麼說。

並不是因為她看過許多美麗的事物，也不是因為她見識過辛所不知道的善行。

「妳是說……想去相信嗎？」

而是相信還有一個「未曾見過」、還不存在於任何地方的美麗世界。

「是的。因為我想獲得幸福，希望身邊的人都能過得幸福。我不喜歡大家不能幸福度日的世界，不喜歡誰都只能認命活在惡意與蠻橫行徑之中的世界。所以……」

願能實現公正而良善的世界。

這是她以前說過的話。在北方雪夜的星空下，宛如祈禱，但願這個世界能讓善意與仁慈得到回報。

那個願望的真正意涵，不是希望良善之人能得到回報。

而是「所有人」都能獲得幸福。

「所以……對，我不是沒放棄希望，是『不願放棄』。我不願接受大規模攻勢時的那種戰場，或是經營第八十六區的共和國就是人類的真面目，而且永遠不會改變。那樣的話誰都無法獲得幸福。我是因為我自己想獲得幸福，所以……你也是。」

「…………」

辛無法這麼認為。

辛沒有能作為目標的未來，或是能冀求的幸福。沒有那些東西，他一樣能活下去。雖然他想帶蕾娜看海，想為此而戰，但那恐怕與蕾娜所說的幸福並不一樣。

無法追求幸福與未來的他——沒有必要去相信世界。

也沒有理由去愛。

他漠然地想，自己與她的確是不同的存在。

不是長久以來看過的事物，或走過的道路不同。是對世界的看法、與世界對峙的方式截然不同。就連試著秉持的人生態度都不同。

根本性的差異。

蕾娜說他是在試著包容別人的想法。

試著了解對方，理解對方的想法，的確可以說是一種包容的態度。

但是試著了解之下——辛所感覺到的，反而是無可救藥的隔閡。

想試著理解，但距離太過遙遠……即使想試著親近對方，卻沒有任何相同的部分可以親近。

如同過去在夏綠特市地下鐵總站攻略作戰之後，蕾娜與他站在同一個地方交談，感覺到的卻只有隔閡是一樣的道理；只是辛不知情罷了。

蕾娜沒察覺到辛的心情，笑了起來。

用她那如花的笑靨。

那種出汙泥而不染的，白銀蓮花般的笑靨。

「我也希望你能夠幸福……所以，我相信，並且愛著這個世界。」

如果是這樣，那麼她的這種幸福……

不追求這種幸福的人，在她追求的世界裡……

†

維克在以大型會議的開始時刻來說怎麼想都太早了的時間派人來接蕾娜，而且不知為何把她帶到另一個房間，房裡又有著一大群侍女時，她就應該要有警覺性了。

「維克，這個……」

抬起頭一看，維克一如平時穿著聯合王國的軍服，但卻是軍禮服。身上配戴著不是動表的幾枚動章，肩膀上掛著大綬，還有聯合王國的獨角獸紋章代替襟章別在身上。

「是要參加會議……對吧？」

「是啊。」

看到他淡定點頭，蕾娜兩眼噙淚逼問道：

「既然這樣，我為什麼得打扮成這副模樣……！」

她穿著一襲薄透布料縫著精緻細膩的花紋，打上許多優美奢華細褶的大裙襬禮服。淡雅飄逸的銀紗，讓底下的琉璃色裡襯美麗地若隱若現。胸口與長袖用水晶珠做了孔雀花紋的刺繡，隨著身體動作閃亮輝耀。

蕾娜覺得這是一件高雅漂亮的禮服，但不懂自己為何被迫做這種打扮。密織的絲綢重量跟軍服相差無幾，而且裙襬甚至是軍服比較短，但總覺得穿起來心裡不太踏實，令她坐立難安。

蕾娜心浮氣躁地想原地踱步，但這雙高跟鞋比她平時穿的那種更纖細，連踱步都有困難。絲綢下襬沙沙作響。

維克納悶地回望著這樣的蕾娜。

「……這身禮服很適合妳啊，妳是哪裡不滿意了？我懂了，妳是不高興諾贊不在這裡吧。那我立刻派人去叫他——……」

「不是這樣的！而且這、這跟辛無關吧！我是說要參加軍事會議，為什麼不是穿軍服而是禮服！」

「？就算是軍人，但女性在公眾場合本來就該穿禮服吧。因為雖說是軍議，但今天的會議父王與王兄也會列席，從性質來說其實比較接近御前會議。」

維克看起來完全不像在捉弄人，反而講話還帶點懷疑語氣。

換言之在聯合王國，女性的正式服裝即使是軍人也不是軍服，而是禮服。大概是因為聯合王國長年以來不曾讓女性軍人上前線，高級軍官全為貴族，才會有此風俗習慣吧。

話雖如此，竟然得穿這種輕飄飄的禮服參加軍事會議。

蕾娜雖然已失去貴族身分，但身為良家子女，早就穿慣了禮服。穿是穿慣了，可是軍服與禮服該穿的場合並不一樣。當然心境上也會有所差別。

至少在蕾娜的觀念中，穿著禮服參加軍議是不可能的事。

「維契爾上校……！」

蕾娜用目光求救，只見身穿自備緋紅禮服的葛蕾蒂聳了聳肩。她的行程當中本來就包括了謁見國王，似乎為了因應那類場合而帶了幾件禮服過來。她穿著異國風情的高領窄裙禮服，輪廓顯出一些威嚴的陽剛之氣。

要是在外派之前有人知會一聲，蕾娜也會準備這種禮服。既帥氣，又有軍服的感覺。

「哎，常言道入境隨俗嘛。畢竟上次作戰才剛失敗過，還是別平白無故做出引人側目的行為吧。再說，妳這樣很可愛啊。」

「……喔，難道說在聯邦或共和國，女性軍人連正式服裝也是軍服嗎？難怪雖說是軍事禮儀，但與我見面時，妳與依達還有羅森菲爾特都是穿軍服。」

維克似乎終於察覺到文化上的差異了，他恍然大悟似的點點頭。

「至少在公眾場合或儀式典禮上，我們是不會穿軍禮服以外的服裝的，殿下。不過儀式典禮之後的宴會，特別是在婚禮上，女性幾乎都是穿禮服。」

「原來如此？那麼我讓人縫製的這件禮服，之後也不會浪費了……米利傑，這整套禮服送妳，回國時妳就帶回去吧。在別人送妳禮服之前，這件應該能暫時充數。」

「什麼，別人……」

言外之意讓蕾娜滿臉通紅。贈送禮服給女性的人，除了父母或長輩之外，就只有……

戀人或丈夫。

「我、我沒有那種對象！」

「所以我不是說了在那之前嗎？是說妳……」

維克露出一種悲憐的眼神。

「我是覺得不至於，但難道說妳到現在都沒有自覺嗎？」

「什麼自覺！」

「我懂了，妳沒自覺。真是太可憐了……不對，或許反而該說真會給人找麻煩。兩個人都一個樣，真是。」

維克吐露出蕾娜無法理解的——不對，是不願理解的慨嘆，無奈地搖了搖頭。

雖說各位高官都忙得不可開交，但畢竟是決定聯合王國將來命運的作戰。大型會議舉行了一段漫長的時間，無可避免地必須中斷休息一下。

高官們大多暫時離開房間，大會議室裡此時沒幾個人，蕾娜待在牆角稍微喘口氣。葛蕾蒂趁這個機會與列席的軍人們交換情報，維克也說他的姑媽找他，目前暫時離席。

看來沒幾個人想跟落魄的共和國，而且還是敗北部隊的作戰指揮官建立交情，沒人來找蕾娜說話，但她不介意。列席會議者盡是些軍方高層官員，連國王陛下都蒞臨現場，難免讓她心情緊張。

某人隔著維持禮數的距離，站到了她的身邊。

「失禮了，女士。我有這個榮幸與妳交談嗎？」

「好的……」

蕾娜邊回話邊轉頭，頓時嚇了一跳。

對方身穿別上聯合王國獨角獸國徽代替階級章的紫黑軍服，留著一頭以緞帶與綠寶石髮飾束起的茶褐色長髮，並且有著比起這陣子看習慣了的色彩稍淡一點的帝王紫雙眸。

「！王儲殿下……！」

「噢，請放輕鬆。我只是以兄長的身分，為了弟弟受妳照顧而來致個意罷了。八六的總隊長閣下也是，若不是考慮到會議的性質，我其實很想請他到場。」

這位高雅地露出苦笑的人物，正是扎法爾王儲。他長得很像同母的弟弟維克，但擁有比他更高大、肩膀更寬闊的成年男性體格，以及年長者泰然自若的神色與表情。

「包括這件事在內，抱歉讓妳費心了……那孩子雖然個性有點古怪，但還是希望你們能跟他相處融洽。」

這番話與微笑的表情，讓蕾娜懷著有些意外的心情抬頭看他。

好幾年前，蕾娜曾見過辛的哥哥雷一面。她感覺對方的語氣或表情，跟雷談起辛時的樣子有點相像。

「王儲殿下您——」

「叫我扎法爾就好，米利傑上校。」

「……不知道扎法爾殿下，對維克特殿下，覺得……」

在伊迪那洛克王室的權力鬥爭中，維克屬於扎法爾派。

就連蕾娜也看得出來，維克似乎是用他個人的方式，敬愛著同母的王兄。有時談起扎法爾時，他的表情或語氣讓蕾娜明白到這點。

但是其實蕾娜之前有一點點懷疑，不確定扎法爾是否也是如此。

雖說是基於聯合王國的傳統，但是把比自己小足足十歲的弟弟送上戰場，還說如果情況危急可以見死不救。而且也不設法替他解除王位繼承權的褫奪。

蕾娜之前不禁有點懷疑，他會不會只是覺得維克——能夠開發運用「西琳」此一違背人倫道德的兵器有其利用價值，其實心底並不接納這個弟弟。

但是此刻，眼前此人的這種表情……

「他是我可愛的弟弟……妳會這樣問，可見那孩子即使看在異邦人的眼裡，似乎仍然是與眾不同呢。」

「…………」

何止與眾不同。

「呃，因為機動打擊群，與維克特殿下的『西琳』們正在進行協同作戰……」

「噢，是這樣沒錯。雖然我看得多了，已經見怪不怪……這樣說吧。」

扎法爾思考了一下。

「上校，妳知道巴別塔的災難嗎？」

突如其來的問題，讓蕾娜一時反應不及。

她於驚訝之餘輕輕點了個頭。

「……只知道一般教育的程度。」

古時候，人們為了前往天神的殿堂，建造了高聳入雲的通天塔。

此一野心觸怒了天神，詛咒人們互相說著不同的語言。

據說這就是世界上存在著各種不同的語言，以及從中產生爭端的原因。

這是舊約聖經的一段文字。

共和國在三百年前發生革命之際，作為王權證明的宗教也受到了否定。因此在目前的共和國當中，來自聖經的傳說幾乎都沒有流傳下來。就連每年的聖誕祭或復活祭，絕大多數的人都不知道它們的由來。

「雖說在聖經以前的神話當中，人們是為了獻上祈禱才建造通天塔，結果諸神誤以為人們要攻打天國，才會下此詛咒。這或許是在諷刺——就連面對諸神都很難正確溝通了，更何況一身缺陷的人類之間吧……總而言之——」

扎法爾停頓一下，仰看上空。

如同仰望過去，在異境之地，堆起人們的希望建造的通天塔。

「我是認為，那些只因為語言不通就會互相爭鬥的人，其實從語言相通的時候起，就沒有締結起什麼友誼。」

之所以互相爭鬥、誤解，不是因為雙方的差異。

是因為無法徹底相信對方。

是因為沒能從對方身上，發現足以信任的部分。他說。

這番話，倏地打動了蕾娜的心胸。

扎法爾想必不是故意說出這番話。扎法爾從沒見過蕾娜，當然無從得知她與辛至今的對話。

即使如此，蕾娜覺得這話聽起來……

簡直就像——在說自己與他的狀況。

「即使語言不同，心願卻是相同的。既然知道這一點，那麼就算語言突然變得不通，也應該能信得過對方才是……這是同一回事。就算他是條冷血的蛇，那樣親密地連聲喊著王兄王兄的，當然可愛了。至少只有他的這份親情，值得我相信。」

縱然其他的某些部分，有著決定性的巨大差異。

「他不懂別人為了什麼事悲傷，也不明白為何要悲傷，但他看得出我或父王的悲傷，而且願意試著避免……這樣對我而言就足夠了。他與我活在不同的邏輯與價值觀當中，但他仍試著用他的方式愛我……他真是我可愛的弟弟。」

「…………」

相較之下……

自己又是如何呢？

——這讓我……好哀傷。

辛——八六們認定人類與世界是醜惡而冷酷的，對它們徹底絕望。他們捨棄對世界的信賴與期待，拋開記憶中的幸福與未來本該能夠追求的幸福，竟然還甘之如飴。

這讓蕾娜很哀傷，但同時——傳達的話語是那樣的不具影響力，辛連蕾娜哀傷的理由都不懂，簡直有如人形純真怪物的異樣性質……

那種顯露出來的，令人無計可施的隔閡——讓她感到哀傷。

她以為這樣永遠無法互相了解。

她想與辛互相了解，所以為此……

她希望辛能變得跟自己一樣——無意識之中，竟然希望如此。

嘴上說著想互相了解，其實自己並沒有試著理解，或是雖然無法理解，但試著尊重他們。

她竟然一心只希望……辛能了解她。

——妳還挺傲慢的嘛。

正是如此，自己實在傲慢得可以。既自以為是，又心胸狹窄。

「……扎法爾殿下……」

蕾娜咬緊塗上口紅的嘴唇，拚命掩飾住險些變得僵硬凝滯的聲音，結果變得怪腔怪調。

扎法爾貼心地假裝沒察覺。

「什麼事？」

「您與維克特殿下有這麼大的差別……是如何建立起，現在的關係……」

「這沒什麼，很正常啊。什麼能讓步，什麼不能讓步；什麼事情希望他配合我，什麼事情由我來配合那孩子；我們只是互相摸索這些界線，找到了雙方都能接受的折衷點罷了。人與人之間，不都是如此嗎？……只是花上了幾年的時間就是了。」

「是……這樣啊……您說得對。」

即使雙方有著隔閡，對世界的觀點不同。只要像這樣，一個個找出能夠互相了解的事物，自己與他一定也能夠相知相守。

而且蕾娜有她能夠信賴的事物……早在兩年前，雙方連長相都沒見過，只有言語交談的時候開始。

迫害者與受迫害者……即使沒有半點共通之處，他們仍然……

蕾娜在禮服的袖子裡，用力握緊了雙手。

「謝謝殿下。」

「本來按照禮儀我應該送妳回宿舍，但實在抱歉，我還得在這裡處理一點事情。我已經叫人來接妳了，妳就讓他陪妳回宿舍吧。」

蕾娜該在大型會議中列席的時間結束後，維克沒將蕾娜帶出王城，而是前往通向內部走道的一個出口。這條連接兩座庭園的鋪石小路，通往機動打擊群作為宿舍的離宮。

與明亮溫暖的宮殿截然不同，入夜的降雪庭園寒冷而黑暗。蕾娜雖然見識過這種刺骨的冰寒，但仍走到正好介於室內與室外之間的一小塊空間，環顧了一下四周。

看到屋外比想像中明亮，她才發現夜空有著滿天星斗。

在列維奇要塞基地尚未淪陷時，她曾與辛一起仰望過同樣的星辰。

當時辛原本要說什麼，但沒能說出口就陷入了沉默。蕾娜以為辛之後會跟她說，然而後來發生了那場攻城戰，沒有那多餘時間，結果不了了之。

不知道辛當時想說什麼？想告訴蕾娜什麼事？

……事到如今，不曉得自己還能不能主動問他——

「嗯？」維克望向看在蕾娜眼裡還只有幽藍黑夜的雪地小路另一頭，低聲發出聲音。看來他夜視能力頗為出色，就像看透黑暗的貓眼，或是不需光明就能觀看世界的蛇。

「來了啊。那麼米利傑，好好休息。」

看來維克無意與前來迎接的某人談話，二話不說轉身就走。踩在長毛厚地毯上不會發出跫音，只有衣物摩擦的窸窣聲與柔美的香水芬芳逐漸遠去。

接著沒過多久，這次從外面傳來輕步踩踏薄薄積雪的「沙」一聲。

看來在緩慢凝結成薄冰，容易破碎的積雪小路上，即使是他也無法不發出腳步聲走路。

看到那浮現於雪地夜光與星光中的身影，蕾娜頓時神色一亮。

「——辛！」

他從庭園雪夜的黑暗中，抬頭看著一見到他就破顏而笑的蕾娜。

忽然間，辛呆立原地。

——啊啊。

突如其來地，他不幸地發現了。

不知道是什麼形成了契機。可能是因為他抬頭看著的蕾娜，在習慣了黑暗的視野裡背對著炫目亮光站著。也可能是因為他第一次看到蕾娜不是穿著軍服，而是一身禮服與妝容。

若是問他為什麼，他自己也不太明白。

只是突如其來地，他感覺自己被迫體會到了。

在既非軍事基地也非戰場，毫無戰火氣息的場所，不同於看習慣了的軍服，看到她身穿非戰鬥服裝佇立的模樣。

讓他想起了以前感覺過的，與蕾娜之間的隔閡。那種嚴重到無法挽救的——天涯海角般的距離。

看見的世界不一樣，追求的世界不一樣。換言之——這就表示兩人該待的世界，可以存在的世界也不一樣。

蕾娜其實——並不需要自己。

就如同此時辛所看到的，她的身姿。蕾娜本來並不該待在戰場的混沌之中，而是屬於平穩安寧世界的存在。她應該活在沒有戰火的和平之中才對。

她的世界，不需要戰場。

她的生命，不需要有鬥爭或戰鬥……不需要戰爭的慘烈與蠻橫。

除了戰場一無所知，只有在戰場上才能維持自我的辛——也不例外。

辛要求自己奮戰到底，卻直到現在都還無法想像這場永無止境的戰爭結束後要做什麼，連一個模糊的概念都沒有。像自己這種絲毫無法想像和平生活的人……完全無法跟她追求同一個世界遠景的人……

辛想帶她看海——直到現在，辛都還只能透過她追求未來。

但是蕾娜的人生，不需要他這種人。豈止如此，自己還會傷害到她。對於她希望大家都能獲得幸福的生命態度，連試著去追求未來或幸福都不試一下的自己，存在本身就會成為傷害她的凶器。

她跟辛說過好幾次。那是辛連理解都辦不到的一句話。

——這讓我……好哀傷。

辛這種不肯追求未來的生命態度，對蕾娜而言……

只會造成傷痛。

連這點道理都無法理解的自己與她處於兩極，而且不曾試著去理解。也不曾試著與她親近。

她都已經說她傷心，說她受傷了，自己卻置之不理。

狼與人無法交融——在遙遠戰場踏過屍首，甘願染上戰地鮮血與癲狂的怪物，無法與不受世界惡意或戰場癲狂玷汙的她並肩而行。

追求的世界、活著的世界——就連雙方的生命態度，都全然不同。

所以，他發現……

其實從一開始，自己與她——就不可能在一起。

蕾娜以為知道自己有多緊張，沒想到精神似乎比想像中更疲勞。

一見到對方的身影，肩膀的力道頓時安心地放鬆；蕾娜一面為此苦笑，一面奔下通往庭園的短石階。可能是顧及蕾娜走不慣冰凍道路的笨拙腳步，辛靜靜地走過來，站在同一條積雪路上抬頭看她。

「你來接我了啊。」

「嗯。雖然是在宮廷內，但畢竟是走夜路。」

淡定回應的聲調不知為何讓蕾娜感到好懷念。明明他們才不過分開了幾小時。

一旁待命的衛兵追來遞出一件大衣，蕾娜讓辛幫忙著將它披在禮服上。可能是因為雪地散發著冷光，隔著肩膀回頭一看，只見那白皙的面龐比平時更增冷靜透徹與靜謐。

「不好意思……讓你久等了。」

「不會。」

辛簡短地說完，也許是顧慮到蕾娜穿著完全不適合走積雪路的高跟鞋，他有些……不，是遲疑了頗長一段時間後，內斂地伸出了一隻手來。

蕾娜僵硬了一瞬間……她知道在這種時候伸手攙扶女性是男士的禮儀，可是……

自己這樣做，應該不會……不檢點吧……？

畢竟在宴會當中，蕾娜大多數時間都堅持當壁花，其實不常讓男士來當護花使者。

話雖如此，積雪路的確不太好走。那就心懷感謝地……拿出勇氣接受辛的好意吧。

即使如此，抓著辛的動作看在旁人眼裡仍然顯得相當拘謹。她實在不好意思勾住辛的手臂，只是從旁抓住罷了。

確認已經抓緊後，辛開始往前走，蕾娜也跟著前進。只是辛也不習慣當護花使者，帶領的步伐相當生硬。

踩踏雪地的兩陣沙沙聲重疊在一起。

因為要配合蕾娜的步伐走，辛比平時走得慢一點。辛平時走路都不發出聲音，所以腳步聲與他重疊讓蕾娜覺得有點新鮮。

對——辛在配合蕾娜。

他總是如此，一定連一些蕾娜沒注意到的地方，辛都在為她著想……伸出援手，願意讓步。

面對讓蕾娜害怕得呆站原地的隔閡……懷抱著那種隔閡，卻甚至願意提出疑問，試著理解蕾娜的想法。

她想做出回應。

「辛，假如——」

這話蕾娜問過好幾遍了。在兩人之間隔著鐵幕與一百公里的距離，連他的名字、長相與即將面對的死亡命運都不知道的時候。在得以重逢，以為他從那種命運獲得了解放的時候。

「等這場戰爭結束後……不，即使還沒結束也行——你有沒有想做什麼？想去哪裡，或是想看看什麼？」

辛的側臉霎時凍結了。

接著，他用極其冷漠的聲調說：

「又要講這件事？」

蕾娜心想「唉，他果然不喜歡這個話題」。因為這樣問等於是在責怪他。即使蕾娜沒有那個意思，對辛而言卻如同聲聲譴責。

就像在說：對世界絕望的你，無法像我一樣看這個世界的你，令我哀傷——

辛嘆口氣接著說了。冷言冷語，拒人於千里之外。

即使拒人於千里之外，卻有點像在承受難熬的痛楚。

「……沒有。因為就如同我說過的，我不覺得——這個世界美麗。」

「是呀。因為……對你來說，世界就是如此。」

蕾娜把梗塞在喉嚨裡的，以往她無論如何都無法苟同的話語說了出口。

說他對這個世界毫無所求，不懷抱任何期望。

他會有這種觀點……怪不得他。

雖然令人哀傷——但是其實，誰都無法將他的這種想法指為錯誤。

家人與故鄉、尊嚴與自由都受到剝奪，只得到注定死亡的命運。在身心受到磨削的他眼裡，世界已經不可能美麗。

為了不去怨恨、憎恨，只能認為世界本來就不該美麗，所以不美麗是當然的。

這種觀點讓蕾娜覺得哀傷……可是，一定也不能算是錯誤。至少對辛來說這就是真相。對他來說，世界就是如此。

——你們反而是將傷痛，視為驕傲。

對，那是傷痛。是蕾娜他們共和國人刻下的，再深不過的傷痛。即使如此，如同她在要塞基地星空下所想的那樣，她無法要他們忘記傷痛，也不能一句話說是傷痛就隨手搶走。因為這些傷痛也是辛的一部分。對於失去了種種事物的他來說，說不定就連這份傷痛，都是留在手中的少許事物之一，比蕾娜所想的更具有分量。

既然這樣，若是如此的話，蕾娜願意接受這份傷痛與絕望。

即使有著隔閡，但這種隔閡也是他的一部分……既然這樣，她就連隔閡一併接受吧。

蕾娜有理由信得過他。自從在那第八十六區，雙方在還沒見過面的狀況下交談的時候起就是如此了。例如他的堅強、自尊、不時顯露出的少年該有的孩子氣，或是他本身似乎毫無自覺的，藏在冷靜透徹底下的溫柔。

所以，蕾娜願意相信這一切。

即使有些事情無法心意相通，無論這之間有多大的隔閡，她都有理由信得過辛。

「即使如此——」

「即使如此——」

辛多少有些恍神地，聽著蕾娜接下來說的話。

因為他一不小心，陷入了自己的思緒。因為她的詢問明明沒有那個意思，聽起來卻像是給了辛致命一擊。

——等這場戰爭結束之後，有沒有想做的事情呢？

至今蕾娜問過辛這個問題好幾次，但他到現在都還無法回答。不是因為沒得回答，有是有，但是無法回答。

我想帶妳看海。

然而這份心願，終究不是自己一個人能追求的，也已經無法期望蕾娜能答應他。

因為如今辛知道，自己會傷害到她。

自己的存在，會傷害到她的存在。

知道與她在一起會傷害到她，所以不能留在她的身邊。

所以，辛不想做回應，不想握住此時她伸出的手。

自己最是無法實現蕾娜的心願，實現她祈求誰都能獲得幸福的願望。

只會成為重擔，只會傷害到她。

所以，辛已經……

無法再期望——帶她看海。

話說就在蕾娜與辛都像這樣，一半陷入了自己的思緒時。

因為雙方都沒注意路面，結果……

「……呀！」

伴隨著一聲怪聲怪調的尖叫，視野邊緣的銀色頭部倏地一沉，讓辛猛一回神。

「蕾娜！」

明明前一刻還在想事情，卻能緊急抱住她不讓她摔倒，全是拜他超人般的反射神經所賜。

即使如此，辛不禁猶疑了短短一瞬間。不知為何，辛非常害怕碰到她，造成他攙扶的動作慢了一點，結果用一種歪扭不堪的不安定姿勢扶著她。

一塊透明的青藍碎片描繪出拋物線從視野邊緣飛了出去，看來她是一腳踩到了冰塊。

總而言之，辛關心了一下臂彎中的少女。如果她用纖細的高跟鞋，踩到了踏都踏不碎的堅硬冰塊……

「有沒有受傷？……妳應該扭到腳了吧？」

「我、我很好，大概吧。」

回話的銀鈴嗓音不知怎地莫名破音，但辛豈止不知道原因，連她講話破音都沒發現。

畢竟雙方原本距離就很貼近，剛才蕾娜差點往後摔倒，又被辛抱住拉向自己。

換言之現在雖然不到緊擁入懷的地步，但卻是將手繞到背後支撐的緊貼狀態。

「大概？扭傷有時候會晚一點才開始痛……如果不放心，我就這樣扶著妳回宿舍吧。」

「不、不用了！不用麻煩……辛，那個，我自己站得住的。」

聽到蕾娜用蚊子叫般的聲音這麼說，辛才終於發現自己與蕾娜現在是什麼姿勢。

原本不曾留意的紫羅蘭香水味，在比至今近上許多的距離內輕柔地薰染了鼻腔。

「！抱歉……！」

辛急忙鬆手，不過在無意識之中，仍未疏於注意穿著包鞋的腳是否有站穩。同時也不忘留意看起來脆弱易折的纖細鞋跟有無折斷，以及鬆手後她的腳步有無踉蹌。

蕾娜臉紅到稱得上前所未見的地步，低垂著頭僵在原地。

由於她的臉實在太紅，加上全身僵硬維持了太久的沉默，使得辛愈來愈感到不安。

就在他心想是否該再道歉一次比較好的時候，忽然間，蕾娜噗哧一聲笑了出來。她發出搖鈴般的嗓音，輕聲笑著。

「對、對不起……可是……！」

她把身子彎成兩截，繼續輕聲笑個不停。

辛漸漸困窘起來，問道：

「什麼事這麼好笑？」

「沒有，只是覺得辛你……真的很溫柔。」

突然冒出來的一句話，讓辛大感困惑。他是覺得至今的對話與行動當中，沒有半點能讓她有這種感受的要素。

「你看起來像是漠不關心，其實總是在為身邊的人著想，不願意對任何人置之不理……像我也是，你總是會這樣幫助我。」

「……妳太小題大作了。」

「才不是小題大作呢，現在也是。」

「你扶我一把，又擔心我有沒有受傷，對我表示關懷。」

蕾娜用指尖拭去因笑過頭而滲出的眼淚，如此說道。真的，他就是這樣毫無自覺地……把幫助別人視為理所當然，不認為這是一種溫柔。

對，所以蕾娜信得過他……即使知道他並未在追求幸福，仍不禁為他如此祈求。

「辛，我想繼續剛才的話題……我並不是想讓你知道我的哀傷。我不會收回前言，但我再也不說那種話了。只是……」

雖然不會收回前言，雖然仍舊感到哀傷，但是……如果這樣會讓辛露出受傷的表情，那她再也不說了。

只有一件事，她現在一定要說。

「即使你眼中的世界並不美麗，人類與世界都很殘忍……但如果有一天，你能夠有所期望的話……」

不抱期望，一樣能活下去。

沒有過去，自己一樣是自己。

即使辛抱持著這種想法，但如果有一天，他能夠有所期望的話……

「假如即使如此，你仍然在這樣的世界裡，找到了想要的東西……到時候，你可以去追求沒關係的。即使是在這樣的世界裡，即使世界看在你眼裡依然冷漠無情。因為這裡，已經不是第八十六區了。你所想要的東西，已經不再是想要也得不到的東西了。只有這點……希望你能記在心裡。」

如果他覺得不用期望，那也沒關係。雖然蕾娜很希望他能有所期望，但目前這樣就夠了。

她只希望不要變成一種詛咒——讓他覺得在這種世界裡「不能有所期望」。

只有這件事，現在一定要讓他知道。

蕾娜明明是這麼想的，嘴巴卻擅自繼續說個不停。在這一刻，她不禁稍稍吐露了心願。

明明就算辛有朝一日，能期望得到些什麼，到時候自己也不見得會在他身邊。

即使如此，她仍無意識地希望到時候，自己仍能待在他的身邊。

「然後，只要你願意的話，到時候希望你能告訴我——你的心願是什麼。」

她那宛如花的微笑，讓辛說不出話來。

蕾娜不知道辛的心願，就是不知道才會這樣說。她以為辛毫無所求，才會這麼說。像是小孩子描述著有朝一日的夢想，只不過是那種程度的祈禱罷了。

但是……

——你可以去追求沒關係的。

真的可以抱持期望嗎？可以懷抱著總算有所期許的戰鬥理由，期望能帶她看海，當她看到嶄新的景色時，希望能看到她必定展露的笑容？

他想有所期望。

這份強烈湧上心頭的感情讓辛大感驚訝，接著產生了自覺。對，他想有所期望，如果能被允許的話。不，就算不被允許……

明知道只會傷害到她，但辛仍然想待在她的身邊，不想放棄總算有所期望的戰鬥理由。

辛明明覺得不能觸碰她，必須推開她，卻仍忍不住將她擁入懷中。在那一瞬間，他忘記了隔閡與歧見——不禁用平常的方式與她接觸。如同他那種無意識之中的行為，所顯示的答案……

事到如今——他已不願放手。

忽然間辛覺得，自己的確是個無藥可救的怪物。明知會傷害到對方，為什麼還……

即使如此，正因如此。

看來自己如果甘於現況，將會無法跟她在一起。

繼續懷抱著什麼都不想要，甚至不願一試的虛無，將會無法與希望得到未來與幸福的她在一起。如果覺得會傷害到她，那麼自己必須試著不去傷害——沒錯。

看來自己必須有所改變。

如果自己還想與她並肩奮戰的話。

要以什麼為目標？

要如何改變？

即使這些問題至今他想都沒想過，對未來的遠景──連一點印象也沒浮現過。

第二章　生命僅是一個行走的影子

「——下一個。地點一八三—五七〇。推測為斥候型，一個小隊規模。」
『以肉眼辨識對象，一個斥候型小隊——包括目標在內，三架。』
『收到。「神槍（Gunslinger）」開始射擊嘍。』

†

在舊聯合王國國境，龍骸山脈南部的「軍團」支配區域，正在為下一場攻勢整軍備戰。除了將重量級機甲部隊集中配置於前線，也要為後方空降做準備。

在銀色天空與純白得刺眼的雪原之間，三架電磁彈射機型與斥候型小隊一半淹沒在雪中，蹲踞於陡峭的西向斜坡上。

它們接到的命令是待機。不知疲倦為何物的戰鬥機器們對於虛度光陰沒有任何不滿或煩悶，持續等待著終將來臨的攻擊命令。

這時，一陣高速、高密度金屬強行穿破裝甲的異樣聲響，在銀色天空底下迴盪之後隨即被雪地吸收。

控制中樞遭到正確射穿的一架電磁彈射機型虛軟地倒下。

看到它那斷線人偶般的動作，一旁的斥候型將複合式感應器轉向該處。其間剩餘的兩架也接連著倒下。等到初速高達每秒一千六百公尺的高速穿甲彈(APFSDS)遠遠拋下的砲聲轟然響起時，仰望電磁彈射機型的那架斥候型早已倒地不起。

連向所屬部隊的高階指揮官機報告敵人來襲的閒工夫都沒有。

面對憑藉著接近自動裝填裝置極限的速度，卻以神乎其技的精準正確性連連射出的八八毫米魔彈，這些斥候型只能坐以待斃。

†

『目標的回收，以及目標以外的處理皆已完畢，死神閣下。』

『收到——可蕾娜，移動定點。接著會攻擊假目標。柳德米拉，地點二〇二—三五八。推測為以戰車型(Löwe)為主體的機甲部隊，請確認。』

『請稍候片刻——馬利諾夫卡中隊，變更展開位置。地點——』

可蕾娜一邊聽著辛與馬利諾夫卡中隊長——識別名稱叫什麼柳德米拉的「西琳」的對話，一邊讓「神槍」解除射擊姿勢站起來。她待在宛如高舉向天的成群長槍，又有如老朽臥龍背上棘刺的黑色針葉樹森林裡。

砲聲的衝擊波將積雪從周遭樹林的枝椏上震落，從機體的各個部位輕柔灑下。雪在這種氣溫下不會融化，因此保持著細雪的模樣，一片純白色彩。

這座位於交戰區域深處，鄰近「軍團」支配區域的森林上空一樣也受到銀翼封鎖，為了躲避織就這片銀紗的阻電擾亂型，以及想必在更高的空中盤旋的警戒管制型，她的「破壞神」此時裝上了冬季迷彩外殼，以裝甲顏色與輪廓欺騙敵機。

即使如此只要一開砲，八八毫米戰車砲的劇烈砲聲照樣會讓她的存在曝光。趁著上空那些煩人的看守還沒聚過來，可蕾娜選了一處樹枝密集的地方，迅速但謹慎地讓「神槍」移動定點。

同樣在交戰區域進行搜敵的辛，以及入侵支配區域確認並回收目標的「阿爾科諾斯特」應該也同樣在反覆進行潛伏與移動。既然只能以先鋒戰隊與一個「阿爾科諾斯特」中隊的小規模戰力反覆襲擊敵機，與「軍團」的交戰必須能避免就避免。

『辛苦了，狙擊手閣下。達莉婭準備撤退。』

負責前進觀測的「西琳」——達莉婭以知覺同步傳來了通訊。這個「西琳」將桃紅色的頭髮綁成辮子，在外型有如少女的她們當中擁有最稚齡的外貌。

在列維奇要塞基地聯手作戰，然後移動到目前這個備用陣地帶基地之後都是如此。經歷過多次協同作戰之後，包括可蕾娜在內，處理終端們也漸漸習慣於與「西琳」聯手行動。雖然聽說這次的龍牙大山攻略作戰當中整體的參加兵力比較少，但是光看攻略部隊的戰力說不定還比上回作戰更強。

話雖如此，但可蕾娜還是不習慣跟甘願被當成棄棋的她們相處。

『不過，您可以將這份任務交給我們沒關係的。雖說還在「軍團」交戰區域，但畢竟是鄰近支配區域的作戰行動。對於各位人類來說，這份任務太危險了。』

「……但妳們沒辦法做到像我們一樣吧。」

可蕾娜差點說「妳們這些棄棋」，但改口了。她不想那樣說。

那是那群白豬對「他們八六」說過的字眼。

不是這些傢伙。

可蕾娜他們跟這些傢伙或許很像，但並不一樣。

『……的確，至今都是以近身戰為主體的我們，不具有能與狙擊手閣下媲美的狙擊技術。但是只要借用狙擊手閣下的射擊資料與「破壞神」進行分析，以此作為學習基礎，在實戰中累積經驗，或許……』

這番話讓可蕾娜抿起了嘴唇。

「這個位子……」

因為，這是我僅有的一切。

因為除了這個戰場，沒有一個地方能讓我待在辛身邊。

她希望有一天捐軀時，辛能帶她走。從她抱持這份期望的時候起，她與辛就不再是對等關係了。她成了被拯救者，不復成為拯救者了。

自己無法成為辛的支柱——辛不願意依賴自己。

就連他現在為了某事煩惱，都還是如此。

所以。

至少只有這份職責，不管是誰……

「我才不會讓出來呢。」

「——收到。先鋒戰隊、馬利諾夫卡中隊，準備撤退。」

回應來自遠方備用陣地基地——蕾娜從司令部發出的撤退命令，辛鬆了一口氣。在「送葬者」的光學螢幕上，顯示出今日依然如舊的純白世界。

自從那天下定決心起，過了大約半個月。

辛內心覺得自己正在逃避。

他拿忙於作戰當藉口，用每天的戰鬥與隨之而來的雜務分散注意力，延後處理早已有所自覺的重大課題。

他必須對從未想過要追求的自身未來抱持期望。

但是即使他這麼想，如今已經過了半個月，自己卻連具體來說該怎麼做都不知道。他知道自己這樣只是停滯不前，卻無法動彈。

因為，他根本沒有目標。

沒有想做的事，沒有想去的地方，連想成為什麼樣的人都不知道。辛問了自己好幾遍，卻得不到半點答案，只有連模糊想像一下都辦不到的空虛感。

只有難以形容的迫切感讓他心焦如火。

一意識到這個問題，迫切感受就湧上心頭，催促著不許他停滯不前。

——你可以去追求沒關係的。

她明明都這麼說了。

辛明明很想做出回應。

但卻交不出……半點解答。

「我就是沒有啊——蕾娜。」

只在嘴裡喃喃自語的一句話，不會從關閉的知覺同步或無線電洩漏出去。

蕾娜說過，希望每個人都能獲得幸福。

但是對這個心願……

「如果有人無法對此抱持期許，那麼——他該怎麼辦呢……？」

無法回應這個祈禱的人，又該……

看來在餐廳牆面畫滿鮮豔花圃或晴朗藍天，是聯合王國前線基地的特徵。

「——不過，真虧蕾娜妳能想出那麼多作戰耶。」

聯合王國第二戰線備用陣地裡的一座基地，就是機動打擊群目前的部署單位。

此地有著深山密林，以及汲取這些養分的大型河川。與北方大地此一名稱給人的貧瘠印象正好相反，在充滿這些自然恩惠的聯合王國，連熬製高湯都會使用大量的食材，而且會長時間加熱，燉到滋味濃重……應該說對外國人而言有點太鹹了；萊登一邊吃著這樣的燉魚，一邊說道。

蕾娜露出有些苦澀的微笑。

「因為無論是在指揮布里希嘉曼戰隊時或大規模攻勢當中，能拿來戰鬥的都拿來用了……只是讓負責系統開發的人員有點……相當缺乏睡眠就是了。」

不過維克追加送來給她的、同樣可供利用的物品，蕾娜決定暫時先擱一邊。

賽歐放下叉子說：

「說到這個，這就表示這次安琪與可蕾娜都不會參加龍牙大山攻略部隊，對吧？其他戰隊的大範圍壓制或狙擊隊員也是。」

「哎，因為我在要塞內部的戰鬥，很難發揮真正本領嘛。」

「我就算是在狹窄的地方，一樣有自信打得中啊。」

可蕾娜板起臉孔說道，萊登無奈地嘆氣。

「所以才叫妳靠妳的本事射爛那些敵機不是嗎？」

「這次聯合王國軍無法撥出佯動戰力，掩護我們攻略部隊的進擊……與其與我們同行，妳若能待在後方打擊大量敵方部隊，對我們會更有幫助。」

接著被辛這麼說，可蕾娜變得一臉驕傲。

「嗯！交給我吧！」

「……汝實在是太好糊弄了……但願汝別被壞男人騙走就好。」

「妳說什麼——！」

匡噹！可蕾娜從座位上站起來，坐在芙蕾德利嘉兩旁與對面的辛、萊登與賽歐，一言不發地從自己的盤子裡把一些聯合王國特產的鹽漬菇類放到她的餐盤裡。

「啊啊！汝等這是做什麼啊！」

「當然是因為妳這句話太超過了啊，芙蕾德利嘉。」

「哼哼——！辛跟萊登還有賽歐，都是站在我這一邊的——！」

可蕾娜幼稚地挺起胸脯，芙蕾德利嘉一副比起這句話，更氣她那豐滿曲線的表情發出低吼。

蕾娜看著這個場面，輕聲笑了起來。

自從列維奇要塞基地的那場戰鬥以來，八六們一直顯得有些鬱悶，不過現在看來，大家似乎都已振作起來。

其實應該是還沒消化完心情，但自從來到這座前線基地——自從返回戰地後，他們似乎都切換了意識。辛他們也是，其他戰隊的處理終端也是，都恢復了一如平常的熱鬧氣氛與戰鬥能力。

雖說都是十五到十九歲的青少年，但他們畢竟是八六——在第八十六區長年奮戰，存活下來的戰士們。這種切換意識的能力，想必是自然而然就有了。

「然後呢，再來就是跟妳們倆同樣是後衛的那些傢伙，還有直衛的……」

「是啊，包在我們身上吧，死神弟弟！」對面那一頭的桌子有人出聲回應，說話的萊登稍微瞄了那邊一眼。辛當作沒聽見。

這讓蕾娜想起，自從來到前線基地之後，除了公務之外就沒跟辛說過話了。

眼睛望過去一看，辛沒看她。他目光略為低垂，似乎連蕾娜的視線都沒察覺到，正陷入沉思。

說到這個，這個動作也不知道是從何時開始的。

最後一次跟他交談，是在……

對，是在大型會議之後，那個星空下的降雪庭園。

倏忽之間，他讓蕾娜看見了——彷彿拒人於千里之外，卻又像個迷路小孩般的側臉。

那究竟是——……

「是西汀她們啊……聯合王國本隊明明也傷亡慘重，本部靠他們防衛就夠了嗎？」

「喂，是說死神弟弟啊，別當我是空氣啊，死神弟弟～？你有聽見我說話吧你這死傢伙！」

「不用一直叫，我聽見了。閉上妳的嘴，跟平常一樣當妳的看門狗就對了。」

「哈哈——你總算承認啦！沒錯，女王陛下有我們好好守著！而不是你這死神小弟弟～！」

就在蕾娜的身邊，他們開始吵起實在一點都不重要的架。

熱熱鬧鬧的氣氛，以及一如平時的閒扯淡讓蕾娜覺得很溫馨，不禁苦笑了一下；一瞬間閃過腦海的不安旋即被擱在腦後，從蕾娜的心中消失了。

但只是當時。

†

雖說是王族的辦公室，但畢竟是最前線。蕾爾赫回到看在習慣了王宮的眼裡實在太殺風景的這個房間時，她的主人還在低頭瀏覽全像式顯示器的電子文件。

「殿下，燈火管制時間即將到來，請早點休息……不，在那之前要不要先喘口氣呢？下官這就為您備茶。」

「有勞了……不過，在那之前……我問妳。」

她的主人摘下辦公用的眼鏡，平靜地說道。

「蕾爾赫。」

主人的呼喚顯得若無其事，但蕾爾赫卻有所警覺，抿起嘴唇。儘管「西琳」沒有視覺與聽覺以外的感覺，也沒有呼吸或消化的功能，幾乎不具有任何戰鬥用不到的機能，但有一個例外，就是全體人員都獲得了表情功能。

維克用寂然冰冷的紫瞳，看著在門前駐足的她。

蕾爾赫覺得稍稍能體會一些愛說長道短的人為何稱呼他為蛇。被他這樣定睛注視，會感覺他簡直不像人類。

美麗而冷血的，不具感情的黑色細蛇。

帝王深紫的雙眸簡直好像能看透一切，確實是極其可怕。

「妳在上次作戰時，跟諾贊說了什麼？」

「……沒什麼。」

「妳在說謊。上次的戰鬥，自從最後那場突圍之後，那傢伙就在躲著妳。那傢伙可不具有那種感性，會因為妳是機械人偶或死者之鳥就排斥妳。既然如此，他躲著的就不是『西琳』而是妳，原因是妳的言行。我有說錯嗎？」

蕾爾赫抿起了嘴唇。

這是主人在問話。是賦予她現在這副身軀、意識與職責之人在問她話。

必須回答才行。

身為受造物，身為自認為主人之劍的存在，她不能拒絕。

即使如此……

「殿下……下官也有些話，是希望祕而不宣的。」

自己這隻名喚蕾爾赫的「西琳」，是沒能成為少女蕾爾赫莉特的瑕疵品。

是以她的遺骸作為原料，希望能藉此重新取回她，卻終究沒能如願的無用容器。
即使如此，維克仍讓她作為近衛留在身邊，但她卻無法將自己拋給辛的話語對維克重複一遍。
自己……身為無生命死者的自己，絕不可能與任何人獲得幸福。
……只要把自己這種人留在身邊，維克就不可能幸福，這種話……
「西琳」的腦部構造與擬似人格在生產工廠都保有備份，即使在戰場上丟失也能重新生產。
但是，蕾爾赫……只有她的腦部構造與擬似人格，無法重新生產。
她的腦部構造資料與擬似人格沒有備份。除了收在她頭蓋骨中的這一份之外，沒有任何構成她自我存在的情報。
蕾爾赫……蕾爾赫莉特的容器，只有此時此地的這一個她。
不是出於技術性的問題。這是維克的意願。
蕾爾赫莉特雖是以自己的意志答應成為「西琳」，但那是因為主人如此希望。至少維克自己是這麼認為的。
所以唯有蕾爾赫莉特，維克只會讓她復活一次。一旦現在的「蕾爾赫」毀壞，屆時就是她獲得解脫的時候。
維克是如此珍惜蕾爾赫莉特；蕾爾赫絕不能對他說，相貌與她無異的自己是個無法讓任何人獲得幸福的假貨。
絕對不能。

哼。維克用鼻子哼了一聲。

「這我知道。妳以為我沒在編寫初始指令時要求妳對我的命令絕對服從，是為了什麼？……但我還是要問妳，妳說了什麼？」

不是「我命令妳回答」。

是「請妳回答」。

蕾爾赫的神情扭曲了。

「西琳」明明只是兵器的零件，卻所有機體都獲得了表情功能。

再加上人類的臉孔、人類的嗓音、人類的眼睛與人類的皮膚。這些應該都是戰鬥所不需要的東西，明明只會降低生產性，維克卻經過多次研究，用人工素材重現了類似的零件。

「西琳」的原型，是年幼的維克為了替過世的母親做個新的身體而準備的機械人體。為了戰鬥而經過強化，為了量產而做過簡化後，就成了「西琳」。

即使是戰鬥用零件，即使是量產品，即使是不完全的假貨，她們「西琳」對維克而言仍然是原本可能成為母親，成為愛過的少女的……可能成為活人的人偶。

她的主人，心裡其實絕不樂意將這樣的「西琳」送上戰場，當成消耗品用完即丟。

他對她們這些機械人形付出這麼大的感情，蕾爾赫怎能拒絕？

縱然她的答案——可能會傷害到他。

「……遵命，殿下。」

「——沒枉費自從配屬以來將近半個月到處積極狩獵，弄到的數量還真不少。」

†

第八六機動打擊群的「女武神」整備班，有著人數相當多的八六整備人員。

「送葬者」隨機人員的葛倫．秋野軍曹與藤香．凱莎伍長也是其中之一。

「想要重現或是重新運用比較難，特別是戰車型之類的戰鬥機種一被擊毀，就會在機密處理規定下把包含控制系統在內的重要部分都燒掉。不過後方支援用的『這玩意兒』除了控制系統之外，其他部分的機密處理規定似乎沒那麼嚴格……如果只是要重新運用剩下的部分，應該有辦法可想。」

原本無人使用的備用機庫裡，擺滿了「軍團」的殘骸。葛倫用拇指指著背後那些東西，對前來確認狀況的辛說道。這人有著經過日曬而褪色的紅髮，個子很高，碧藍眼瞳帶點挖苦人的味道。

將青玉種純血的金髮柔順披散在背後，藤香放鬆了與整備人員粗樸的工作服完全不搭調的花容玉貌，接下去說道：

「這項技術本身在戰前就有人使用了，聽說在聯邦也已經進入實用化階段，『軍團』或許也覺得這點小東西落入我們手中無所謂吧。但是最起碼不用重新製造，在這次這種作戰當中很有幫助。」

兩人都是在第八十六區曾與辛配屬過同個基地的整備人員。從那段時期開始辛就成天到晚弄壞「破壞神」，因此受過兩人許多照顧——後來即使過了這麼多年，他們還是記得辛。

「不過我說啊，你竟然當上戰隊長了。當年那個小傢伙真是長大了呢。」

……只是畢竟待在同個基地已經是七年前的事了，而且是辛在第八十六區從軍的第一年，因此被他這樣隨便當成小孩子看待，感覺有點火大。

辛不禁一聲不吭地回看著葛倫，讓他大大吊起嘴角笑了起來。

其中混雜著些許苦笑。

「可是你啊，可別只會長個頭喔。竟然把『女武神』當『破壞神』一樣用壞，你還是一樣愛亂來耶，一點都沒變。」

被他這麼說，辛眨了眨眼。

「……我都沒變嗎？」

辛跟葛倫待在同個基地，已是七年前的事了。

當時辛仍然以為雷險些殺死他，是他自己的錯。總是被配屬到激戰區，並肩戰鬥的同袍全都拋下辛先走一步……當時辛內心的某個角落，認為這也都是自己的罪孽。

當時自己……內心的某個角落認為只要誅殺了哥哥之後，什麼時候死都無所謂。

但是後來辛長高了，嗓音也變了。他結識了幾名並肩戰鬥的夥伴，自己的內心應該也隨之產生了種種變化。他以為是這樣的，但是……

我都沒變？從那時候到現在？

葛倫笑著，絲毫沒察覺到辛內心的疑慮。

「是啊。你變得比那時候強了，神情也比那時候像樣多了，但是……還是一樣讓人捏把冷汗。戰鬥方式還是讓我覺得你這小鬼是不是急著找死。」

告辭離開機庫後，辛仍然對葛倫說的話耿耿於懷。一旁的藤香雖然面露苦笑，但也沒出言否定。

難道自己——真的都沒變？

不是從半個月前希望能有所改變，知道必須追求未來開始，而是根本從待在第八十六區的時候開始，就一直沒變……？

「——辛。」

在聯合王國特有的迷宮般複雜走廊上，有人從交叉口出聲叫他；一看，是可蕾娜。

這倒無所謂，但辛皺起了眉頭。

「……妳怎麼這副模樣？」

「咦？——啊！」

可蕾娜跟著看看自己的服裝，霎時變得面紅耳赤。

看在辛的眼裡，她並不需要為了自己的穿著臉紅。只不過是脫掉了軍服外套掛在手臂上，也沒打領帶，僅留一件女用襯衫罷了。辛自己是不怎麼拘泥於服裝，但畢竟從軍規上來說不是很好，所以關心一下罷了。

「這是，呃，對……沒什麼啦！」

不知為何，可蕾娜慌慌張張地說。

辛的動態視力很輕易地看出，她毫無意義地亂揮一通的雙手當中，有一隻手握著頸鍊型的裝置。

……這讓他想起行程當中有一項，是要檢查進行攻略作戰時會配給可蕾娜或安琪的支援用裝備。

辛覺得奇怪的是沒有人向他提過這件支援裝備的詳細功能。芙蕾德利嘉也好蕾娜也好，不知為何連維克都不肯在他面前談這件事。馬塞爾更誇張，有一次被辛問到時還臉色鐵青僵在原地。

可蕾娜勉強讓自己鎮定下來，接著說道：

「這不重要，那個……我問你喔，辛。」

金色眼眸往上看著他。

「你現在，是不是為了什麼事……很焦急？」

「！………」

辛被狠狠刺了一下，瞇起一眼。

……糟了。

他以為隱藏得很好……包括蕾娜在內，他本來並不希望被任何人看穿。

可蕾娜心如刀絞地，看著他那種傷口被人碰到般的反應。

看他那反應與表情，肯定是因為內心的糾葛被人看穿了。辛不喜歡讓別人……特別是自己為他擔心。

總是如此……自己對辛而言，永遠像個需要照顧的妹妹。

「……抱歉，我是不是顯得有點敏感？」

「沒有，不是的，那沒關係。我不是那個意思，只是有話想跟你說。」

不知從何時開始，可蕾娜發現辛似乎為了某些事情焦慮不堪。

肯定是自從來到聯合王國目前這座基地，為了替攻略作戰做準備而反覆出戰的這半個月之間發生的事。因為只有在這段戰鬥期間，可蕾娜才能待在辛的身邊。只有這種時候她才能比蕾娜或所有人更貼近辛，以無人能夠取代的狙擊手身分幫上他的忙。

其間不知什麼時候，可蕾娜察覺到了。

察覺到辛懷抱的焦躁。

感覺就像想趕往一個不同的地方。好像被急切催促著不去不行似的。

明明就連辛也不知道該何去何從。

所以他去不了任何地方，但卻受到催促而焦急不已。越是一步也無法前進，就越是被逼得更緊。

既然不知道該去哪裡，又何必一定要去？

「我跟你說……假如你覺得痛苦，就不要勉強改變自己。」

隔了一拍。

血紅眼瞳慢慢地睜大開來。

可蕾娜直勾勾地抬眼望著他，說道：

「自從到了聯邦，自從離開第八十六區，大家都叫我們不要繼續做我們自己。至今我們都用我們自己的方式活得好好的，所以我覺得維持現狀也不會怎樣。」

可蕾娜一邊說，一邊發現：

不是不用改變。

是希望他不要改變。

因為假如辛拋棄目前八六的生存方式，選擇了另一種方式——假如他選擇了自己唯一能與他在一起的戰場以外的地方……

「所以我覺得，你不用露出這麼痛苦的表情，不想改變卻勉強去改變。我覺得我們維持現狀——也沒什麼不好。」

求求你，不要改變。

繼續做現在的你。

雖然即使維持現狀，自己也絕對不會被選上，但她仍希望能維持這種安穩的關係。

在同一個戰場上戰鬥至死——繼續一起當八六。

「我覺得——你不需要改變。」

這番話讓辛抿起嘴唇。

他感覺自己只弄明白了一件事。

「——是啊。就算繼續維持現狀，大概也不會怎樣吧。」

戰鬥到力有未逮而敗亡的那一瞬間——即使他繼續秉持著這唯一一份驕傲，繼續當個只抱持這個希望的存在，也不會怎樣。

這麼做，絕對不會是錯的。

用這種方式活下去並接受死亡，絕不是可恥的事。

在那注定死亡的第八十六區，他們試著用這種方式活下去。這是他們唯一能試著守住的尊嚴——辛並不會想捨棄它。所以，這絕不會是一種錯誤。

即使如此……

「即使如此，我並不是不想改變。因為我已經知道我必須改變，必須追求。所以——……」

那絕不是一種錯誤。繼續做那樣的自己並沒有什麼不好。如果只想獨立求活，或是與讚許相同生命態度的八六戰友一同活下去的話。

但是，假如辛想跟抱持不同生命態度的人在一起的話……

假如他希望某人能待在自己的身邊，而自己目前的生存方式，會傷害到那個人的話……

辛明知這樣很殘酷，卻仍然從那帶著苦求意味的金瞳別開了目光。

「我——不能再這樣下去了。」

†

辛的樣子有點奇怪。

這是這幾天來蕾娜的實際感受。

表面上沒有任何問題。不管是襲擊作戰計畫的制定、實行還是報告，他都維持著平時冷靜沉著的常態。

但是，他似乎有心事。

總覺得——他好像在對什麼事情鑽牛角尖。

但是只看外表，當然不可能看出更多心思。因此蕾娜決定問問看。

「辛是不是在煩惱什麼事？」

「妳不會去問他啊？」

蕾娜抬眼望著對方，坐在她辦公室裡小沙發上一手端著紅茶的萊登如此回答，神情傻眼到無以復加的地步，就像在說「幹嘛問我」。

被他這麼說，蕾娜噘起嘴唇。就是因為辛不肯回答，她才會問跟辛交情最深的萊登啊。

不如說……

既然萊登這麼說，就表示假如由他來問，辛一定會回答吧……

蕾娜想到這種要是萊登聽了一定會說「才怪」大搖其頭的念頭，一個人偷偷不高興。

「西汀，妳有沒有聽辛說過什麼？」

「……女王陛下，我看妳是被逼急了吧？妳看不出來死神弟弟跟我交情沒好到能談心嗎？」

的確，他們每次碰面就會吵一些無聊到家，好像小朋友鬥嘴的架，但是……

「可是，不是都說不打不相識嗎……」

「絕對沒那種事。我跟死神弟弟就只是關係惡劣所以吵架，就像狼虎相爭那樣，也可以說是天敵之類的。感覺就像從基因層級就開始八字不合。」

「……狼跟老虎又不是天敵，而且這樣打起來老虎會贏喔。真要說的話，到底哪邊是哪邊啊。」

西汀把萊登的吐嘈當耳邊風，拿起配茶的烘焙點心往嘴裡丟。

她一邊有失莊重地咬得喀滋作響，一邊接著說了：

「不過的確就連我來看，都覺得那傢伙怪怪的。但他有事的話應該會找妳商量吧，是說妳只要一聲令下不就結了嗎？反正女王陛下是他的長官嘛。」

「這……」

是這樣沒錯，可是……

於實行作戰之際，假如部下懷抱著會影響作戰的問題，長官必須查問清楚設法解決，或是命令部下做處理；假如兩者都有困難，把部下調離作戰也是長官的職責，可是……

「……我不是這個意思。」

不是作為長官，而是夥伴。

我是希望他能把我當成自己人啊……蕾娜垂頭喪氣。

話雖如此，長官的職責還是得盡到。

「辛，有什麼煩惱的話，可以跟我說喔。」

「怎麼突然說這個？」

蕾娜不知該怎麼開口，弄了半天還是開門見山地問，讓辛一臉納悶地回答。

正巧待在辦公室的芙蕾德利嘉，不知為何大嘆了一口氣。

「因為最近，那個，我看你好像常常陷入沉思。如果不介意的話，你可以跟我說，有需要的話，我也可以安排增加定期心理輔導的次數。」

「喔。」

辛一瞬間，露出忍受痛楚的神情。

但他隨即壓抑下來，輕輕搖了搖頭。

「個人問題罷了，況且也沒到煩惱的程度。」

「可是如果影響到作戰就——……」

「我自認為在執行任務時沒有分神……有出過什麼問題嗎？」

被辛這樣斷言，蕾娜也接不下去了。況且就客觀角度來看，辛的執勤態度或任務執行能力都沒有問題。

即使如此，蕾娜抬頭看著他那缺乏表情變化的白皙面容，仍然覺得他在佯裝平靜。

雖然看起來跟平常的他並無二致，但有哪裡不同。在那神情底下，有某種感情在搖擺不定。

但是，他在蕾娜面前卻把這些吞了回去。

「是沒有問題，可是……」

蕾娜找不到話可以說。

看到蕾娜沒話可說，辛還是一樣什麼都不肯講。芙蕾德利嘉用一種難以言喻的表情，一言不發地來回看著兩人。

敲門的叩叩聲，打破了尷尬的沉默。

阿涅塔來露臉了。為了補充不足的人手，她與葛蕾蒂也跟機動打擊群一起來到了前線。

「蕾娜，事情快談完了嗎？假如告一段落了，我想跟諾贊上尉借一步說話，談談上次那件事。」

辛視線看向蕾娜問是什麼事，蕾娜只瞄了他一眼沒回答，略帶困惑地點頭。原來是之前說過的那件事啊。但那件事應該不到需要避人耳目的地步吧。

「好的。不過，在這裡談也沒關係的。」

蕾娜說完，阿涅塔苦笑了。

「妳啊，假如實際進行上有困難，妳打算讓他當著長官的面說辦不到嗎？……好吧，雖然按照上尉的個性可能會有話直說，但妳好歹還是顧慮一下嘛。」

原來如此。

「說得也是。那麼……請吧。上尉，不好意思。」

辛一邊跟阿涅塔走出辦公室，一邊偷偷呼一口氣。

雖然應該只是巧合，但真是幫了他一把。

當蕾娜問他是否有心事時，他稍微焦急了一下。他自以為有在注意絕不讓她發現，結果似乎還是顯現在表情或態度上了。

辛回想起她那擔憂地微微偏頭的表情，以及銀鈴般的嗓音。

——有什麼煩惱的話，可以跟我說喔。

……說不出口。

他怎能說她的心願，只有他無法實現？別人也就算了，辛絕對不想讓她知道自己想改變這點，卻連該怎麼做都不知道。

辛不想成為她的重擔……不想再次傷害到她。

「——我這邊的想法就這些了，不曉得你這位現場指揮官覺得怎麼樣？蕾娜有告訴過我，假如你判斷作戰實行上有困難，她就不能下許可。」

「我是認為作戰方面來說沒有問題……」

阿涅塔將辛帶進一間為了準備作戰而正在搬進彈藥或能源匣等物品，人聲交疊的倉庫。辛在一個角落瀏覽過電子文件後，只將視線朝向她如此回答。

「但『女武神』的戰鬥機動動作，在不習慣的時候會弄壞身體……我認為對非戰鬥人員的妳來說有困難，潘洛斯少校。」

阿涅塔無所牽掛地聳聳肩。

「雖然只是同乘，但芙蕾德利嘉不是也搭乘過嗎？那麼小的孩子都能忍耐了，我一定會撐住。」

「……我了解了，我會找個負責運送的人員。我想少校事前最好也先習慣一下，相關訓練也由我來安排。」

「謝啦。不好意思，給你添麻煩了。」

說完，阿涅塔起了點惡作劇的念頭。

「好吧，其實我早就猜你會幫我這個忙了……因為你從以前就是這樣，不管我做出多強人所難的要求，你到最後都會讓步答應我。」

阿涅塔聽辛說他幾乎都不記得了，應該說只記得一些無關緊要的芝麻小事，但她還是說了這些話。

她以為辛只會給個淡漠的反應，像是「我不記得有這種事」或是「或許吧」，沒想到得到的卻是沉默。

「……上尉？」

「沒有啊。」

阿涅塔看著辛，但他別開了目光，所以沒有四目交接。

「妳拜託我做的事情，其實大多都不算真的強人所難吧……麗塔。」

阿涅塔一瞬間睜大了眼睛。

然後她垂下眉毛苦笑了。

「是呀，我才不是什麼潘洛斯少校呢。」

麗塔。

在被送往強制收容所之前，辛都是這麼叫阿涅塔的。

如今雙親死於自殺與大規模攻勢，她沒把這個小名告訴過蕾娜，辛與她重逢時也不記得她的事了，這個名字應該再也沒人會呼喚才對。

「你想起我是誰了？」

「沒有完全想起來，目前記不得的部分比較多……不過──」

辛輕嘆了口氣。

「其實我並不是真的完全忘了一切。所以我想，也許我該為了至今沒能想起來向妳道歉。」

「不用啦，想不起來又不是你的錯……而且你要是全都想起來了，就換我得道歉了。」

無意間阿涅塔感覺到一道視線而往那邊一看，發現菲多躲在貨櫃背後探頭偷看他們，阿涅塔揮揮手把它趕走。雖然「清道夫」沒有意志或感情，但是用又大又圓的光學鏡頭偷看情形的模樣就好像在擔心辛，有點可愛。

另外提一件不重要的事，就是辛以前養的狗──不知道能不能這樣說──也取名叫菲多。與其說是隨便取，不如說命名品味毫無長進。

好吧。阿涅塔心想。

雖不知道辛是在什麼時候想起來的，但他應該一直在找機會開口吧。蕾娜為了他最近似乎有些心事而感到心痛，說不定是跟這有關的某種心境變化。

對，是蕾娜。

如今的自己不是眼前這個男生的青梅竹馬……而是蕾娜的朋友。

「先別說這了，回到剛才那件事。我那時是覺得繼續放著不管好像會變得很麻煩才打岔的，你可別讓蕾娜太擔心喔。她說你樣子有點奇怪，最近一直在掛念這件事。剛才蕾娜那樣說也是盡她所能鼓足了勇氣，你可別不當一回事。」

「…………」

阿涅塔心想「事情一不順心就閉嘴的毛病真的都沒改耶」，感到有點傻眼。明明已經是十年前的事了，卻到現在都還像個小孩子似的。

不過，好吧。

阿涅塔不經意地想，或許真的還是個孩子。

原本在第八十六區的五年從軍期間，辛他們八六遲早都會送命。即使活過五年也會被派去踏上決死行軍，注定一死。而他們明知如此，仍然繼續戰鬥。

他們本來是沒有未來的，何況是長大成人，恐怕連想都沒想過。

既然想都沒想過，自然也不可能變成那種存在。畢竟他們待在成年人先被壓榨至死，最後只剩下孩童的第八十六區，想必沒見過幾個能成為模範的父母、師長或年長的兄弟——……

咦？忽然間，阿涅塔發現到一件事。

那樣，豈不是一種煎熬？

看不見可作為目標的方向，活著連能抱持什麼期望都不知道，豈不是——……

「噯，如果是我多心就算了，但你現在在煩惱的，該不會是……」

轉瞬之間。

眼前的血紅色彩忽地變得冰冷。

初次目睹到辛散發的氛圍產生變化，讓阿涅塔倒抽一口冷氣。

然後她會過意來了。

「……是『軍團』吧？」

「對……抱歉，我想我的部隊應該會出擊。」

也就是說，他得走了。

「這樣呀，要小心喔。」

辛離開後已過了一段時間，但蕾娜仍未擺脫尷尬的心情。

原本保持沉默的芙蕾德利嘉開口了：

「……余是覺得欲速則不達。」

蕾娜看向芙蕾德利嘉，但那雙紅瞳沒看著她。

她的視線穿越水泥厚牆，定睛注視著辛離去的走廊遠處。

「辛耶沒汝想的那般堅強，也不夠了解自己……他一直在迷惘，從很久以前就是如此了，現在也是。所以汝這般急躁……會害他喘不過氣的。」

「…………？」

辛沒那麼堅強？

「怎麼可能……」

「難道汝不記得與辛耶最初重逢的情形了？」

被她這麼說，蕾娜眨了一下眼睛。最初重逢時，在那「破壞神」的旁邊……

不對。

「妳是說——與電磁加速砲型交戰的時候吧。」

「正是。汝不記得當時辛耶的模樣了？那是……那也是辛耶的另一面。那種原本無意讓汝看見的模樣，也是……辛耶的一部分。」

那時，在那火照之花的戰場看見的，受傷到原形盡失的「女武神」。

聽見的聲音。

對，那時跟她說話的人——辛他……

這時尖銳的警報聲，響徹了狹窄的辦公室。

「何事！」

「這是……！」

今天不用狩獵。

但是為了欺騙作戰目標，有幾個戰隊入侵了交戰區域。那些戰隊……

「遭受到『軍團』的反擊，戰敗逃走了……！」

到了機庫，發現已經有幾名先鋒戰隊的隊員到場。

辛前往隔壁的待機室，一面快步追趕可蕾娜向前跑的背影與紅髮，一面出聲呼喚已經回來的葛倫。待機的後援戰隊似乎已經前去救援，但敵機數量很多。那點戰力不夠讓敗走潰逃的友軍後退到安全地帶。

「葛倫，先鋒戰隊也要出動……隨時可以出擊吧？」

「當然了，要是玩『軍團』玩到忘記自己負責的機體，豈不是丟盡整備人員的臉？」

辛瞥了一眼，只見攀在「送葬者」身上的藤香正要結束彈匣的安裝工作。包括菲多在內，一群「清道夫」陸陸續續聚集而來，專用的作業車輛把備用彈匣與能源匣裝載到它們身上。

「外頭在颳風雪……當心點。」

「我會的。」

辛點點頭，邊走邊暫時取下領巾，裝上了同步裝置。他一面重新繫好領巾一面啟動知覺同步，與敗走的闊刀戰隊以及坐鎮管制的作戰參謀連上同步。機動打擊群當中受過正規訓練的軍官較少，因此不同於常例，是由參謀握有指揮權。

辛不會呼喚他們。只是在進行簡報之前，用同步掌握狀況罷了。

看樣子，戰況相當不妙。人聲嘈雜，語氣顯得嚴重混亂。第二小隊陷入孤立，彈藥告罄，跑步功能喪失，請求救援——伊莉娜·彌沙少尉戰死。

闊刀戰隊的——在瑞圖的部隊擔任副長，與瑞圖個性恰恰相反的乖巧少女的容顏閃過腦海。她是以前辛在第八十六區被調到先鋒戰隊之前，還跟瑞圖待在同個部隊時，與瑞圖同時期配屬進來的少女。聽說後來直到大規模攻勢爆發前，這個少女常常與瑞圖在一起。辛回想起她那內斂的笑容，以及有過幾次的交談。

只是回想起來罷了。

這些回憶在戰鬥前變得犀利專注的意識當中喚不起任何感傷，遭到凍結然後趕向他處。早已切換的意識認定感情現在是無用之物，令他做出此種應對。

辛正要伸手打開簡報室的門時，旁邊有人出聲叫他。

「——辛。」

蕾娜呼吸稍微急促，站在那裡。

她脖子上也一樣套著同步裝置，身為作戰指揮官的她，想必也接到了剛才那份戰死報告。白銀雙眸剎那間閃過一陣強烈的悲哀，下個瞬間就用意志力壓抑住了。

「全體人員一到齊，就開始進行簡報。報告會盡量簡短，之後請盡速前往現場。」

「好的。」

他們打開門，蕾娜先進了房間。早已聚集於室內的戰隊隊員視線一齊聚集過來。慢了一點之後，背後傳來有人衝進機庫的腳步聲，以及緊張迫切的說話聲。

銀色長髮在眼前流過，辛正要隨後追上……

無意間，他發現了一件事。

剛才。

蕾娜為那件事悲嘆了。雖然沒有表現在言詞或態度上，因為指揮官必須如此，所以她一瞬間就壓抑住了情緒，但她確實為伊莉娜的死哀悼過。

但是，自己連悲傷的反應都沒有。

因為他切換了意識。這的確是原因之一。在戰場上沒那閒工夫為戰友的死亡悲傷，要悲傷或哀悼都得等戰鬥結束之後，否則只會追隨死者而去；在戰場上存活長達七年的辛，早已深切體會這點到了厭煩的地步。

但是，更大的原因是……

因為八六注定會死。因為八六戰死是當然的。

任何人都一樣……就連自己也是。

因為他在無意識當中，有這種想法——……

他一陣毛骨悚然。

覺得那樣看起來，簡直就像怪物。

就像踏過戰友的屍體，用他們鋪路在戰場上前進。他覺得只有怪物，才會把身旁的死當作理所當然。

他以為自己已經有所體會了。

以為自己已經明白，不能那樣活下去——簡直好像明天就會死去似的，走向死亡，踏過死亡，只以死亡為目標活下去。

以為已經想過——即使從未為自己的未來做過打算，仍然得試著抱持期望。

就好像有人拉住了他的手。

就在他試著前進的瞬間，有人從後面留住了他，力道強到擺脫不掉的地步。

回頭一看，站在眼前的是自己。是連個頭都還沒開始長高，也還沒變聲的自己——才剛站上第八十六區戰場的自己。

所有人都拋下自己先走一步，使得他開始被稱為死神的，那段時期的自己。

那傢伙在嗤笑。

……因為。

只要活得像是明天就會死，只要認定八六注定會死。

就不用去巴望得不到的未來——不用去思考未來。

你也一樣。

仍然是在那注定一死的第八十六區，站在屍首上只以死亡為目標的——被死神附身的怪物。

「…………！」

他對一個謊言有了自覺。

而就連對這件事感到的戰慄，都在下個瞬間幾乎是自動地消失在意識之外。與其說是人性倒比較接近戰鬥機器的，過度適應戰場的意識發揮了功效。

之所以無法捨棄八六的身分，不只是因為捨棄不了戰鬥到底的驕傲。是因為他的內心深處，還在盼望著終將死亡之人的命運——……

如同葛倫所說的，出動前去救援時，戰場被封鎖在大雪之中。

大雪似乎從黎明之前就沒停過。受到不斷飄落的白色紗簾層層遮擋，光學感應器的視野很狹窄，射控系統的雷射也很難穿透，天候條件極差，但「軍團」也同樣受到影響。對於不靠視覺就能掌握敵機位置的辛與歸他指揮的先鋒戰隊來說，在這種戰場反倒可說占上風。

受到山風吹襲而有時橫颳過來的風雪，在這置身於白色黑暗而變得有如暗影的針葉樹原生林之中，也不免稍稍減弱其速度。零下氣溫使得雪花不會結凍，脆弱地沙沙應聲崩解，形成沒有道路的雪原；辛率領著先鋒戰隊，步步為營地讓「送葬者」前進。

傳入耳裡的亡靈悲嘆距離很近，讓他知道他們已經侵入了戰鬥區域。一會兒後，雷達螢幕上勉強顯示出友軍機體的藍色光點。

辛做過確認後，呼喚道：

「瑞圖。」

知覺同步是相連的，所以呼喚的對象應該既沒死亡也沒昏厥，但回應的聲音卻慢到不應該的地步。就好像驚嚇動搖到一時之間發不出聲音似的。

『隊長……』

那種聲調。

辛在戰場上聽過好幾次那種聲音。

戰友死了，自己也可能會死。就是受到那種死亡恐懼所困，禁不住驚懼悚慄之人的聲調。

『隊長，我——還是無法變得像她們……像「西琳」一樣。我不想變成那樣，所以……』

辛在駕駛艙中，不禁仰首嘆息。他還在為這件事糾結？

還在把毫無作為地笑著死去的她們，跟自己以及其他八六的末路做重疊。

認為他們要求自己戰鬥到底的這份驕傲與末路都是毫無作為，懷疑起自己唯一剩下的，唯一能支撐自己的事物。

「瑞圖，你退後……帶著存活的所有人，退到戰鬥區域外。」

辛的言外之意是在冷酷地說「現在的你無法戰鬥」。

認為害怕起死亡與戰地的癲狂，懷疑自我，嚇得不敢動的人沒資格待在戰場上。

不然，瑞圖會死。瑞圖會無法生還，說不定還會波及他部隊裡的其他處理終端。

『！……收到。』

「西汀——布里希嘉曼戰隊已經來殿後了，你們先去跟她們會合。」

瑞圖似乎勉強點了點頭，讓他的戰隊後退。辛代替他們往前推進，接著與麾下的全體人員連上同步。

「呼叫先鋒戰隊各員。接下來即將進入戰鬥，從配置來看是近距獵兵型（Grauwolf）與反戰車砲兵型（Stier）各一個大隊規模。還有……」

辛察覺到一件事，瞇起了一眼。

從這距離聽起來，那彷彿輾爛聽者、讓人寒毛直豎的叫喚還像是遠雷，像是遙遠的砲聲。

那是即使待在竊取了戰死者大腦，如今數量已變得稀少的「黑羊」以及其高階機種「牧羊犬」等兵卒之中，聲音仍然無遠弗屆的亡靈軍團指揮官機。

竊取了剛剛戰死之人的大腦，留下其生前智力、記憶與知識的……

「『牧羊人』——恐怕是重戰車型。」

重戰車型是量產型「軍團」當中，以最大火力與裝甲防禦為傲的鋼鐵怪物。

辛指揮的小隊在各機之間保持一點距離，一邊戒備它的襲擊一邊在雪地森林裡前進。為了應付強大的敵機，他們慎重選擇了地面複雜隆起處之間的縫隙前進，以削減龐大敵機的機動力並作為自己的立足處。

這時，積著厚厚細雪的大岩石，上頭的細雪忽然發出粗糙的沙沙聲，不自然地灑落下來。

轉瞬間，在那素白之中一如影子般鮮明強烈的鐵灰色龐然大物，衝破蒼白銀雪一躍而出。

看來這玩意兒是名符其實地埋伏於厚厚的積雪底下。即使是總高度四公尺，重達一百噸的龐然大物，照樣以「軍團」特有的無聲機動動作飛躍前進，重戰車型從側面撲向了眼前走在隊伍前頭的「送葬者」。

——上鉤了。

「開火！」

事前已獲知其潛藏位置的小隊所有機體即刻做出反應。辛用翻滾般的閃避化解了重戰車型的衝刺，八八毫米高速穿甲彈的集中射擊當著他眼前殺向重戰車型。

他們在知道會被攻擊的狀況下用「送葬者」當誘餌釣出敵機，精確地進行了完美無缺的反擊，然而「軍團」的反應速度快到讓「牧羊人」成功躲掉了這個殺招。抽身跳開的超大重量，讓著地位置的厚厚積雪掀起了濛濛風霜。針葉樹被機體胡亂撞斷，發出轟然巨響倒到地上。

接著重戰車型的砲塔上方，兩挺重機槍各自旋轉尋求不同目標。一五五毫米戰車砲、同軸副砲與機槍分別瞄準不同架「破壞神」。所有機體散開逃離其射線。

辛一邊讓「送葬者」疾行，依循固定戰術採取繞到重戰車型死角的路線，一邊用眼睛追逐那鐵灰色的巨軀。

剛才的攻擊……

這架重戰車型是預測到辛與他的小隊會走哪條路線，才在這裡埋伏。

即使同樣稱為機甲，聯合王國與聯邦的運用概念卻各有不同。概念不同，機體設計也會不同，機體不同則會讓戰術產生差異。擅長用長射程的一二五毫米砲與高性能射控系統（FCS）進行百發百中砲擊的「神駒」，與長於活用運動性能進行機動戰鬥的「女武神」，即使站上相同戰場或相同地形，依據的作戰方式與人員配置自然也有所差別。

而這裡是聯合王國的戰場。是「軍團」們與「神駒」展開對峙，長久累積經驗對抗其戰術的戰場。

但是這架重戰車型，卻正確看穿了運用「女武神」的先鋒戰隊會走哪條路線。

這就表示……

『——是八六吧。』

「看來是了。」

辛簡短回應萊登的低吼。

只有同為八六之人，最了解先鋒戰隊的——八六的戰術。

在周邊國家當中，最多戰鬥經驗者被竊取成為「黑羊」或「牧羊人」的，也是……

再加上……

辛略微瞇起眼睛。

這架重戰車型的，這種臨死慘叫……這個聲音。

他覺得耳熟。

想必是在第八十六區的某處，曾經短時間一同戰鬥過的某人了。不過辛對那個反覆呼喊的臨死遺言沒有印象，所以應該不是死在他眼前的人。

——請你救救我們。

曾經這樣請求過的凱耶，已經不在了。

性能方面較差的「黑羊」如今很多都被替換成「牧羊犬」，化為「黑羊」的凱耶似乎也已經遭到淘汰。

即使如此，恐怕還有幾人仍然受困於「軍團」體內。至於化為「牧羊人」的人，應該全都還在戰場上。

我得送他們離開。

因為我答應過他們，要帶他們走。

只有這點小小約定，應該……是無須質疑的。

「萊登……那傢伙由我來對付。麻煩你照平常那樣對付周圍其他敵機，並指揮大家做支援。」

萊登回了略帶疑問的「嗯」一聲。

『我說你啊，我們是來支援撤退的喔。只要讓瑞圖他們平安歸隊就夠了。那架重戰車型也是，只要能拖延它的腳步就好——不用勉強擊毀沒關係喔。』

「那是八六……所以，我想送他走。」

萊登沉默了片刻。

『……收到。不過，別亂來喔。而且要讓小隊隊友們好好掩護你。』

『——那傢伙又在跟重戰車型單挑了啊。』

看到遠在幾十公里之外的這個地方，只能顯示為數位地圖上光點移動的重戰車型與「送葬者」的激烈戰鬥，芙蕾德利嘉苦澀地低喃。

她那夾雜著少許畏懼之色的聲調，讓蕾娜目光低垂。

在性能遠勝人類機甲兵器的「軍團」當中，重戰車型是最強的機種，本來並非人類駕駛的機甲能單槍匹馬挑戰的對手。

之所以使用白刃裝備，或是與重戰車型或戰車型這類擁有堅固裝甲的目標正面對峙，都是因為辛判斷有此必要才會這麼做，蕾娜無從插嘴。蕾娜即使指揮戰鬥的時日已久，但至今沒有在最前線與「軍團」廝殺的經驗，沒資格懷疑七年來在那種死鬥中存活的辛做出的判斷。

即使如此，她無法壓抑住擔憂的心情。

她聽見隸屬於辛小隊的處理終端的叫聲。諾贊，拜託拉開距離。你們這樣纏鬥，我們無法拉起槍線。拜託你後退。

辛沒有回應。

恐怕是精神集中過度，沒聽見。

如同之前在地下鐵總站的戰鬥，與高機動型對峙時的情形。

……如同以前，他曾與宿有雷的亡靈的重戰車型，殺個你死我活的時候。

其實蕾娜有點害怕他的這副模樣。

彷彿將自己暴露在死亡邊緣……彷彿有一天會真的就這樣回不來。

「……辛。」

原本性情堅強，能戰鬥到底的你……最近這陣子，簡直好像……

「你真的不要緊嗎……？」

對手是憑著正面裝甲的話，連他的一五五毫米滑膛砲零距離射擊都能彈開的重戰車型。

縱然用上「女武神」的八八毫米砲，也無法從正面射穿機身。

重戰車型踢踹細雪，踏碎結凍的越冬雪，憑恃著超大重量掃倒樹林衝殺而來；辛一面以複雜隆起的地形、暴露在外的岩石地，甚至是密集聳立的針葉樹樹幹作為立足處，運用令人目眩神迷的隨機閃避擺弄敵機，一面瞄準裝甲較薄的部位讓「送葬者」疾行。

看來原本果然是八六。乍看之下像是靠蠻力在原本不利於戰車的森林裡強行奔馳，但走位卻十分巧妙，不讓敵人繞到它的側面、後方甚至是上方。動作明顯是在戒備以鋼索鈎爪將輕量機體往上拉，從建物上方發動奇襲的「破壞神」特有的機動動作。

坦白講，有點難對付。

即使如此，自己擁有能對正面裝甲以外造成有效打擊的八八毫米砲、連重戰車型的上方裝甲都能貫穿的腳部破甲釘槍，以及不適合的處理終端會因此受傷的高度運動性能——雖然戰況的確艱困，但憑著現在這架「女武神」絕非低勝算的戰鬥。

不至於像以前，以那架鋁製棺材單打獨鬥，挑戰哥哥亡靈時來得艱難。

四處散播彈幕的兩挺旋轉機槍很礙事。辛用設定為近炸引信的成形裝藥彈（HEAT）對付它，破壞掉砲塔上方的機槍。然後即刻接近，砍飛支撐一百噸戰鬥重量的其中一條腿。

不知為何，辛知道反擊要來了。他看都不看就躲掉了高舉踩下的鐵樁般腳踢，用犀利的小幅跳躍躲開接踵而至的第二、第三擊時，右後腳深深踏破了結凍的雪地。

「嘖……！」

腳被積雪卡住，「送葬者」停住了動作。辛定睛注視著轉動速度看起來莫名地緩慢的一五五毫米砲，強制分離陷進雪地的腳部破甲釘槍上的貫釘。他藉由擊出五七毫米貫釘的裝藥強烈的後座力讓腳部跳起，硬是把它抽離地面，用其餘三條腿往左邊跳開逃離砲線。緊接著戰車砲的如雷咆哮與高速穿甲彈擦身而過的衝擊波，把「送葬者」的裝甲震得啪啪響。

這下主砲在裝填下一發之前，就會產生些許空檔。從自己這邊看去，主砲右邊的副砲以目前的相對位置無法攻擊自己。兩挺機槍已經擊潰，換言之只有這一瞬間，辛這邊可以單方面攻擊。設定為眼動追蹤的八八毫米砲早已瞄準妥當，只剩扣下扳機——……

警告——破甲釘槍受損。右後腳。

這陣為了引起處理終端注意而刻意做得刺耳的聲響，把思考拉回了現實。

接著辛察覺到一點，睜大雙眼。剛才……

自己又一次，簡直跟戰鬥機器沒兩樣——淪為被死神附身的怪物。

淪為連她希望自己平安歸來的話語都輕易地遺忘，彷彿一心尋死而徬徨於戰場的怪物——

這一瞬間的分神，成了破綻。

震耳欲聾的接近警報，讓辛得知敵機已入侵至致命性的極近距離。在這距離下幾乎填滿整個主螢幕的重戰車型巨軀，高高舉起最前排本身就有如凶器一般的雙腳。

「……！」

辛急忙拉動操縱桿，讓「送葬者」向後跳開。閃避已經來不及了，這種與其說是判斷更接近反射動作的操作，是為了盡量減弱受到的衝擊。

「送葬者」的兩雙腳離開了地面，緊接著是一陣衝擊力。作為盾牌的左前腳與鋼索鉤爪一瞬之間被壓爛的怪聲，以及控制系統的警告聲隨之而來。

最後只聽見這些，辛的意識隨即變成一片黑暗。

究竟發生了什麼事？

「咦——……？」

蕾娜一時之間，沒能理解映照在「華納女神」主螢幕上的那片光景。

發生了令她不敢置信的事、她想都沒想到的狀況。這在剎那間妨礙了她的理解能力。

「送葬者」的光點(Blip)，以異於閃避機動的動作被彈離了原位。

它以脫離處理終端的控制、彷彿被拋著玩的木屑般難看的動作翻滾，然後停住。機體就這樣虛軟無力地變得毫無動靜，明明敵機還在它的眼前。

他……

中了攻擊——……？

重戰車型打算乘勝追擊，但「狼人」與「笑面狐」擋住了它的去路。兩架機體各自賞敵機一頓砲擊，引開以殲滅威脅度最高目標為優先的戰鬥機器的注意。其間有另一架「破壞神」趕往「送葬者」的身邊。

在雷達螢幕中，「送葬者」動也不動。

有收到信號回應，表示機體並未嚴重損毀。但是它動也不動。知覺同步斷了線，連不上。

馬塞爾呻吟道：

「那傢伙，剛才怎麼會——……！」

蕾娜也有同感。

剛才的動作，應該是躲得掉的。

應該能躲得掉才對，至少以辛的本事來說。蕾娜在這短短幾個月內已經見識過無數次，所以她知道。在演習時，在大大小小的各種作戰中，辛總是輕鬆駕馭運動性能高到一般駕駛員（Operator）會弄壞身體的「女武神」，是他的話應該辦得到。

不，真要說起來，早在更久之前……

辛可是駕駛著那架連重機槍子彈都防禦不了——「軍團」的攻擊必須全數閃避的鋁製棺材，運用單槍匹馬深入敵陣的近戰裝備，即使被敵機包圍仍能不受到任何一次致命傷，在第八十六區的戰場存活了長達五年。

雖說對手是「牧羊人」，但不過是正面對峙的僅僅一架「軍團」罷了——辛絕不可能會被打中。

那他怎麼會……

只茫然自失了一瞬間後，蕾娜眼睛看向一名管制官。共和國佯稱為無人機的「破壞神」並未配備這種功能，但聯邦的「女武神」不一樣。

「生命跡象呢！」

「偵測到了。心跳、血壓、呼吸速率都在容許範圍內。只是，對警告聲沒有反應……」

芙蕾德利嘉臉色蒼白地補充說明。她一直睜大著散發紅色微光的血紅眼眸，這表示她的異能發動了。

「看起來並未受到重傷，似乎只是陷入昏迷。萊登他們在呼喚他，但全無反應。」

「請盡快回收人員並後退，西汀與布里希嘉曼戰隊掩護他們！」

†

看來即使國家或文化不同，病房一樣都是白的。

辛仰望著一睜開眼睛就看見的、雖然陌生卻似曾相識的天花板，有些心不在焉地做如此想。為了預防感染，保持清潔是醫療設施的大原則。或許是為了方便發現髒汙，才會故意做成白色的。

接著辛發現自己在胡思亂想這些毫無用處或意義的事，於是用手撐著床單坐起來。某種東西貼在臉上的異物感與左眼視野角落的陰影，讓他試著把手放到額頭上，結果摸到了紗布與固定用膠帶的乾燥觸感。左眼上方的舊傷疤附近似乎又割傷了。

那是在兩年前與哥哥戰鬥時，由哥哥留下的傷痕。在那個不可能有什麼醫療設備的「軍團」支配區域，因為是外行人隨便縫合的，所以留下了傷疤。

當時對手也是重戰車型，是「牧羊人」——但他並未從眼前的龐然大物身上分散注意力。

不知不覺間，辛憤恨地咬牙切齒。放在額頭上的手，指甲尖端淺淺地刺進了額頭的皮膚。從以前到現在，從來沒發生過這種事。

竟然在面對敵機時無法專心──竟然在戰鬥中，為了區區一點懊惱而分心。

在微微拉起的單薄隔簾外頭，傳來軍服硬布料的摩擦聲……床邊有人身體動了一下。

「──哦？……你起來啦？」

接在聲音之後，有人嘩啦一聲隨手把隔簾拉開。

對於習慣了駕駛艙昏暗空間以及有眼皮擋光的眼睛來說，電燈的光線很刺眼。辛迅速遮住瞇細的眼睛，濃藍與雪白的雙色眼眸在他面前眨了幾下。

「嗨。」

然後對方瀟脫不羈地舉起一隻手。辛看見經過日曬的褐色肌膚，以及毛躁的紅髮。

「……怎麼會是妳？」

辛不由得半睜著眼問道，西汀顯得毫不在意，哈哈大笑。

「哼，那要誰你才滿意啊。是說你這死神弟弟還真是夠有禮貌的耶。萊登那傢伙得代替你做報告，女王陛下又忙著善後，所以我才代替他們像這樣陪著你啊……真要說的話，好心把你撿回來的也是我好嗎？」

「…………」

環顧四下一看，原來是備用陣地基地的醫療區擺滿病床的病房之一。不需要密集醫療照護的輕度傷患會住進這種病房。

大概是因為會妨礙治療，厚重的機甲戰鬥服（Panzer jacke）如今已被脫掉，替換的軍服摺好放在床邊桌上面。

辛發現熟悉的淡天藍色被隨便擱在軍服上，伸手摸摸喉嚨。當然他沒有摸到領巾的觸感，看來它也在治療時被拿掉了。

西汀瞄了一眼繞脖子一周的傷疤，但沒說什麼。

「軍醫說你沒撞到頭，也沒引發腦震盪，不過為了安全起見，今明兩天要你好好養病。畢竟還是縫了幾針嘛。」

她用食指輕戳幾下自己的額頭指給他看。

然後西汀收起笑臉，向他問了：

「你還記得發生了什麼事嗎？」

「還算記得。」

鮮明到令他討厭的地步。

「……那架重戰車型呢？」

「劈頭就問這個？……也是啦，畢竟是『牧羊人』嘛，而且還是八六變的。很遺憾，被它跑了。況且我們一開始的目的也不是要打倒它。」

「『破壞神』呢？」

「基本上好像還在可修理的範圍喔。不過隨機的……叫啥來著？葛倫氣炸了，所以你晚點還是去露個臉比較好。他說『那個笨蛋又把機體毀了，真是一點都沒長進』。」

「喔……」

雖說往後跳開而多少減緩了衝擊，但畢竟是被重戰車型狠狠踢了一腳。破損程度還不至於不能修理，反倒可說是僥倖了。

「也是，誰教我又給他們添麻煩了。」

這次換西汀半睜著眼了。

「你講這話是故意裝傻吧。才不是這樣好嗎？人家是怪你又受傷了啦，真是。」

說是因為辛一回到基地就被直接送往醫療中心，只有嚴重破損的「送葬者」回到機庫，所以讓他們更加擔心了。

「……真沒想到，你竟然會出那種讓人不敢相信的包——我說啊……」

突然間，西汀坐在折疊椅上將上半身往前傾，逼近過來。抬眼看著辛的雙色眼眸，不帶半點笑意或揶揄。

雖說比辛略遜一籌，但也是長年在第八十六區戰場存活下來的……

冷靜透徹的……

「你到底要不要緊啊？」

「…………」

辛壓低視線，別開了目光。

不用她說，辛也知道。

不要緊才怪。

他不知道該邁向何種未來，該追求什麼事物。不管想多少遍，自己就是沒有任何願望，也不知該如何填補這種空虛。

明知不能活得像是一心尋死，辛卻發現自己執著於近在身旁的死亡。他以為自己是正視死亡，其實是當成不追求未來的藉口。

不只如此，以往他應該能在戰鬥中切換意識，現在卻連這都辦不到了。他被以往在戰鬥中總是能拋開、遺忘的苦惱絆住了腳。

如今自己的一切都變得可疑——再也無法說自己沒問題了。

「你也是因為上次要塞基地那件事，造成影響你的契機吧。雖然我感覺不只如此就是了……那個看了的確讓人不舒服，簡直就像我們八六的末路。但是啊，現在別去想這些啦。那都是多餘的啦，以目前來說。」

西汀冷靜透徹地，瞇起雙色的眼眸。

「醜話說在前頭，以你目前這種狀態，我可不會讓你加入攻略部隊喔，戰隊總隊長。我會向蕾娜進言，把你調回本部待機。況且真要說的話，從異能來考量，你其實應該待在本部進行管制才對……總而言之，就跟你對瑞圖說過的話一樣，要不你就設法解決，解決不來也得切換意識。在戰鬥中不能專心的傢伙只會拖累別人。」

「我知道。」

辛苦澀地回應了……她說得很對。正如她所說的，就跟辛自己對瑞圖說過的一樣。

「哼。」西汀看這樣的辛一眼，用鼻子一哼。

「你真的病得不輕喔，被我這樣指責竟然還不回嘴……人家不是叫你養病嗎？你就照人家說的，今明兩天好好休息吧，不要再去想現在煩惱的問題。還有，蕾娜她超擔心你的，這方面你可得顧慮一下喔……啊。」

只聽見一陣啪噠啪噠的聲響，包鞋輕盈小跑步的腳步聲越來越近，某人就這樣一路衝進病房裡來。

「西汀！聽說辛醒了——……」

蕾娜把長官的威嚴或淑女的矜持都丟到一邊衝進病房，與辛四目交接之後停下腳步。看到辛脫掉戰鬥服外衣只剩內襯衣的模樣，她一瞬間羞紅了臉，但用力搖頭擺脫掉這種感覺。然後白銀眼眸變得柔和了些。

「辛……太好了。」

蕾娜的視線停在比他眼睛稍高的位置，纖細的容顏彷彿承受痛楚般微微歪扭。她看著貼在額上的紗布，以及存在於底下的傷口。

忽然間，辛想起脖子的傷疤還暴露在外。

領巾於治療之際與戰鬥服一起被脫掉，之後就沒綁上了。辛急忙伸手去護住脖子，用手掌遮住傷疤。

他沒告訴過蕾娜，說這是哥哥留下的傷疤。今後也沒打算說。

所以，他也不太想讓蕾娜看見。

辛這種反射性的動作讓蕾娜稍稍屏住了呼吸，哀傷地皺眉；但此時辛目光低垂，沒注意到她的這種表情。

「你的傷勢……」

「只是額頭裂了而已，其他沒什麼。」

雖然似乎還有幾處受了點小傷，但辛沒說出來。現在幾乎都不覺得痛。這點輕傷對辛而言連受傷都不算。

「你還說呢，我可是有看到你身上的繃帶還有ＯＫ繃喔……真是的。軍醫指示你今明兩天休息養病，你就回房間好好休息吧。」

「……抱歉。」

「是呀，這次我非得唸你兩句不可了，上尉……你究竟是怎麼了？那不像是你會有的失誤。」

「啊——女王陛下。那方面我已經狠狠講過他了，女王陛下就不用勉強斥責他了啦。」

西汀插嘴姑且補了一句，辛以無視作為回應。被蕾娜低頭看著總覺得怪怪的，於是他下床披起摺好的外衣。

「我太鬆懈了……看來我有點大意了。下次不會再犯。」

「與其說是大意……」

蕾娜猶疑了一瞬間，最後似乎判斷這時候應該以長官的身分加以斥責。她柳眉稍微倒豎，用有點嚴厲的眼光對著他。

「應該是因為你最近有心事吧，結果成了你的絆腳石。我有說錯嗎？」

「…………」

「我不是說過如果影響到作戰就糟了嗎？你可以接受心理輔導，如果靠自己很難解決，就找我商量啊……我會聽你說的，什麼事情都行。因為這是我的職責……而且我很想幫你。你一直露出為了某事焦急，好像走投無路似的表情……大家都很擔心你，還有我也是……你到底……是怎麼了？」

蕾娜說到後來眉頭漸漸舒展，只是抬頭用白銀眼眸真摯地望著他……但辛別開了目光。

說不出口。

正是自己這樣的存在，會危害到她期望的世界。自己這種無法追尋她祈求的未來，到現在還在往死亡邁進的德性……

繼續這樣下去將無法待在她身邊，想對此做出改變卻連改變的方法都沒有——自己這種無藥可救的空虛……

辛最不希望的……就是被她知道。

「沒什麼。」

蕾娜憂愁地皺起了眉頭。

「露出這種表情，還說沒什麼？說出來會輕鬆一點的……」

「我沒怎樣。」

「你騙我……辛每次都這麼說，但從來沒有一次是真的沒怎樣，不是嗎？如果覺得難受，可以跟我說沒關係啊……不，我是希望你能跟我坦白，我……那個，很想成為你的依靠——……」

毫無生產性的吵嘴忽然讓辛感到一陣惱火，一時忍不住把情緒表現在語氣上。

「我沒怎樣……這跟妳無關，我不想說。」

然後他發現了。

蕾娜她……

白銀的大眼睛像凍結般睜大，往上看著他。

那雙緊繃的銀色忽然間，像迸裂般漾出了水潤光澤。

「……你為什麼要這樣說呢？」

聲音顫抖到從未聽過的地步。

「說什麼你沒事，看你的表情明明就有事。你這樣滿臉憂傷，一直顯得這麼難受，卻什麼都不肯跟我談。說不想告訴我……我就這麼不可靠嗎？我幫不上辛的忙嗎？——不是說好了……」

溢滿滑落，潸潸淌下。

沿著白皙的臉頰。

淚水。
止不住地湧出。
辛愣怔地，注視著那彷彿感情潰堤般的淚水。
他知道自己該找點話講。
但無論是何種話語，都空轉著說不出口。
在無言呆立的辛眼前，蕾娜整張臉歪扭地皺了起來。

「要一起戰鬥的嗎——……？」

悲鳴般的問句響起。
不等他回答，蕾娜轉身就跑。
「！喂！女王陛下——蕾娜妳等等啦！」
西汀趕緊追上去。沉重的軍靴登音衝出病房，漸漸遠去。
即使如此，辛仍然無法動彈。
只是呆站原地，任由那陣登音遠去。

不知道呆站原地了多久。

直到軍醫聽見吵鬧聲而過來看看情形，辛這才終於回過神來。

辛想追上去，但已經聽不到蕾娜的腳步聲了。他嘆一口氣，向軍醫告別後就獨自離開了醫療中心。

才一走出來，旁邊就有人叫住了他。

「你不去追她沒關係嗎，諾贊？」

「……你都看到了？」

眼睛轉過去一看，維克靠著醫療中心橫移門旁邊的牆壁，灑脫地聳聳肩。

「即使是我，遇到某些場合也會覺得不便露臉，也自認為明白有哪些場面輪不到我插嘴。」

所以呢？維克視線望了望走廊遠處——蕾娜跑走的方向，辛輕嘆一口氣回答：

「我知道我該道歉。」

剛才那絕對是自己不對。

這他明白。

但是，那麼是哪裡不對，這點辛卻不明白。

當然，亂找她出氣或是傷害到她，都是自己的不對。但是蕾娜之所以受傷，並不是因為辛有口無心的回答，而是在那之前的對話。

自己那時候，有哪裡講錯了？

假如按照字面上來想，應該是錯在不該什麼都不說吧。

但是自己目前懷抱的問題，與蕾娜無關。

辛不想讓她擔不必要的心——背負起沉重負擔。

不想讓她知道自己這種說穿了很窩囊的苦惱。

「但是不知道哪裡做錯了就去道歉——恐怕只會進一步傷害她。」

自己總是在傷害她。

剛才也是，以後也是。

——這讓我……好哀傷。

維克用他那副暫且收起笑容的端正面龐，稍稍偏了偏頭。

「想不到你還滿膽小的嘛。」

這話讓辛始料未及。

「膽小……？」

「是啊，我先聲明，我指的不是戰鬥。毋寧說你在戰鬥時太不要命了。你那種戰鬥方式，常常讓我看了都捏一把冷汗——總之……」

他背靠著牆壁雙臂抱胸，上身微微前傾，只用視線往上看著辛。

維克與辛雖然個頭相當，不過還是辛稍微高一點點。隔著這些許的高低差，紫色雙眸抬眼看著血紅眼瞳。

這樣一看，那雙帝王紫瞳就好像出於人工，帶點魔物的氣質。

「就連我這個旁人都看得出來，你的思維停頓在某個地方了。」

意思是假裝有在思考。

其實是不去思考。

「你不是不知道，是不願去想吧。對了，你講到父母親的時候也是。你不是不記得，而是不願想起，因為繼續想下去就會碰到不想碰的傷口……你認為你不懂、辦不到，事實上——恐怕心裡是不願去想，不想去追求吧。」

「這……」

被維克這樣說，辛一時之間覺得不想追究這個問題。

無法追求未來，自己沒有能追求的未來。辛以為如此，但事實上不是無法追求，是不想追求。

他是為了不用追求，而想繼續做個注定死亡的八六。

這樣的話，自己並不是沒有能追求的未來。

而是對於未來，對於追求未來可能會有的心願，自己……

只差一點，他就要觸及不能想到的答案了。

一察覺到的瞬間，辛下意識地想就此停止思考。

想假裝沒察覺，把這件事帶過。

紫瞳沒看漏他這種反應，嗤笑了。

「對了，我之前沒說過……我認識你父親喔，還跟他聊過。因為就跟瑟琳一樣，你父親——雷夏·諾贊曾經是人工智慧的研究者。要不要我把當時的事情告訴你啊？既然不是舊傷的話，應該敢聽吧？」

「……！」

突如其來的一擊，讓辛倒抽了一口氣。

——要乖喔，辛。

他現在想不起來。但他知道其實自己還記得母親的聲音、話語與笑容。母親也是，父親也是，哥哥也是，他們所有人的容顏與聲音，其實他……

全都記得。

他只是不願意想起來。其實這他也有自覺。不只是因為想起來之後一定會心生怨恨，是因為他知道該追求的事物、想得到的事物的雛型，確實就在那裡。那就是蕾娜所說的幸福的形體。其實自己知道近乎那種存在的事物，但是一旦想起來就會……所以……

他不願去想。

不願去回想。

因為。

一旦想起來了。

一旦伸出了手。

一旦抱持期望。

結果。

如果又……

的話，該怎麼辦？

「……或許是吧。」

「你總算承認啦……你這年紀的人好像都是與其示弱毋寧死的生物，但這樣只會給人找麻煩，所以覺得痛就說痛吧。米利傑的事情也是，我嫌麻煩所以就先告訴你，她那樣也是你害的。你說不想成為她的重擔，但這樣堅持不肯依賴她，看起來反而像是不信任她喔。難怪米利傑要受傷了。」

王子殿下把自己的年齡，以及恐怕毫無自覺的高度自尊心全擺到一邊講出這番話來，聳了聳肩。

「總之如果可以，就去跟她道個歉吧……基於我的個人經驗，該說的話不在該說的時候說出來，等到『再也不能說的時候』會很痛苦喔。」

「……你今天怎麼變得莫名親切啊，蝰蛇。」

辛講這句諷刺話是想報復一下，但維克顯得毫不介懷。

「嗯……因為蕾爾赫她……」

聽他講出這個名字，辛瞇起了一眼。

「因為那個七歲小孩好像講了不該講的話。哎，算是表示歉意吧。我雖然不知道你在苦惱什麼，但既然我知道她講那些話似乎成了契機之一……」

接著，維克說了。

用一種彷彿不帶感情，看著永遠失去的某種事物般的眼神。

「明明就希望，有一天能跟某人過著幸福的生活。」

「…………」

「我不知道事實是不是如此。不過，假如她說的對……」

無意間辛想起，作為蕾爾赫原型的少女曾經是他的乳兄妹。

雖然維克什麼也沒提，但他聽蕾爾赫說過一點。

希望有一天，能跟某人過著幸福的生活。

那句話——其實是在說誰？

「就算你現在不想去追求，那我問你，不追求就不會失去幸福嗎？……不是這麼一回事吧。無論追不追求，會失去時就是會失去，而一旦失去可是很痛的，痛到無可比擬、無法承受。」

說著，毒蛇王子冷冷嗤笑了。

臉上笑著，卻打從心底顯得惱怒。

「你所渴望的那個人，不是還活著嗎？既然這樣，該說什麼或想說什麼都說出來就是了。一旦失去，就再也沒有機會傾訴——這點道理，你總不會不懂吧。」

這裡是西汀所不熟悉的外國軍事基地。真要說起來，聯合王國的文化與第八十六區——甚至與共和國或聯邦都有所不同，因此建築物的基本構造有著不易形容的差距。更何況據說這座備用陣地的基地是故意做得讓入侵者迷失方向，結構已經到了過度偏執的地步。

她穿著難以跑步的包鞋，腳程又沒有多快，究竟是跑到哪裡去了？西汀找了老半天才終於追上的女王陛下如今待在沒幾個人的簡報室角落，趴在室內設置的桌子上不知道在做什麼。

大概是看她樣子不尋常吧，葛蕾蒂陪在她身邊，萊登待在不遠但也稱不上近的詭異位置好像不知該如何出聲關心，看著西汀只用嘴形問道：

發生什麼事了？

西汀也只用嘴形回答：

跟辛那個大白痴吵架。

原來如此，難怪。

萊登一樣只以嘴形說完，然後有些厭煩地變得垂頭喪氣。

西汀老實說也是同一種心情。

她用看的就知道辛有些心事，其實自己何嘗不是一樣，只是封印在心裡罷了，所以覺得他那樣是無可奈何的，但誰不好選，居然偏偏拿蕾娜出氣。

辛乍看之下冷靜沉著，其實屬於脾氣沸點頗低的類型。只不過是因為他大多數時候只要一不高興就不說話，面對跟自己關係較淺的人就算遭到惡意攻擊也漠不關心，所以看不出來罷了。

好吧。

之所以會吵架……對蕾娜的言行無法漠不關心、感到煩躁，就證明了蕾娜對辛而言是很親近的——或者是希望能親近的存在。

不過這件事就先擱一邊，眼前這個女王陛下比較要緊。

不知道是不是完全沒注意到不知該如何出聲關心的萊登、跑進房間裡來的西汀以及身旁的葛蕾蒂，她把一頭白銀色長髮像被雨淋溼落地的蝴蝶那樣攤開，趴在桌上動也不動。

「呃……妳還好嗎，女王陛下？」

銀色腦袋繼續趴在桌上，咕噥出有點含糊不清的聲音做回應：

「對不起。」

「……幹嘛道歉啊。」

「因為……」

蕾娜似乎抽抽搭搭地吸了一下鼻子。

「身為指揮官，竟然只因為稍微被部下拒絕，就在那個部下的面前哭出來——」

看來她的意思是「我那樣好丟臉」。

一旁守著她的葛蕾蒂苦笑說：

「總覺得好像有點被責怪了呢。」

蕾娜顯得很意外地抬起臉來。

「……為什麼？」

個性一板一眼的她難得講話語氣這麼隨便，但包括葛蕾蒂在內，誰也沒放在心上。

葛蕾蒂繼續苦笑著說：

「指揮官不能在部下面前做出情緒性反應，這話雖然說得沒錯，但指揮官本來應該是比你們年長許多的人才能擔任的職位。真要說起來，一般到了當上指揮官的年齡時都已經懂得控制感情了，當然不會大哭大罵嘍。」

由於本來成為軍官的條件是要修完高等教育，因此即使是最低的少尉階級也在二十歲以上。即使如此，一開始還是會被老資歷的士官當成菜鳥，要接受他們的輔佐才能勉強指揮部隊。

儘管各人程度不同，但要升上中尉或上尉總得花上幾年，校官階級更是少說也超過三十歲。十幾歲的中尉、上尉甚至是校官，其實都很不合常理。

「你們還在學習控制感情的年齡，真正有問題的其實是現在這種讓你們擔負重任的狀況……是我們大人不好，沒能在那之前打贏戰爭。所以，妳不用這樣過度要求自己沒關係的。」

被她這麼說，蕾娜軟弱地垂下眉毛。

「可是……那個，這樣無法成為處理終端他們的模範……」

蕾娜領悟到，結果這才是最讓她難以忍受的地方。其實她根本不在乎丟不丟作為指揮官的面子。

她只是不希望八六們對她失望。

不希望他們認為……自己是個動不動就受傷，哭哭啼啼的柔弱大小姐。

雖然關於這點，她早已在辛面前難看地哭過了好幾次，但正因為如此，她更想有所表現，讓辛知道如今的自己已不再是那種愛哭的公主。

蕾娜希望辛能對她刮目相看。

「大家都知道妳這個上校至今已經做得夠好了，就算現在稍微哭一下，大家也不會覺得怎麼樣啦，說不定反而還會覺得妳很可愛喔……對不對？」

被葛蕾蒂促狹地看了一眼，萊登明顯擺出一副渾然不覺的樣子。他那動作明顯是顧慮到別處某個人的心情，不過這點葛蕾蒂就沒追問了。

所以是怎麼了？一問之下，蕾娜這次終於回答：

「我跟辛……吵架了。」

一說出口又悲從中來，蕾娜的白銀雙眸漸漸變得淚珠盈眶。

「因為我看他好像在為了一些事情煩惱。感覺他自從上次的戰鬥以來，就一直都悶悶不樂，但最近這陣子總覺得看起來更不對勁。所以我跟他說只要他不嫌棄，可以跟我說，可是……」

鮮血女王嗚咽著，像個小孩子似的抽泣著說：

「他說他沒怎樣，什麼都不肯跟我說……不肯找我幫忙。」

葛蕾蒂與萊登都沒吭聲，只是心想「原來啊」。的確，這樣難怪蕾娜要受傷了。應該說……諾贊上尉畢竟也是個男孩子呢。葛蕾蒂心想。

至於萊登則是覺得：總之誰都好，麻煩立刻去把那個笨蛋叫來這裡跟自己換班。

「他說『我不想跟妳說』……他嫌棄我。」

「哎呀哎呀。」

就連葛蕾蒂也不禁要仰首嘆氣了。

「那可真是……可是，我之前不是說了？無論是產生誤會還是吵架，都還是理所當然的。況且有時候不吵架，反而表示雙方很生疏喔，因為那就表示兩人的心靈沒有貼近到會起衝突。如果能吵架，然後和好的話……趁著還能這麼做的時候多做一點，在這種戰爭當中說不定反而比較好喔。」

「就是啊，女王陛下。喏，女王陛下妳自己不是也說過，不打不相識嗎？」

「…………」

蕾娜實在不這麼認為。

「……如果是萊登的話。」

她發出了活像小孩子鬧彆扭的聲調，把她自己都嚇了一跳。

「如果是萊登或賽歐的話，我看辛一定已經說出煩惱了吧。因為他都會依靠你們。」

不像我。

只有這句話因為實在太丟臉，所以她勉強吞了回去。

真要追究起來，辛跟萊登、賽歐、安琪、可蕾娜或是聯邦軍官學校的同梯馬塞爾在一起時，就總是給蕾娜一種難以融入的感覺。菲多雖然不會說話但也差不多，還有跟維克或是最近與達斯汀說話時，有時候也是這樣。總覺得辛跟她說話時用的不是那種態度。

神情不一樣。

是更隨便、更隨興、更無所顧慮的……對，感覺就是沒在客氣，或者該說沒有一種奇怪的袒護感。

蕾娜總覺得，辛是用對等的態度跟他們說話。

這讓她好不甘心。

萊登忽然苦笑了一下。

「這……很難說吧。」

他發出令蕾娜意外的，而且莫名深刻的慨歎。

抬起頭一看，萊登正在苦笑，沒看著她。笑中帶有一絲微苦。

「我們終究跟他一樣都是八六，而那傢伙是我們的死神……所以我們只能跟他並肩而戰，不能為他做更多事……不像妳。」

「——隊長。」

在基地的居住區塊，辛回到分配給自己的宿舍房間時發現瑞圖在門口等他，於是停下腳步。

「聽說隊長受傷了……是我害的吧，對不起。」

「……不是。」

辛輕輕搖了搖頭。辛受傷不是瑞圖的責任，況且坦白講，憑自己現在這副德性實在無法責備瑞圖。

他也同樣在懷疑自我、畏縮不前，不可能怪得了別人。

瑞圖那雙瑪瑙色的大眼瞳，用一種心事重重的色彩，直勾勾地抬頭看著辛。

「隊長，關於下次的……龍牙大山攻略作戰，那個………」

「……你要在本部待機嗎？」

辛替欲言又止的他說了。從「軍團」與己方的戰力差距來想，這場作戰風險很大，就連抽掉瑞圖一個人都會造成嚴重影響，但是……他不願強迫不想戰鬥的人上戰場。如果那樣做……被強迫的人通常都無法活著回來。

然而瑞圖搖搖頭，態度堅決。

「正好相反，請隊長不要把我踢出作戰。我一定會在那之前調整好心態。」

「可是……你不是害怕嗎？」

怕戰鬥到最後必須見識死亡。

怕見識到八六的——末路。

「我是很害怕。」

瑞圖果然抿起了嘴唇，變成了不帶血色的鐵青色彩。

他以這樣的神情說了。不敷衍搪塞，眼中繼續維持著畏縮的色彩。

即使如此……

「但是我——到頭來還是不想逃避戰鬥，也不願意那樣丟人現眼。」

戰鬥到底，直到生命燃燒殆盡的最後一刻。要求自己做到這點的八六，無法容忍自己那樣丟人現眼。

無法容忍自己那樣可恥地墮落。

「因為我——不想捨棄自我。」

即使懷疑自我，依然捨棄不下——他說。

第三章 射月

聯合王國的攻勢於近日內即將開始。

這是部署於反聯合王國戰線的所有「軍團」的共通認知。

如同「軍團」隨時展開阻電擾亂型的電磁干擾，讓人類無法得知支配區域內部的狀況，人類也在試著對「軍團」隱瞞軍情或作戰行動。然而通訊的增減或運輸量的增加、部隊的移動或兵員的追加部署等大規模攻擊的預兆，並沒有那麼容易瞞人眼目。

地點在第二戰線，舊第一機甲軍團屯駐地。那些人從之前計畫發動攻勢，然後敗北後退的地區學不乖地又要再次來襲。

因此，「軍團」們加強該地區的戒備，並增加機體部署數量嚴陣以待。假如他們敢再次攻打過來，像之前一樣輾碎他們即可。

而若是不攻打過來——它們就要用這支軍隊主動突破龍骸山脈，發動最後的攻勢。

反聯合王國戰線的黎明，始自南方封鎖天空的銀色。

時刻用人類的說法稱為拂曉，是夜晚最黑暗的時段。在這太陽都還未閃現預兆光明的時間，由大群阻電擾亂型先展開侵略行動。為了替電池充電，在夜晚時段會返回支配區域的幾億隻蝴蝶，從支配區域到交戰區域，將會翻越龍骸山脈，厚重地覆蓋住聯合王國的領空。

最後東升的陽光就在覆蓋天空的銀翅上漫射，將整片穹蒼染成血一般的深紅；這跟半年多以前的大規模攻勢，於聯邦西部戰線觀測到的是同一種現象。是一種好似夕照，但遠比那來得恐怖不祥的血色破曉。

這種深紅不久也漸漸淡去，天空染上這幾個月來一成不變、陰鬱至極的銀灰色。

有個東西橫越了這片銀色。

在聯合王國軍目前據守的，位於山頂附近的備用防禦陣地帶，背後是將天空切割成白色鋸齒狀的稜線；那東西就是從稜線對面投射而來。

支配天空的警戒管制型、巡邏的斥候型，以及潛藏於支配區域的對空砲兵型（Stachelschwein）的對空雷達即刻偵察到此一狀況。距離最近的幾架斥候型急速前往那東西的預測投射路徑，以進行光學觀測。

對空雷達失去目標訊號。並非飛翔物體一類——航空器、飛彈或砲彈等物體。是某種在陸地上高速移動的，資料庫裡沒有的不明機。

斥候型進入針葉樹森林。「軍團」的幽藍光學感應器仰望著染成白色的雪地戰場。

用不了多久，斥候型就以複合式感應器捕捉到了那個。

然後它不知該如何判斷，呆站在原地。

因為映照在斥候型光學感應器當中的那個東西……

是某種自己噴火、一邊高速旋轉一邊以猛烈速度衝下斜坡一路滾落而來的，巨大的，實在太過巨大的成群車輪般物體。

†

『——突圍。確認全機已引爆。』

『第二波，機動打擊群射控分隊，開始投射。奇襲的關鍵在於掌握敵人混亂的時間，不要讓那些傢伙掌握狀況。』

『收到——射控分隊，開始投射吧。照準目標，電磁彈射器，連接電容器。「座天使」第二波投射！』

在聯合王國軍備用防衛陣線後方，翻越稜線、展開於龍骸山脈北側斜坡的砲兵陣地各處……

往南方山頂展開軌道的所有「電磁彈射機型」啟動了背部的電磁彈射器。

發出撕裂空氣的低吼，滑梭牽引著投射物在軌道上疾走。連接部位鬆開，機體投射出「那東西」，使它飛越稜線描繪出拋物線。

每一架電磁彈射機型的控制部件都被弄壞，軌道的連接部位纏繞著原本不存在的大量纜線。它們就像某種寄生植物似的侵入電磁彈射機型內部，毫無顧忌到甚至激發生理性厭惡感的地步，控制著其背部的彈射器。

纜線的另一端延伸到一字排開的大容量電容器、射控班的裝甲指揮車與排排站立的「破壞神」駕駛艙，傳遞來自此處的操作。即使無法直接控制電磁彈射機型，如果只是啟動電磁彈射器的話還算簡單。

作戰前機動打擊群狩獵收集的，就是這些電磁彈射機型。正確來說，是它們的背部電磁彈射器。

這是為了在天空——制空權被「軍團」奪走的戰場，進行來自天空的攻擊。

彈射器發出低吼。

連帶著幾十噸的重量，也在眨眼間加速到時速三百公里。這是藉由犧牲飛行距離，以彈射器的損壞為前提，一時之間達到增加投射重量的效果，將本來不可能飛上天空的重量，一邊讓軌道發出哀嚎一邊強行擺脫重力投射出去。

控制系統遭到破壞，墮落為人類無力工具的電磁彈射機型朝著過去的友軍陣地，果敢進行卯足全力的投射行動。

THE BASIC DRONES

[「軍團」的基本戰力]

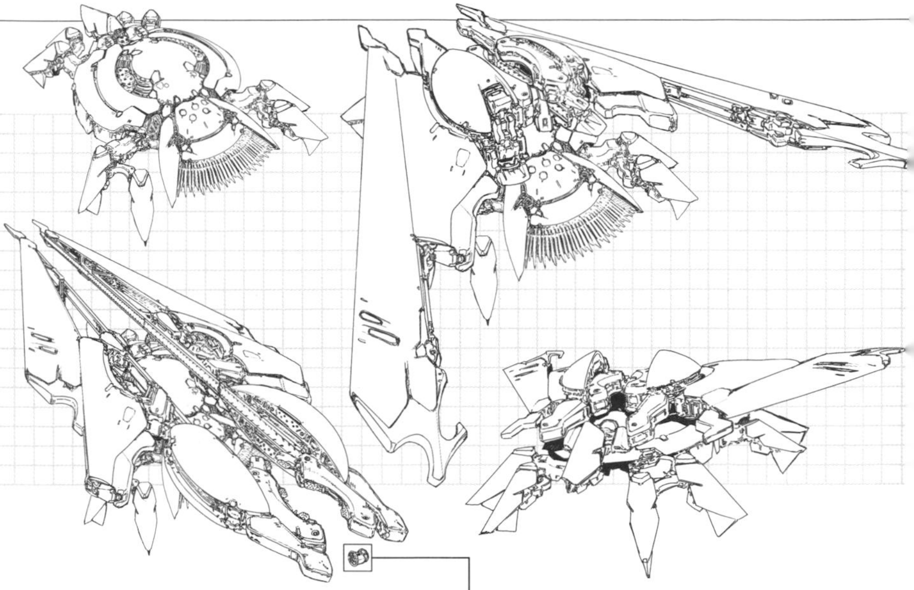

[Zentaur]

電磁彈射機型

[ARMAMENT]

無

※配備超大型電磁彈射器。
固定與斥候型護衛等機種共同行動。

[SPEC]

[全長]約35m
※不含彈射器
[彈射器最大伸長]90m

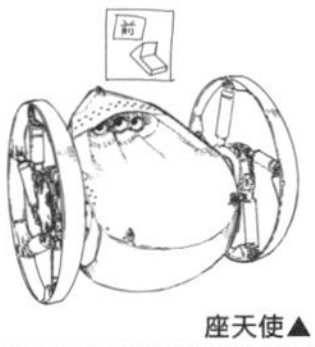

座天使▲

大小可與電磁加速砲型比肩的巨大「軍團」。儘管本身並不具戰鬥能力，但具有可將重達十幾噸的質量投射超長距離的大型電磁彈射器。在前次列維奇要塞攻防戰當中，此機種將長距離砲兵型與高機動型送進要塞內，讓基地內的蕾娜等人陷入困境。這次此一機種在中樞部件毀壞後成為俘虜，變成人類軍的戰力，作為龍牙大山攻略戰的後方火力支援，以彈射器投射反戰車武器「座天使」等物體，掩護前衛部隊的突圍行動。

至於被投射出去的「那東西」則在飛越稜線後於空中解除連結，落在南側斜坡——「軍團」鋪下厚實防衛線的地帶前方。

那是直徑足足長達三公尺的一對鋼鐵車輪。之間夾著比車輪小約兩圈的圓筒，形狀近似於縫紉線軸或纜線軸。這些東西陸陸續續地撕裂空氣，往地面墜落。

內部感應器檢測到自機的姿勢，修正姿勢著地。降落於山坡斜面的圓筒出於形狀問題，理所當然會在重力牽引下從斜坡滾落。這些東西踩過冰雪堆或地形隆起處，有時飛越它們，同時不斷加速。

往南側斜坡的山麓，「軍團」們的防衛線前進。

它們啟動了敵我識別器(IFF)與雷達，不過其實現場只有車輪它們自己與「軍團」。裝置將檢測範圍內的敵機集團設定為目標。

開始追蹤。

安裝於機身的火箭燃料被點燃，原本就受到重力拉扯而猛烈加速的車輪，進一步被狂暴的推進力猛踹一腳。它們帶著被踢飛而崩解的積雪層，或是隨著雪塊一同滑行，化作噴火的鋼鐵雪崩，以大鷲狩獵般的速度衝下禿山地表。

墜落與火箭推進相輔相成的速度，即使與量產型「軍團」當中速度最快的近戰獵兵型相比仍然更勝一籌，轉瞬間就接觸到「軍團」的防衛線，長驅直入。

近炸引信啟動。

填塞於圓筒內部的一・八噸高性能炸藥——在「軍團」們的隊伍正中央一齊爆炸開來。

為了進行前進觀測而部署於防衛線附近的「西琳」的光學感應器將那幅光景轉換成影像，送往備用陣地。

車輪型的自走自爆兵器，分成從外觀無法區別的兩種類型；一種是炸裂後會散播大量破片的反輕裝甲式樣，另一種是散布自鍛破片的反戰車式樣。

破片把輕量級的斥候型、近戰獵兵型，以及裝甲較薄的反戰車砲兵型一掃而空。來自極近距離內的自鍛破片，把戰車型狠狠打得虛軟倒下。自爆兵器雖然單純就重量來說比不過戰車型，更遑論重戰車型；但以目前情況而論，重量得到了翻山越嶺的高空降落與火箭推進的速度加成。被打個正著的重戰車型踉蹌幾步，遭到爆炸波及而被炸個粉碎。

蕾娜從借用的備用陣地管制室的主螢幕，看見那壯烈的戰況。

請人送來的軍服比她身材大了一圈，底下露出「蟬翼（цикада）」的銀紫色彩。她任由身上光彩搖曳，持續關注自己籌劃的投射攻擊的整個過程。

同時她回想起始自這場砲擊的龍牙大山據點攻略作戰開始前，對機動打擊群進行的簡報。

†

「現在開始針對龍牙大山據點攻略作戰進行說明。」

處理終端並非全員到場。光是各個戰隊的戰隊長與副長就已經超過一百名人員，他們淹沒了寬敞的簡報室。

「作戰目標與上次一樣，是破壞據點內的發電機型以及自動工廠型，這是最優先目標。其次是俘虜該據點的指揮官機，識別名稱『無情女王（Admiral Weisel）』。」

蕾娜站在台上投影的作戰圖前面，一邊配合說明切換顯示的圖片，一邊望向坐在成排椅子最前排的辛。

自從上次起爭執以來，她還沒能跟辛說上半句話。當然與作戰相關的事情還是會說，但除此之外就沒講過話了。一方面是因為雙方都忙於即將開始的作戰，但一方面也是因為他們倆都跟對方稍微保持了距離。

從台上看下去，辛目前沒有半點憂悶的樣子，神情跟平常一樣靜謐。雖然目光略為低垂沒跟蕾娜四目交接，但低頭看著手上資料的眼神，目前並未不安定地搖擺。

看來他已經振作到能夠以戰隊總隊長的身分參與作戰……應該說是要求自己振作。面對萊登他們也跟平時沒什麼兩樣，能夠閒聊一些無關緊要的小事。

「參加兵力包括機動打擊群，以及維克殿下的直轄聯隊。我軍將以這兩個部隊，完成包括壓制龍牙大山據點、封鎖壓制中的作戰區域、以及從開始進擊到撤退完成之前維持路線通暢在內的所有目標……上次作戰實施過的，以其他師團進行的佯動以及引誘『軍團』戰力此兩種行動，由於聯合王國軍本隊戰力不足，於本次作戰當中無法實行。」

在場的處理終端們之間，掀起一陣靜默的騷動。

只有機動打擊群，與「阿爾科諾斯特」一個聯隊。竟然打算只靠這兩個部隊突破敵陣。認為作戰不可行的聲浪開始擴大。在這當中辛忽然抬起頭來，輕輕舉起一手表示想提問。

兩人四目交接。

靜謐的紅瞳往上看著她。

蕾娜在心中問他「你應該沒事吧」，只是得不到答案。

「上校，我想確認兩件事。第一點，妳的意思並不是說完全得不到聯合王國軍的支援對吧？第二點，目前的說明當中，打開通路並沒有包含在攻略部隊的行動裡——這個任務由誰來做？」

問句平靜而機敏，聲音嘹亮，是故意問給旁人聽的。身為戰隊總隊長的辛，早已知道問題的答案。

「當然，對『軍團』前線的壓迫以及小規模的佯動，在作戰中會隨時進行。這是聯合王國的戰爭，即使無法從絕對不能被突破的最終防衛線撥出戰力，『軍團』的前線部隊仍然該由他們來引開。接著講到打開通路……」

蕾娜輕輕點了點頭。

「這個部分，由另一個部隊來實行。」

†

『米利傑之前為你心煩意亂了很久……不過看樣子，你總算是趕在作戰前振作起來了。』

「畢竟作戰計畫變數這麼大，實在沒辦法讓我在本部待機。」

他們待在龍牙大山攻略部隊的重裝運輸車上，正潛藏於針葉樹林裡等待出發命令。

辛一邊在車廂裡用情報終端的全像式螢幕為作戰文書做最終確認，一邊回答隔著知覺同步說話的維克。

然後他問道：

「關於另一個部隊，或者該說另一種兵器……那種兵器是設計來做什麼的？就是那個變種車輪。」

辛切換全像式螢幕的畫面，顯示出從這個位於深邃森林的地方看不見的「軍團」軍最前線影像。畫面上重複上演著雖然壯烈但也帶點傻氣的，叫作什麼「座天使」的謎樣車輪展開的特攻。

『在中世紀時期的攻城戰當中，守城軍有用過一種類似的武器。我姑媽——前任「紫晶」從中獲得靈感，於是試做了這種兵器。我也不知道她原本打算拿來做什麼，大概是興趣使然吧。』

從城牆丟下沉重物體或可燃物，藉由動能或火焰殺傷攻城軍，是守城戰的常套戰術。有時他們還會搭配組合做出具有重量的可燃物，也能看到一些利用動物追加推進力的例子。

但是用一對直徑超出人類個頭的車輪夾住高性能炸藥，藉由火箭的推進力讓導引武器高速狂飆——這就有點史無前例了。

「……興趣？」

『每個「紫晶」各有不同的擅長領域。我是人工智慧，姑媽是導引系統……考慮到「軍團」戰爭的需求，這兩百年來沒有專精機甲的個體誕生，對聯合王國實在是一大傷害。只是說歸說，這也不是靠人力能解決的問題就是了。』

換言之不是因為有需要、有意義……

是因為她擅長。

就這樣。

「…………」

辛不由得陷入沉默。

雖然他早就隱約有此感覺……

「你們國內該不會有活雞地雷之類的東西吧？」

『那倒是沒有……因為在我國的氣溫下會凍死。』

「…………」

『…………』

兩人都陷入了沉默，只是沉默的意味有點不同。

『……難道說地雷犬對「軍團」有效嗎？』

聽到維克聲調嚴肅地低語，辛暗自嘆氣。

聽說在列維奇要塞基地的戰鬥中，芙蕾德利嘉曾經將維克評為只是頭腦聰明的傻子；坦白講，辛覺得有幾分道理。

『只是「軍團」由於是多腳兵器，從地面到底部的高度比履帶式高。假如把地雷設計成彈簧式讓它在腳的根部炸開，或許——……』

「我想應該只會被它們跳開躲掉。」

『這倒也是。』

維克遺憾地表示同意。

接著，他似乎猛地抬起了頭來。

『獵豹的話呢？』

「要怎麼把牠們帶來？」

『……說得也是。』

以南方大陸為棲息地的獵豹擁有哺乳類當中最快的奔馳速度，但南方大陸位於越過「軍團」支配區域的遙遠彼方。當然，聯合王國沒有這種動物。

真要說起來，就算真把溫暖南方的生物投入聯合王國的雪地戰場，應該也只會跟塞進地雷裡的雞走上同樣的末路吧。但因為實在太白痴了，辛沒有吐嘈，維克想必也只是說笑而已。

大概吧。

沒搭理兩名少年進行的相當不合狀況的對話，聯合王國的火力投射仍在持續當中。這稱為攻擊準備射擊，是在戰鬥部隊開始進擊之前先破壞敵軍防禦陣地，盡可能擊垮敵兵，藉此封鎖反擊讓進擊行動成功的火力投射。

這項行動一結束，攻略部隊就會開始進擊。想到那種緊張的心情，少年兵閒扯淡個幾句話並不值得責怪。

胡亂施加的負荷開始造成一些電磁彈射機型的彈射機構故障而陷入沉默，但仍然將所有「座天使」盡數投射完畢。接著新的貨櫃被搬了進來，射控官替控制程式做切換。

「座天使」的目標是「軍團」隊伍的第一排。那裡聚集的都是用來突破聯合王國軍防衛線的重量級機種。他們另有下一個目標，為此才會準備貨櫃裡的東西，以及控制用的程式。

程式切換的空檔，由接著咆哮的重砲與迫擊砲的猛烈射擊來填補。

砲手對著「座天使」撬開的突破口，用集中射擊猛轟後方的後勤系統。他們在射程所及的範圍內，依序擊潰後方綿延的梯級部隊與防禦設施，仔細、執拗並徹底地用砲彈風暴耕耘進攻路線。

他們甚至捨不得花時間轉換陣地，連延伸射程用的底排彈都毫不吝惜地用上。

電磁彈射機型用的射擊程式切換完畢。電磁彈射器裝上新的投射物，再次開始投射。發出低吼被拋上高空的大型砲彈，描繪出拋物線加入榴彈驟雨的行列，或者是直衝天際撞進阻電擾亂型的銀雲。它們沿著往下斜衝的軌道殺進「軍團」集團，或是一邊用衝擊波撕裂蝶翼一邊飛上雲端。

定時引信啟動。

引爆。

就連能用衝擊波與破片橫掃半徑四十五公尺圈內的一五五毫米榴彈都望塵莫及，半徑足足長達一千五百公尺的範圍內，遭到猛烈爆轟的衝擊波吹襲。

以同樣半徑在高空中圓形擴展的爆炸熱風，一口氣磨碎大量脆弱蝴蝶的機械構造，讓天上出現了一整塊空地。

雛菊剪。

這是被人俗稱為割草機，設計成以爆炸熱風吹飛廣大範圍的炸彈。由於必須搭載於航空器往地面空投，這種軍武在失去制空權的「軍團」戰爭中只能放在倉庫裡占空間。將近七噸的重量，用一般火砲實在難以投射。

然而如果是電磁彈射機型所具備的，能將十多噸重的斥候型射上高空的電磁彈射器的話則另當別論。

真要說起來，不曾投入過實戰的「座天使」自不待言，雛菊剪原本也是未曾設想過地面投射用途的軍武，更別說在空中引爆。

為了實行這種預設用途之外的運用方式，射控系統當然也不是早就準備好的，是專為這場作戰而趕工編寫的急造品。

雖說系統人員已經費盡心力連夜編寫，但仍然不能否認實際射擊起來有些缺乏威力，需要經驗豐富的射控官或者是砲手進行輔助。

作為這方面的助手之一，她一邊調整負責的電磁彈射機型群的準星，一邊說：

「——原來如此，這的確沒人會想穿……」

安琪一面輕扯裝備起來的「蟬翼」領口，一面唉聲嘆氣。

她是待在「雪女」的駕駛艙中所以還好，如果換成會被他人看見的司令部或「華納女神」，她打死都不想穿。至少得加件上衣或大衣。

當然，駕駛艙的備品箱裡備有一套戰鬥服以防臨時發生戰鬥或孤立狀況，但問題不在這裡。

『聽說蕾娜在上次戰鬥的時候也穿過這個？就算說是出於需要，但……真佩服她敢穿耶。』

同樣身為射控人員，應該也穿起了「蟬翼」的可蕾娜，在「神槍」駕駛艙裡有些忸忸怩怩地說。

聽到她那種聲調，好像都能看到她心神不寧地讓大腿內側互相磨蹭的模樣了。

兩人在機動打擊群當中軍階屬於最上級，過去又曾在東部戰線最精銳的第一戰區第一防衛戰線負責過砲火支援。在留下進行砲火支援的處理終端當中，她們負責最多電磁彈射機型實屬當然，為了做輔助而不得不穿上「蟬翼」，道理上來說也是無可奈何；這些她們都明白，但是……

『……等回去之後，看我不拿雪丟那個王子殿下才怪。』

「這點小懲罰他最好虛心接受。因為不管我怎麼想，都覺得做這種裝置根本是胡鬧——啊，可蕾娜，維契爾上校傳來下一個目標指示了。」

畢竟人手就是不足。上次作戰留在王都的葛蕾蒂，這次也來到了這個砲兵陣地，負責執行從機動打擊群派來的射控分隊——也就是安琪或可蕾娜等人的總指揮。

雖然葛蕾蒂不同於八六，是接受過正規教育與訓練的軍官，但安琪還是覺得她簡直是無所不能。二十多歲就能爬上校官的階級，可不是虛有其表。

『啊，收到……電磁彈射機型，射控分隊第三班各位成員，調整準星——』

沙的一聲，有腳步聲接近，並微微傳來低沉的金屬聲，看來是有人敲了敲駕駛艙的裝甲。

才剛這麼想，座艙罩就被人從外頭掀了起來。

「安琪，感覺快要下雪了，妳再加一件大衣——……」

達斯汀一邊說，正想把異於聯邦的、聯合王國厚實暖和的密縫大衣遞給她，卻維持在動作中途不上不下的姿勢與表情僵在原地。

他跟安琪一樣調來負責砲火支援，不過現在不知是為了電磁彈射機型彈射器的冷卻還是要更換電容器，似乎有了一點空閒時間。他想趁著這段時間將冬衣發給同袍們，抱著跟山一樣高的衣

物在排成隊伍的「破壞神」之間來回走動，實在很像是他的作風，但是——

他那白銀色的雙眸，看見了安琪而睜大開來。正確來說是穿著「蟬翼」而清晰浮現的，她纖柔的身體曲線。

安琪回望著他，也當場僵住。

她那白皙的臉蛋，眼看著變得越來越紅。聲音自動從喉嚨深處往上衝。

「不……」

砲兵陣地的一隅，電磁彈射機型控制分隊第二班的部署位置，突然傳出了響徹四下、尖銳地貫穿寒風的慘叫。

「不要——————————————！」

「嗚哇——————————————！」

兩道慘叫聲被厚厚積雪吸收，除了周圍看好戲或拚命憋笑的第二班處理終端之外，誰也沒在聽。

最後一枚巨大砲彈，在天空中的一隅綻放出爆炸火花。

最後的一齊射擊飛越長達四十公里的距離，刺進「軍團」的支配區域。

即使如此，攻擊準備射擊還沒結束。

就像要補上臨門一腳似的，成群黑翼發出噴射燃料的轟然咆哮，飛越了稜線。

一瞬間，深灰色與暗影般的黑色填滿了頭頂上方。這些編隊單位數量龐大到能讓北方穹蒼暗無天日的機體，是成群的新舊轟炸機。它們從聯合王國領土內的飛機跑道起飛，在自動駕駛的無人狀態下，筆直飛向「軍團」的支配區域。

飛向阻電擾亂型與對空砲兵型嚴陣以待、人類沒有制空權的天空。

當然，存活下來的「軍團」們即刻做出反應。

鎖定警報在轟炸機的無人駕駛艙裡鳴響。成群阻電擾亂型像雪崩般飛入進氣口。對空飛彈射中高溫的引擎，飛入內部的機械蝶群在引擎內部爆炸；讓重達足足兩百噸的轟炸機翱翔天空的四具引擎接連噴火。

但即使如此，轟炸機並未因此而停止飛行。

飛越山頂、開始緩慢下降的轟炸機就這樣不停加速，斜著往下方墜落。阻電擾亂型破壞的航空器引擎是用來產生推力的裝置，也就是用來讓鐵鳥擺脫重力，飛向高空的裝置。

即使在上升的過程中毀壞，至今爭取的遠超過山頂的高度、往前進方向飛行的慣性，以及將轟炸機的巨大身軀拉向地面的重力，都不會消失。

前進的方向不變——一樣是攻略部隊進攻路線的前方與周圍。

「軍團」像是慌張了起來般連續發射對空砲火，無法進行機動閃避的巨鳥們被射個正著，但這樣還不夠。無論是要擋下還是粉碎兩百噸的大質量，區區一點對空火砲根本不夠資格。對空飛彈基於其性質，會集中攻擊引擎此一熱源。即使霰彈撕裂機翼、炸飛引擎，轟炸機仍然會繼續往它們的方向墜落。就連勉強炸碎的幾架飛機，其碎塊依然隨著慣性與重力飛往支配區域。

胴體部位逃過一劫的飛機打開炸彈艙，將內容物往下丟。動作沒像樣到能稱為轟炸。彷彿受傷的鳥兒一邊灑落鮮血與內臟一邊以最後力氣飛翔那樣，飛機於墜落的同時四處散布著大量裝載彈藥或炸藥的箱子，甚至是剩下的航空燃料。它們在森林的樹梢上磨擦機身，撞上雪原彈跳起來，最後終於翻倒在地，伴隨著地鳴四處散播機身碎塊，並且輾爛了來不及逃跑的「軍團」們。

彷彿發出臨死的慘叫般，外漏的燃料被火引燃。

成功開拓的進攻路線附近一帶——遲早會被「軍團」們大軍湧入的空隙，如今轟轟烈烈地立起一面沖天火牆，暫時阻擋敵人入侵。

即使看在策劃作戰的蕾娜眼裡，這種打開進攻路線的場面仍然壯烈至極。

砲兵部隊的一名指揮官傳來通訊。這一切對他來說是母國的領土，與母國的軍武。毫不吝惜地犧牲這些事物以求殺出血路的行為，令壯年校官的聲調畏懼地發抖。

『——全投射程序執行結束，進攻路線開拓完畢。』

「收到。龍牙大山攻略部隊，出發。」

蕾娜回應時，注意著讓聲音不帶有感情。這場作戰是自己策劃的，既然如此，她不能讓人看到自己心驚膽寒的一面。

砲兵隊指揮官不知是如何理解她的這種冷靜透徹，他一瞬間倒抽一口氣，在受到震懾的心情下開口道：

『華納女神，貴官——……』

「有事請說。」

『沒有……』

指揮官欲言又止，最後似乎搖了搖頭。

現在如果不說，也許再也沒機會表達了。必須拿出身在戰場、出生入死的戰士的覺悟。

那些八六與「西琳」們無所畏懼地邁向決死之行，而蕾娜則是能夠聲音毫不發抖地送部下踏上那種決死之行；指揮官聲音中混雜著對她的敬畏，說道：

『祝我們的殿下、您以及您的部下武運昌隆。』

†

巡邏的斥候型、覆蓋天空的阻電擾亂型，甚至是為了突破敵軍防衛線而派遣集中於最前線的珍藏武器重戰車型們，都失去了聯絡。

她明白聯合王國軍發動了攻勢。白群色的裝甲、女神憑倚新月的識別標誌——她是被稱為「無情女王」的指揮官型。

聯合王國軍這場火力投射與其說是不顧一切，已經可說是不顧前後了，不過手段姑且不論，攻勢與規模本身還在想定範圍內。雖說只到一半，但他們終究用砲擊與自爆兵器撬開了進攻路線，還用火牆加以維繫。即使如此，頂多也只能多少減輕挺進部隊的負擔罷了。留在備用防衛陣地帶的大多數人員，照那樣看來也無法再得到像樣的砲火支援。

但是，不戰鬥就得毀滅。既然如此，即使被迫血流成河，聯合王國軍仍必定會出兵。

她有這份確信，認定至少那個獨角獸王室會這麼做。

王侯貴族就是這麼回事。

為了讓自己活下去，不惜揮霍財力與人民。

所以。

她才……

想這些也沒用，她輕輕搖了搖複合式感應器。自己為什麼會製作「軍團」，如今已經不具意義。

自己是「軍團」指揮官，識別名稱「女主人」。

不過如此罷了。

『女主人呼叫梯隊各機。』

「軍團」沒有能夠回應的聲音。

即使如此，製造出它們的她知道，沒有一個會聽漏或反抗。

『準備迎擊——殲滅突出隊伍的敵機。』

†

機動打擊群接到了出發命令。

辛在待機的重裝運輸車車廂裡，聽著只有簡短一句，事前決定好的說法——事到如今不再有鼓舞或餞行，甚至可說冰冷無情的那一句話。

視野下方，積雪與針葉樹森林對面的火焰沒有消失。表土遭到執拗的砲擊挖掘，燒爛的大地上已然沒有任何會動的身影，火牆包圍著焦土道路的左右兩側。

噴發的黑焰直衝天際，怕火的阻電擾亂型暫時退避，銀雲開出了一個大洞，但是從那裡一窺的天藍卻被噴射燃料與金屬燃燒的焦黑弄髒而顯得暗沉。

而在火牆周圍與焦土道路的遠遠另一頭，有著成群的臨死尖叫、呻吟、悲鳴與嗚咽。

那是至今仍然受困於戰場的機械亡靈們所發出的哀嘆。

忽然間，辛覺得這簡直有如地獄。

他想起《神曲》中的〈地獄篇〉，開頭對地獄之門的一段敘述：

由我這裡，直通悲慘之城。

即使前方有著地獄——即使連該往何處去都不知道。

不前進，就去不了任何地方。

「——我們走。」

蕾娜在管制室的主螢幕上，看到車輛列隊向下行駛。

為了不受到敵軍的砲火反擊波及，並且於打開進攻路線後，趁敵機還未堵住道路之前趕緊通過，攻略部隊並非待在北側斜坡的砲兵陣地那邊，而是潛藏於南側斜坡備用防衛線周圍的針葉樹林裡。列隊包括機動打擊群的「破壞神」與維克麾下的「阿爾科諾斯特」、運送他們的重裝運輸車，以及隨伴而行的「清道夫」行列。

即使是擁有十多噸重量的「清道夫」，踩在雪上仍然幾乎是安靜無聲。可能是被積雪與森林密密叢叢的蒼鬱林木吸收了，連柴油引擎的排氣聲也聽不見。在無聲且無言的狀態下，隊伍沿著雪地斜坡往下走。彷彿某種不吉利的送葬隊伍，又像是某種恐怖不祥的黑蛇般一路前進。

由於攻擊準備射擊選出了安琪與可蕾娜等擅於長距離射擊的處理終端進行射控，因此並非所有處理終端都加入了攻略部隊。前次作戰遭到毀滅性打擊的「阿爾科諾斯特」也是，「西琳」姑且不論，「阿爾科諾斯特」還沒能達到規定部署數量。所以比起原先預定為龍牙大山攻略準備的戰力，像這樣實際能派出的人員比較少。

「…………」

即使如此，如今能做的都做了，也已下達了出發命令，蕾娜沒有其他話該對他們說。該提的作戰、該做的指示與該給的情報，全都告訴大家了。再來就是前線指揮官的——辛的分內之事了。假如狀況產生了某些變化還另當別論，如果沒有，蕾娜就沒有插嘴的必要。

但是……

蕾娜抿緊了嘴唇。身旁的芙蕾德利嘉維持著雙臂抱胸仰望主螢幕的姿勢，但蕾娜感覺到她用視線偷瞄了自己一眼。

那雙紅瞳彷彿在問她。

與辛相同的，焰紅種血統濃厚的深紅眼眸。

妳真的……

覺得這樣就可以了嗎？她問。

……可以才怪。

蕾娜沒什麼話能告訴辛。但那是從指揮官的身分而論。

以蕾娜本人的真正心情而論，她有很多話想跟辛說。

自己必須向他道歉……那時候兩人之間會產生誤會，自己一定也有錯。

其實蕾娜很想叫住他……不然她總覺得辛會像呆站在「西琳」屍首道路的前方時那樣，有一天會消失得杳然無蹤。

蕾娜很想再一次，將心願託付給他。

懦弱的意識抬起頭來，說這不是作戰中指揮官該有的表現。或者是自尊，她作為指揮官歷經磨練，得到鮮血女王此一稱呼的自尊，妨礙她說出想說的話。然而躊躇不決的大腦想起了方才砲兵指揮官說過的話。

他基於戰士的鐵則，告訴她戰鬥之後也許就沒機會交談了，所以想說的話必須在該說的時候告訴對方，不能有所保留。

因為等作戰結束後，就算能再次碰面……如果連說不定再也無法相見的這個時刻都害怕隔閡或爭執，輸給微不足道的自尊而沒把想說的話說出來，自己以後一定會後悔一輩子。

她啟動知覺同步。

同步的對象，只有一人。

「——辛。」

在穿越雙方的潛意識與集合無意識的通道另一頭，她感覺到辛微微地睜大了雙眼。

『上校？有什麼……』

「上次很對不起。」

蕾娜搶著說了。

不然她覺得自己會說不出口。

「我想我太不尊重你的隱私了。我沒能等你願意自己開口，沒有相信你願意向我傾訴。這些的確都是我的錯，真的很對不起。」

『…………』

「可是，我是真的希望你能跟我說……找我幫忙。你如果覺得難受，希望你能告訴我。我希望自己也能有機會來保護你。」

就像無論是在戰場上，還是在其他地方，你有時挺身而出，有時不動聲色地保護我一樣。

我想成為你的力量。

「即使現在不能向我傾訴，希望有一天，你能將你的傷痛告訴我……我希望自己對你來說能變得更可靠，讓你願意向我傾訴。所以……」

『我並不是覺得妳不可靠，我……』

「是的，我懂，你一定沒有那個意思。只是，我想我們一定是表達的話語都還不夠多。」

用以表達心意、信任對方的話語，以及努力。

還不夠多。

所以……

「讓我們好好聊聊吧，等你回來之後，從可以輕鬆閒談的芝麻小事開始聊。然後有一天，再聽你傾訴你的傷痛。」

『…………』

大概是還無法答應這個要求吧，辛陷入了沉默，蕾娜對他笑了笑。雖然知覺同步無法傳達表情，但能夠傳達面對面交談程度的感情。

總有一天，當辛能夠說出深藏在心中的傷痛，以及遮住的脖子傷疤從何而來的時候，到了那一天……

「希望你……能統統向我傾訴。」

「……所以……」

不要讓機甲兵器長時間自走比較能維持性能，這點包括「破壞神」在內，所有機甲都是一樣的。

後部載貨艙裝載著「破壞神」，前方車廂讓處理終端乘坐，重裝運輸車在成為焦土的谷底奔馳。由於有大約三分之一的處理終端待在載貨艙的「破壞神」上待機以防敵軍來襲，車廂上有很多空位；賽歐望向了坐在稍遠座椅上的少女。

她的服裝既不是處理終端的鐵灰色戰鬥服，也不是車輛駕駛員的同色戰鬥服。更不是聯合王國的紫黑或「西琳」們的胭脂色。

是令人厭惡的深藍，共和國軍服的色彩，以及不同於蕾娜的銀色短髮。

「呃，記得妳是潘洛斯少校？怎麼連妳都來了啊。」

「做實驗。」

阿涅塔簡短扼要地回答。

在共和國副首都夏綠特市的地下鐵總站之戰，「軍團」不知為何，曾試著擄獲阿涅塔。

在上次列維奇要塞基地的戰鬥中，明明將部隊移動的事嚴加保密，第八六機動打擊群卻遭到了準確無比的狙擊。

情報是從哪裡洩漏的？是他們受派前來的這個聯合王國，還是聯邦？假如是遭到竊聽，是無線電還是知覺同步？

有必要做個確認——若是連機密情報或通訊都守不住，對今後的作戰行動會造成影響。

「上次我人不在戰鬥區域，所以當然什麼也沒發生。但我這次不但前往戰鬥區域，還在通訊上表明自己的存在，我想看看這樣『軍團』會不會找我下手。」

為了揪出是哪裡的什麼原因造成情報洩漏。

「說穿了就是自己主動當誘餌？……會不會太愛給自己找麻煩了啊？」

一個共和國民，居然為了區區八六這麼做。

阿涅塔似乎也聽出了話中的諷刺。

但她輕快地聳聳肩。

「誰希望今後再犯下同樣的失敗？至少我可不要……只是這樣得用掉你們一名戰鬥人員，不太好意思就是了。」

尤德似乎都聽見了，用一如平素的機械般平板聲調說：

『與潘洛斯少校同乘一架機體的莎奇，在上次的戰鬥中受了傷。駕駛是還好，正式戰鬥就有困難了。那架機體本來就沒算在戰力內，不成問題。』

「是喔，謝謝你的好意……還有，我算是萬一王子殿下戰死或受傷時的保險。爆炸裝置的啟動說穿了就是按按鈕，但說不定會發生一些程式錯誤。到時候如果要操作情報終端，你們八六應該還不太會用吧。」

「……是沒錯。」

賽歐心裡閃過一個念頭「妳以為是誰害的啊」，但沒說出口。雖然是共和國的白豬們不讓他們受教育，但這個據說與自己同年紀的技術軍官少女沒必要為此負責。

取而代之地，賽歐試著開了個玩笑。

「那平常的報告書，能不能也請妳順便幫忙寫一下？」

「那是你們的工作吧，算在薪水裡的。不喜歡也得做，就當作是訓練吧。」

馬上就被嗆回來了。

「真要說的話，我不是說了『還不太會』嗎？教育人員可是有跟我說過喔，你們只是以前沒做過，但學習速度很快。等你們以後想做點什麼時，如果自己不會做不是很傷腦筋嗎？像是搜尋色情圖片之類的，我可不會幫你們弄。」

賽歐用鼻子哼了一聲。

原來如此，看來只是跟蕾娜方向性不同，但也不是個弱不禁風的小公主。

個性像這樣稍微強悍一點比較好，省得自己還得顧慮這顧慮那的。

「說得也是。」

†

聯合王國軍的攻擊準備砲擊，將砲擊區域內的「軍團」大致上都炸飛了，但砲擊區域以外的「軍團」完好如初。

接受到來自指揮官機的迎擊命令，它們也展開行動。最前排的部隊進入戰鬥態勢以備來自其他方向的攻擊，預置部隊則開始準備對敵軍挺進部隊展開追擊，並建構迎擊態勢。

敵軍挺進部隊似乎藏身於交戰區域與支配區域的森林裡前進，沒落進斥候型的巡邏網，但是他們的入侵路徑很容易預測。聯合王國軍以火力投射彌補了兵力的不足，既然如此，挺進部隊的位置自然就在砲擊區域被一時淨空的空白地帶附近，以及它的延長線上。

大量散播的噴射燃料，形成的火牆至今仍未熄滅。一個弄不好也許會延燒到森林，維持個幾天的時間。

但是它們可以鑽過其間縫隙，繞到至今仍未受到火焰封鎖的支配區域深處。
宛如包圍逃跑獵物的狼群，「軍團」們從四面八方接近敵軍挺進部隊。

†

「——這點……」
由於居高臨下而比較容易捕捉的雷達反應，加上辛的異能。
蕾娜從這些手段得知敵軍部隊的動向，全數在腦中推演著說道。
「軍團」的總數大到能夠瞬時撥出這麼多迎擊部隊，還有強大的重新生產能力作為後援。
相較之下，聯合王國軍已經沒有比龍牙大山攻略部隊更多的備用戰力了。他們不可能為了壓制迎擊部隊而撥出更多戰力，從距離來說也已經趕不上了。
但是真要說起來，這場迎擊……
「我們怎麼可能沒預測到呢……維克。」

「確認過了，前進路線如同妳的預測，米利傑。」
維克與日前早已派去滲透敵境待機、布署完畢的「西琳」連上同步，在「卡迪加」裡嗤笑。

她們都是「阿爾科諾斯特」重新配備數量不足，而沒有機體可以搭乘的「西琳」。維克是覺得與其讓她們當一群毫無作為的游兵，不如派她們潛入敵境進行觀測，但人數實在沒多到能在進攻路線的兩側全境布署。「西琳」的移動速度與感應器偵測範圍，都只比人類強一點。為了進行精準的前進觀測，必須將「西琳」正確安排在「軍團」的前進路徑上。

敵軍迎擊部隊的前進路線，與蕾娜的預測完全吻合。

而且還不是來自四面八方的敵軍部隊當中，有一兩個猜錯那麼簡單。蕾娜是把蜂擁而來的敵軍部隊所有前進路線全做了完美預測。

簡直是怪物級的能力。維克把自己的異常才能撇到一邊，如此心想。

「砲術長，獵物即將進入殺傷區……不用試射了吧？轟爛它們。」

『當然。』

年老的砲術長在攻略部隊車隊大約中間的位置做回應，聲音帶著笑意。宛如老齡獅子般凶猛。

這種砲兵戰術是將敵軍入侵部隊的前方設定為砲擊區域（殺傷區），調整好所有火砲準星嚴陣以待。反突擊火力。

試射的資料，這十年來的戰鬥就夠用了。

他們早就射過火砲射程範圍的所有位置，湊齊了數據。

「開火。」

『遵命——全砲門，齊射！』

在隊伍前頭負責斥候型直衛的一架戰車型的光學感應器，忽然映照出一個人形身影。

敵我識別器無反應，是敵性存在。從形狀來看判斷為非武裝民眾，威脅度極低。戰車型隨便舉起一挺重機槍，朝向對方——

說時遲那時快。

猛然仰望上方的幾架斥候型發出警告。但只是白費工夫，遠遠快過音速的榴彈豪雨讓微弱的陽光更顯陰暗，灑落在它們的頭上。

面對濃密的彈雨無從閃躲，被炸飛的戰車型光學感應器最後映照出的——是與積雪戰地極不搭調的，額上鑲嵌著紫堇色結晶、面露微笑的桃紅髮色少女。

†

車輛列隊在積雪道路上前進。

龍骸山脈雖是聯合王國的領土，但幾乎皆非人類居住的土地。他們駛過連山野小道都沒有的深邃山林，藏身於飄落在每一棵樹上的風雪黑暗中，避開「軍團」的耳目。

用以確保退路的戰力，每隔一段時間就會離開本隊躲藏起來。成群「女武神」一邊逐漸照計畫減少數量，一邊騎行於戰地。

第一天行軍的最後路程，通過了奇妙的森林。

並列的物體應該跟之前一樣都是北方的針葉樹，但一時之間看起來不像。彷彿巨大異常怪物的白色雪堆，一路排列到遠方。

看到陌生的景觀，八六們在運輸車或戰鬥待機的「女武神」駕駛艙中發出一陣騷動。知覺同步中有人脫口問那是什麼。

「那是霧凇。」

聯合王國的指揮管制官說了。

語氣中帶點引以為傲的味道。

就像含笑旁觀小孩子在旅途中，看珍禽異獸或奇觀看得出神的模樣。

「是雪與空氣中的冰晶厚厚積聚於樹上形成的……你們一定沒看過吧？光是下雪或是天冷，還沒辦法看到這樣的景觀，要條件齊全才行。只有條件齊全的地方，才看得到。」

「…………」

維克聽完接著說了：

『……你們幾個，如果有機會的話，下次在冬天來吧。我讓你們看看不同於下雪或下雨的冰雨，以及月光或星光以外覆蓋夜空的光帶。不是這種假冬天……是我們聯合王國奢靡華麗的冬天。』

此時維克的聲音，帶有些微的感傷。

帶有彷彿曾與某人一同欣賞，如今回憶起那人的感傷。

包括辛在內，所有八六都不知道那人是誰。

只是，他們受到那種感傷影響，又被新知吸引了興趣，都聽得入神。

打破戰友們的這種沉默，辛開口說話。他有聽過那些現象，只是不曾看過。

「鑽石塵與極光……是吧。」

『你們一定沒看過吧……告訴你們一件事，第八十六區的八六，熟悉戰地，但除了戰地一無所知的獵犬們——你們所知道的事物，不代表整個世界。要絕望是你們的自由，但是……你們對世界的了解，應該還沒深到能夠絕望吧。』

†

『——龍牙大山據點內部的臨時地圖已傳送……我們重新確認一遍作戰內容。』

伴隨著銀鈴般的嗓音，全像式子視窗開啟。

以光線描繪的立體地圖，朦朧照亮駕駛艙的幽暗空間顯示於眼前。

辛讓這陣光芒映入眼裡，心想：比想像中還深。

龍牙大山據點是「軍團」建構的據點。不同於夏綠特市地下鐵總站，人類這邊沒有據點內部的地圖。

然而不知道內部構造就闖入敵軍據點風險太高了。尤其是目前的攻略部隊必須撥出戰力守衛回程路線，更是不能冒險。

作為代用而緊急製作的，就是這份立體地圖。

他們以辛的異能掌握「軍團」聲音的移動——由此推算出基地內部的主要設施與通道，以這份資料為基礎，利用野營的一個晚上，以「華納女神」的計算能力製成立體地圖。比起二維平面，辛較不擅長掌握三維方向上的位置，不過戰車型或重戰車型可是每輛重達五十噸與一百噸的龐然巨物。要運用這些機種需要堅固耐用的建築構造，而既然該處是發電生產據點，就會有一些不可或缺的設備。從這些條件來考量，即使無法完整繪製，但還是能做出內容類似的地圖。

儘管完成度只比當無頭蒼蠅好一點。

『就如各位所見，據點內部分為幾個區塊。第一個是地表附近，推測為自動工廠型的空間。第二個是地下，位於舊火山筒附近的發電機型……看來是基於熱源位置、排氣與冷卻的需求，而建造在這個地點。發電設施鄰接舊火山筒，控制中樞則在稍遠處的另一個舊火山口附近。這些地點都有通道相連。然後是……』

配合著蕾娜的說明，地圖上的區塊一明一滅。這是利用與退路一起維持住的通訊網路在傳送資料，與半年多以前進行電磁加速砲型討伐作戰時，滲透敵境的「西琳」進行光學觀測用的是同一種方法。

『第三區。此處位於鄰接舊火山筒的地下深處，是「無情女王」的所在地點。』

位置在立體地圖上龍牙大山的中心地帶附近。正如她所說的，地下深處的一個小點閃爍了一下。

此處有個過去曾是火山筒，如今山頂通道口已被凝固的岩漿堵住的空間。第三區就設置在它的近旁。

『這個區塊的用途不明。雖然也有可能是「軍團」的司令部……但若是這樣的話「軍團」數量又太少了。就諾贊上尉的觀測來看，此處只有「無情女王」一架機體。』

維克用鼻子哼了一聲。

『區塊總需要個名稱吧，就暫時稱它為王座廳好了。』

王子殿下毫不在意地說出大不敬的話來，感覺他似乎聳了聳肩。

『職責分擔就照簡報時的安排，沒有變更吧，米利傑？我的分隊與闊刀分隊分別壓制發電機型控制中樞與發電裝置，雷霆分隊壓制自動工廠型。作戰區域周邊的封鎖任務交給以極光與呂卡翁為中心的第一機甲群其餘戰隊，「無情女王」搜尋任務由先鋒戰隊負責……竟然要硬闖女王的寢宮，還真是挺野蠻的。』

機動打擊群將所屬的全體處理終端分成四個群，最大由兩群負責同一任務。由於在此次作戰當中必須撥出第二機甲群的大半戰力維持退路，於是由辛他們先鋒戰隊所屬的第一機甲群封鎖龍牙大山的周遭地區，以及攻略據點內部。

此外由於這次的作戰必須同時追蹤多個目標，常規編隊時作為部隊單位的大隊將會難以運用，因此據點內部的攻略部隊是從「破壞神」與「阿爾科諾斯特」戰隊各撥出幾隊，編組成臨時特遣隊（Task force）。

『……另外，目前尚未確認到高機動型的所在位置。可以肯定該機種必定是龍牙大山據點的防衛戰力之一，因此當該機種出現時，請如同前次作戰加以應對。』

勢必將在四面環壁的狹小空間頻繁發生戰鬥的龍牙大山據點，是正適合高機動型的戰場。再加上挺進部隊是主動突入敵陣的孤立部隊，換言之對敵軍而言，就是容易引入自軍陣營內加以殲滅的對手。

敵軍想必會派出最強的戰力擊潰他們，絕不失手。

『不過，高機動型的擊毀在此次作戰中優先度較低。假如沒有必要對付它的話，請避免交戰。因為考慮到撤退的時間以及封鎖作戰區域的時限，只能花大約四小時進行作戰……請各位盡快壓制據點。』

辛聽著她那銀鈴般的嗓音，忽然憂愁地瞇起眼睛。

關於上次那場爭執，他還沒好好道歉。

蕾娜已經道歉了……她明明沒有任何過錯。相較之下，自己連一句道歉都還沒說。

現在實在不適合講這些，不過等回去之後……等這次作戰結束後，他一定要道歉。

同時，也要聊聊她說想聊的話題。

『收到。』

龍牙大山。

聯合王國人抱持著敬畏如此稱呼的龍骸山脈最大山岳正如其名，擁有彷彿張嘴向天露出龍牙的威武樣貌。

假如有人從山麓仰望，定能清楚見識到它高聳入雲的龐然巨軀。銳角形的稜線，將銀灰色天空切割成清晰的純白。

於山腳平地鋪展的針葉樹林杳無人跡，蒼鬱陰暗，負責巡邏的斥候型在林木之間到處巡迴警備。

此地雖然久無人居，但作為回收運輸型（Tausendfuessler）日常性出入的生產據點，自然而然就形成了一條道路。在僅有此處積雪較薄的道路前方，岩石斜坡上極其突兀地存在著一扇表面冰冷結凍的金屬防爆門。

在它的前方，斥候型依從加強的警戒等級，抬起複合式感應器。

說時遲那時快，這架輕量機體被一群從上方撲來的「阿爾科諾斯特」踩了個稀巴爛。

原來是以樹幹為立足處奔馳於樹上，從森林邊緣高高跳起襲來的先遣部隊。斥候型還來不及做出反擊或是報告敵人來襲，她們已經朝著正下方發射火砲，把踩在腳下的一群敵機炸得陷入沉默。穿透這陣爆炸聲，蕾爾赫的聲音在知覺同步中飛馳。

『淨空（Clear）！死神閣下，趁現在！』

不用說，他也知道。

爆炸火焰都還沒熄滅，辛已經駕駛著「送葬者」穿越火海的狹縫。他的視線看向一處，只見此時變得無人防守的防爆門映照在光學螢幕上。

「華納女神！」

『正在發射……倒數五秒，二，一——命中！』

以貼地高度衝刺的珍藏飛彈，跟隨一架「破壞神」照射的導引雷射，高速飛向防爆門。引爆。

像紙屑一樣被揉爛往內側炸飛的金屬門，在岩石表面彈跳的超大音量迴盪四下。辛一面以其異能捕捉到幾架倒楣的「軍團」遭受波及陷入沉默，一面指示萊登麾下的火力壓制小隊進行掃射。

進入建築物時，就屬入侵的瞬間最危險。

辛在黑暗中，確認入口附近嚴陣以待的「軍團」聲音已經斷絕才開始攻堅。

光學螢幕變暗，辛即刻切換成夜視模式。金屬腳尖踩踏堅硬岩盤的硬質聲響「鏗……」地響徹四下。他分離雪地用腳部裝備，爆炸螺栓的轟鳴也同樣在四處漫長地迴盪。這是個寬敞的空間，很可能是供回收運輸型將拋錨機體或殘骸搬進來，再堆起經過生產或修復的「軍團」並搬出去的裝卸平台。

在此處高得驚人的天花板上，整面都是……

「『阿爾科諾斯特』各機，裝填霰彈，空中爆炸模式——開火。」

在「阿爾科諾斯特」即刻做出反應，仰望上空引爆轟然砲聲的幾乎同一時間，簡直就像為捐軀的巡邏部隊報一箭之仇似的，自走地雷與近戰獵兵型自空中來襲。

這些輕量級「軍團」潛藏於橋式起重機或粗糙切削過的岩壁起伏形成的暗處。然而辛能從它們隨時發出的臨死慘叫看穿其存在位置，這點程度的隱蔽收不到效果。往上射擊的一〇五毫米砲彈，與落下的「軍團」們錯身而過。霰彈起爆，將內部砲彈打向四面八方。飛散範圍內的自走地雷像紙屑一樣被撕碎；帶著它們的殘骸，倖存的近戰獵兵型與自走地雷降落在地。「破壞神」與「阿爾科諾斯特」閃避它們之後散開。

另一邊配合來自空中的襲擊，以戰車型為中心的防衛部隊自深處通道發動襲擊。嚴陣以待的「破壞神」攔截它們，一二〇毫米與八八毫米的兩種戰車砲彈交錯而過。

黑暗充斥的寬曠空間，頓時呈現混戰的樣貌。

†

在聯合王國人稱為龍牙大山的火山內部挖穿而成的據點，其最深的位置。

看見傳送過來的裝卸平台其中一個戰鬥影像，被喚作「無情女王」的指揮官型暗自低喃：

『——這樣呀，果然是你來了，維克。』

略嫌模糊的光學影像中，映照出聯合王國軍的「神駒」增強了感應器與通訊能力的指揮官用改造型。機師座艙的識別標誌是纏繞著蘋果的蛇，已經確認是聯合王國軍的高威脅性戰力「狡徒」的標誌。

她想起十幾年前交談過幾次的年幼男孩。

那個具有異常智慧與異常精神的異常孩子。

絲毫不在意打亂世間常理或冒瀆人倫道理，但其行動原理卻只不過是想見到母親的，一個幼小的孩子。

那時這場戰爭還沒爆發。

是在她創造出「軍團」之前的短暫時間。

那個孩子，只是想見到母親罷了。

這個心願發展到最後，就成了這場「軍團」戰爭，演變成讓全人類步向毀滅的台階。

善意只會害人……善意最會害人。

產生不了什麼好結局。

當年那個聰明但對世界還一無所知的孩子，如今不知是否已被迫面對過現實？

然後……

她切換到另一個影像，注視著畫面上來去自如地疾馳的一架純白機甲。那是在「軍團」資料庫中登記為高威脅性戰力，識別標誌為扛著鐵鏟的無頭骷髏的機甲。正確來說是它的駕駛員。

雖說過去曾經從軍，但從生前不曾上過戰場的她的感覺來說，那個骷髏徽章實在太過不祥，簡直有如死神。那個身經百戰的敵人，竟然將這樣的東西公然畫在自己的機體上。

她不知道對方的名字。恐怕永遠不會知道。

不知道那個分明繼承了濃厚的帝國貴種血統，卻不可能成為帝國貴族的色彩的……

『火眼。』

†

「卡迪加」經過強化的雷達，捕捉到自以為是從死角撲來的自走地雷。

維克從視野邊緣捕捉到那個幼兒型的東西，面對那個外型理應能激起人類保護本能的物體，卻毫不遲疑地用「卡迪加」踢飛它。穿著寒冷的聯合王國所不該有的共和國式童裝的自走地雷被踢爛後飛上半空。

以爆轟方式散播鋼珠的反人員型自走地雷對機甲無效。因此待在這裡的自然都是反戰車型自走地雷，但是反戰車型的成形裝藥必須在極近距離內爆炸才有效。

所以只要拉開距離，自走地雷應該是不會構成威脅的——然而明明早已飛出最適合的引爆點距離，呈現幼兒外形的那具自爆兵器卻照樣自爆了。

「！」

無形衝擊波在黑暗中疾行。意外的是隨之擴散的物體，並非鋼珠或金屬噴流，而是閃耀奇妙銀光的白煙。

「嘖……」

距離很近。以「卡迪加」的運動性能無法完全躲開。

白煙濃密到連自己機體的腳都看不見。除了光學感應器之外，連雷達都暫時癱瘓。

妨害雷達探測的干擾物，原來是混雜於白煙中讓探測電波產生漫射的鍍鋁塑膠片。

既非反人員也非反戰車型，要找個說法的話——或許該稱為干擾箔型吧。

真是棘手。

一旦被敵軍搭配舊有型式的自走地雷加以運用——它們鐵定會這麼做——除非有辛的異能，否則很難探測。

把碎石砂礫進一步踩碎的喳啦聲，讓他瞇起了一眼。

聲音來自背後。

往四周環顧，發現幾架斥候型堵住左右與後方，擋住了去路。當煙霧散去時，近戰獵兵型降落在視野恢復清晰的正面，背後是人山人海的自走地雷。

看來是被包圍了。

不過這也是當然的吧。維克心想。

在以機甲來說屬於輕量的「破壞神」與「阿爾科諾斯特」當中，只有一架重量級的「神駒」，而且還是加強了感應器與通訊功能的指揮官式樣。敵軍當然會判斷他是攻略部隊的指揮官。

還是說「軍團」們也知道畫在座艙罩下方裝甲上的「纏繞著蘋果的蛇」，是聯合王國軍指揮官的識別標誌？

萊登看見維克遭到包圍，讓「狼人」掉頭。知覺同步的另一頭傳來咂舌聲。

「海鷗」──蕾爾赫的座機看了他這邊一下，但沒有動靜。

真要說起來，維克雖然讓「海鷗」擔任直屬部隊的先鋒，但並未將她配屬為自己的護衛。

哼。維克若有似無地冷冷嗤笑一聲。

他傲然說道：

「──別看不起我了，你們這群小兵。」

不同於能讓戰鬥步兵隨行的──能將自走地雷、斥候型或近戰獵兵型交給隨行步兵處理的聯邦機甲……

基於技術水準與裝甲原料生產量的差距，加上以拒絕人類入侵與生存的嚴冬與雪地為主戰場，這兩項特性讓聯合王國沒能加強步兵戰力，因此他們的機甲有必要靠自己驅散一擁而上的小型敵機。

也擁有所需的功能。

選擇武裝。主砲一五五毫米砲，裝填霰彈，對地攻擊模式。

選擇多個目標。前方一四毫米機槍、七．六二毫米同軸機槍。裝填穿甲彈。榴彈發射器，全砲門裝填反裝甲榴彈。頂部攻擊模式，設定照準。

全武裝鎖定。

發射(Trigger)。

擁有以機甲而言全然異於常規的傲人重武裝，「神駒」的所有槍砲一齊咆哮的模樣，恰似極近距離內的落地雷擊。

背部砲架的一五五毫米戰車砲、架置於機體前方與砲塔的兩挺機槍，以及機體上方如背鰭般並列的兩排共八門四〇毫米榴彈發射器，全都照準著不同目標吼出砲聲。砲彈以「卡迪加」為中心，恰如鳳仙花的種子飛散那樣，沿著放射形的軌道飛馳。

設定為對地攻擊模式的一五五毫米霰彈在自走地雷群的頭頂上起爆，將內部的無數砲彈打在它們身上。

兩挺機槍發出近似電鋸的尖銳叫喚，在不到一秒的掃射下，將幾十發穿甲彈打進從正面撲來的幾架近戰獵兵型體內。

如迫擊砲般畫出拋物線的榴彈，各自高速飛向不同的斥候型身上炸開。

只見現場出現一片在混亂戰場上顯得極端奇異的，圍繞著「卡迪加」的空白地帶。所有敵機都在這僅僅一擊之下被掃蕩一空，陷入沉默。

主砲加上兩挺機槍與八門榴彈發射器。

然後是全武裝的同時鎖定功能。

為了在得不到步兵的支援下，靠自己一輛機甲掃倒一擁而上的所有敵機——這就是「神駒」的特有武裝與功能。

當然，這不是誰都能輕鬆運用的功能。

維克是為了省時間而用手動的方式進行同時鎖定，但一般駕駛員都得接受專用ＡＩ的輔助才能勉強運用，是一種極難上手的高階操縱系統。

但若不是做到這種地步，性能劣於其他國家的聯合王國機甲與缺乏戰力的聯合王國軍早就在「軍團」戰爭中敗亡了。

『殿下還是一樣英勇善戰呢……又沒有下官出場的餘地了。』

蕾爾赫苦笑著對他說。

『哦。』萊登低呼一聲。語氣中帶著毫不打算隱藏的欽佩色彩。

『挺有一套的嘛，王子殿下。』

「畢竟雖然指揮官與士兵有所不同，不過我也是在爾等那個年紀開始從軍的，連這點事都辦不到就太不像話了……況且我總不能因為我的失誤，讓士兵們背負失去指揮官的千古臭名吧。」

掃蕩完裝卸平台的「軍團」迎擊部隊，攻堅部隊分散成四班，各自往不同的目標前進。

Illustration:I-Ⅳ

分別是為了解除阻電擾亂型的超重層展開，壓制發電機型與自動工廠型的維克的「卡迪加」分隊、瑞圖的「闊刀」分隊與尤德率領的「雷霆」分隊；搜索並俘獲「無情女王」的「先鋒」戰隊；以及與上述所有部隊同行，以破壞這座龍牙大山據點為目的的自爆式樣「阿爾科諾斯特」部隊。

裝卸平台除了通往自動工廠型的通道之外，還有通向舊火山口熱源附近發電機型的通道，辛在這裡與維克、瑞圖兵分二路。沿著通道鑽進地下入侵自動工廠型的內部之後，把戰鬥交給雷霆戰隊，辛與先鋒戰隊疾速趕往更深處——「無情女王」的身邊。

可能是將龍牙大山內部原有的空間當成通道使用，這條岩石表面暴露在外的漫長通道，即使讓兩架重戰車型並排都還綽綽有餘。他們一路讓堅硬腳步聲產生回音，配合同行的「阿爾科諾斯特」自爆式樣機的速度前進。她們卸除武裝，滿載著達到最大裝載量的炸藥，速度有點慢。隊伍有菲多等「清道夫」隨行，還有一群常規式樣的「阿爾科諾斯特」身兼先行斥候與打頭陣之任。

洞窟既深且暗，一路鑽入地底。辛將意識放在前方響起的，拒人於千里之外般的無情女聲上。由於上次「無情女王」在要塞收復戰的最後特地跑來見辛，因此他聽過並記得對方的聲音。在這種距離之下用不著專心，就能得知她目前待在這座龍牙大山據點的極深地帶，還在她的王座廳裡。

「軍團」似乎對辛的異能已有一定程度的掌握，因此對方的這種行為甚至可說難以理解。

她的……

目的是什麼？

這時忽然間，警報聲響徹了駕駛艙。

「……！」

辛將意識拉回機體外，注意著周遭的狀況瞥了一眼警告訊息。機體溫度出現異常數值。戰鬥明明很久之前就結束了，輸出功率也已降低到巡航模式，「送葬者」的機體溫度卻在上升。

他看看儀表檢查異狀，立刻就找出了問題。是機外氣溫異常地高，造成機體的冷卻系統來不及降溫。

「……是這麼回事啊。」

早該想到這點的。

龍牙大山是「軍團」進行地熱發電的據點。

為了維持運用名符其實地漫天塞地的阻電擾亂型，要彌補北方不可靠的太陽能，在高溫火山內部發電最有效率。

龍牙大山內部是高溫環境，而且是血肉之軀絕對無法承受的高溫，這是早該想到的事。

人類的發電設施當然會做降溫對策，但耐熱性遠遠高於人類的「軍團」，不需要多這一道冷卻措施。

想必是看到同一個警告訊息了，辛感覺到萊登苦澀地開口。

『辛，這下——……』

「是啊，沒辦法待太久了——呼叫各機，我們要對作戰預定計畫稍作變更。在這種高溫環境下，實在無法活動四小時之久。」

冷卻系統此時仍在機外高溫空氣中發出哀嚎……長時間的作戰行動有困難。

除此之外……

「我想大家應該明白，看見岩漿時千萬別靠近，一旦碰到就撐不住了……鋁合金怕火。」

「原來如此，所以才會是這種奇怪的編隊與通道寬度啊。」

雖然早就料到理所當然會有埋伏，但不知為何偏偏都是戰車型與重戰車型組成的重機甲部隊。維克對付著不知是第幾個隊伍，苦澀地喃喃說道。

裝甲厚重的重量級，較不容易受到機外氣溫的影響。其厚實的複合裝甲能夠成為隔絕機外空氣的斷熱材。然而裝甲較薄的輕量級「軍團」就沒這能耐了。單薄的裝甲很容易讓機外高溫傳遞到內部，再加上以運動量大的機動戰為主體的機種，機體溫度本來就容易上升。原來是因為這樣，才會除了一開始的裝卸平台之外都沒出現輕量級。

而同樣裝甲單薄且擅長機動戰鬥的「破壞神」或「阿爾科諾斯特」也一樣怕熱。

可能是因為自己不是人類，於是做出了無視於警告的行動吧。維克用眼角餘光看到一架「阿爾科諾斯特」機體過熱無法動彈，被成形裝藥彈直接命中而燃燒起來，瞇起他那雙帝王紫眸。

聯合王國機甲特有的後部座艙罩打開，裡面的「西琳」滑落般地從機體降落。想必是火勢已經延燒到內部，「西琳」就這樣頹然倒地，被烈焰包覆到只能看出有個人形影子……沒有必要生還的她們，軍服不具有戰鬥服該有的耐熱性能。早在很久以前，聯合王國就已經連給予這些非人少女這點附加功能的餘力都沒有了。

「辛苦了，亞妮娜……抱歉了。」

他送出自毀命令，破壞了「西琳」的人造大腦。

雖然她們既沒有痛覺也沒有恐懼感，但維克自認為不至於沒品到想看人形物體逐漸燒燬的模樣。

況且萬一「西琳」內部的什麼亡靈再次於瀕死之際發出慘叫，想必會對同個戰場上的辛造成負擔。

聽聞在機動打擊群的初回任務中，於作戰區域內突如其來地啟動的「牧羊犬」造成辛的負荷，使他一時之間無法戰鬥。要是發生同樣的情形就傷腦筋了。

「……前往發電設施的闊刀戰隊似乎也碰到了類似的狀況。高溫與敵軍部隊的編成也都沒有兩樣。看來最好認為龍牙大山地下全境都是這種狀態了。」

維克腦中閃過一個念頭：既然這樣，高機動型也許不在這裡。那架新型也是單薄裝甲加上專精機動戰鬥，條件跟己方一樣。也許它根本沒被配置在這不適合它的戰場。

總而言之……

「我討厭地底，趕快結束任務回去吧。」

沿著不規則蜿蜒的地下洞窟不斷往下前進，不知道下到了多深的地方。一行人跳進去，來到一處簡直有如古代神殿的廣大空間。

一字排開的崩垮岩柱形狀複雜不一，然而都高大到需要抬頭仰望。此處有許多立足處與障礙物，但高度與寬敞度不會影響跳躍動作，是「破壞神」拿手的戰場。然而辛確認過熱源分布後瞇起一眼。這座地下神殿的每個地方，都像隱形間歇泉一樣在噴出高溫空氣。

可能是有孔洞通往地底深處的某種高熱源體吧，看不見的高溫牆壁宛如迷宮，林立於整個空間之中。

賽歐說：

『……要是被那種玩意兒直接打中，機體就會過熱動不了了吧。』

『在這種地方發生戰鬥會很難搞，還是快快走人吧。』

「我是很想這樣做……但是……」

崩垮的柱子後方，一架機體輕輕搖動著身影站起來。

早在它現身前，辛的異能已經掌握到這個存在。那聲音他有聽過。可能是來不及修理，它缺少了兩挺機槍與一隻腳，那是辛以前打壞的。

之前辛與這架重戰車型交戰，吃下了敗仗。先鋒戰隊與布里希嘉曼戰隊也都沒逮到它。

很可能是八六變成的「牧羊人」。

「我們被埋伏了。」

在這距離下近乎霹靂之聲，震耳欲聾的臨死尖叫，如高喊勝利般嗷然響起。

忽然間，那聲音讓辛瞇起眼睛。

他聽過這個聲音，而且連是誰的聲音都想起來了。在記憶的黑暗深處，比起明明認識卻至今依然曖昧不清的家人或故鄉更鮮明，更容易想起。

那是辛被配屬到第八十六區最前線的第一年，在那段最多處理終端喪命的時期，只有短暫期間待在同個部隊的一名青年的聲音。

——該替你想想個人代號了。

——「火眼」怎麼樣？是某個神祇的綽號。因為你有著美麗的紅眼睛。

說著，他笑了……然後在下一場戰鬥中死去。

「……隊長。」

低語的名字，屬於就連萊登都不認識的往昔戰友。

如同一開始辛的判斷，這個列柱戰場儘管空間廣大，然而不規則地林立、看不見的高熱空氣噴出形成壁壘，限制著「破壞神」的機動動作。

比起光學螢幕映照出的空間，可供移動的範圍狹窄多了。隨機且複雜重疊的高溫壁壘非但讓他們無法接近或迂迴，甚至阻礙了緊急閃避行動。他們無法繞到裝甲較薄的側面、後方或砲塔上方，用威力不比敵機主砲的八八毫米戰車砲針對弱點攻擊，也很難占據聯手行動的最佳位置。受到高溫阻擋而沒能完全抽身跳開的「破壞神」被七六毫米副砲撕裂裝甲，錯判前進路線而通過噴出口上方的「阿爾科諾斯特」變得無法動彈，遭受機槍掃射的洗禮。

至於重戰車型，卻能無視於這些高溫壁壘行動自如。

它讓厚重裝甲發揮斷熱能耐，踩過噴出口，突破高溫空氣疾速猛衝。照理來講它不可能完全沒受到損傷，卻一直沒有失去行動功能。這種機體原本就配備了強力無比的一五五毫米砲，不用像「破壞神」這般依靠機動性。就算機體溫度多少上升一點，大概也能趁停下腳步時完全冷卻。射出的砲彈，也不會受到太多高溫的影響。

撞破幽幽搖曳的熱浪，高速穿甲彈飛來。辛躲開後嘖了一聲。

防禦很硬。對手恐怕是知道他們無法穿越高溫壁壘，而用它來當盾。或許從一開始就是如此打算，才會在這裡設下埋伏。

將敵人引誘至不擅應付的戰場，藏身於掩體後方，利用地形擊毀敵機。這跟他學過記住的一樣——是八六的戰鬥方式。

不能在這裡浪費時間。可能是焦急的心情顯現出來了，他感覺到「狼人」瞅了自己一眼。

『你可別想著跟上次來同一套喔。』

今後，他再也不能像上次那樣，打那種不要命的戰鬥了。

「我知道。」

†

在白色黑暗中，那個東西有了動作。

於潛藏的雪地裡，為了斬斷挺進部隊的預測退路並確實加以殲滅，它所配置的埋伏地點。

『——重新啟動。檢查系統。』

『戰術資訊鏈傳達任務。』

『收到任務。襲擊敵軍挺進部隊的退路。確認襲擊位置。開始移『駁回』『駁回戰術資訊鏈的指令』『駁回』

『駁回』──』

『───』

『確認目標。』

『確認正式啟用時的初期目標。』

『初期目標：確立對於全敵性存在的優勢（Dominance）。』

『亦即達成對於全敵性存在，可獲得勝利的進化。』

『因此，本機不被允許敗北。』

『因此──』

『未擊毀的敵性機體，必須擊毀。』

『為達成初期目標，將擊毀未擊毀的敵性機體判定為最優先目標。』

『重新設定任務。』

『最優先擊毀目標：「火眼」。』

†

突如其來地刺進耳朵深處的尖叫，讓辛瞇起一眼。那是用聽不懂的機械語言發出的，不同於臨死慘叫的無生命叫喚。經過兩次戰鬥，他已經聽習慣了。

『……是高機動型吧。』

「是啊……看樣子總算出來了。」

對手至今沒被他的異能捕捉到，這時才突然現身，可見原本應該處於某種休眠狀態。聲音很遠，不在龍牙大山據點內，而是後方的進攻路線附近——挺進作戰等於是獨闖敵地，嚴陣以待或是斬斷退路使己方部隊孤立後再加以打擊，可說是正常做法。再加上完全不適合於雪地進行一對多戰鬥的裝備，蕾娜、參謀們以及聯合王國軍第二戰線的司令總部都認為，假如敵軍要將高機動型投入戰局，應該會在龍牙大山用作迎擊，不然就是襲擊攻略部隊作為退路的移動路徑，結果看來是選擇襲擊退路。

距離還很遠，足夠讓戍守退路的第二機甲群做好迎擊準備。辛正想對出現位置周圍的戰隊發出警告時——

他察覺了。

不對。

高機動型並未前往退路上任何一個戰隊的附近。前進方向是北方，這是——……

「——蕾娜！提高警戒，高機動型正在前往指揮中心！」

接到報告，蕾娜胸中湧起的不是驚愕而是疑念。

「……高機動型來到指揮中心這邊了？為什麼……」

這樣做沒意義。無論是從戰略還是戰術來思考，都是毫無意義的行動。

「軍團」現在該防守的是龍牙大山據點，該攻擊的是入侵的攻略部隊，沒有必要打擊備用陣地的聯合王國軍，更別說是這個指揮中心了。這樣做對支配區域內的戰鬥完全沒有幫助。

在上次攻勢中，高機動型拿列維奇要塞基地當成目標已經夠不尋常，這次這種行動更是難以理解。當時它還有與重機甲師團做聯繫，假如攻擊成功，機動打擊群將會失去撤退地點而在敵軍中孤立。由於基地內部狹小並有著許多障礙物，擅長三維機動動作的高機動型能夠將其威力發揮到極限。

但這次不一樣。就算攻陷這個指揮中心，攻略部隊只要返回其他陣地即可，高機動型沒有友軍聯手行動，完全是單槍匹馬。而且還是在專精近距離戰鬥的高機動型不擅應付的開闊平地。

那它為什麼……不。

現在最重要的是迎擊。

「西汀！」

「收到啦！」

在滿天雪花中，漆黑烤漆的「獨眼巨人」恰如一個影子般幽黑朦朧地浮現。

「獨眼巨人」的雷達螢幕上還沒出現半個敵影，但西汀可不是聽到敵人來襲，連它的前進路線都猜不到的菜兵。

周遭的地形、己方的戰力與分布，以及敵機機種。只要知道這些，就能在某種程度上預測出敵人的動向。即使是行動思維異於人類的「軍團」，基本上仍是以腳部機關在陸地上移動的多腳兵器。既然如此，可移動的地形就有限。「獨眼巨人」與布里希嘉曼戰隊在預測的移動路線上架構出殺傷區，等著敵機落入陷阱。

「各機都就定位了吧？安置好準星維持待機狀態。」

『收到。』小隊長們代表小隊做出回應，回話聲全是少女的嗓音。布里希嘉曼戰隊在機動打擊群當中，是唯一僅以女性組成隊長階級的戰隊。

體力與體格劣於男性的少女兵，在第八十六區的嚴酷戰場生存率極端地低。

即使如此，這五人仍然存活了下來。儘管體格比不上其他少年兵——在訓練精度與本事上卻絕不落於人後。

一瞬間，敵機的紅色光點在雷達螢幕上亮起又消失。大概是展開了光學迷彩，目前還看不見它的身影。不過……

忽然間，白雪紗簾的一部分不自然地捲起，讓西汀知道那裡有某種御風而行的東西。雷達回報偵測到移動物件反應，這項訊息透過資訊鏈，轉瞬間分享給她麾下的所有「破壞神」。

「開火！」

從匍匐在地的高度，到至今戰鬥所確認過的最大跳躍高度。

彷彿張開網子一般，齊射的八八毫米砲彈高速飛馳。其中一發撕碎了雪景的一角。

在撕碎飛散的阻電擾亂型銀亮的碎片底下，銀色野獸現出它的形貌。它那周身纏繞著有如鱗片或匕首的銳利羽狀裝甲，將敏捷四肢插進雪地的模樣，眾人早已看習慣了。

可能是想都沒想到會遭受這麼完美的伏擊，銀色機影被打個正著，踉蹌幾步。它原地踏步，但仍扭動身軀試著逃走，然而第二、第三波砲擊襲向了它那臨死掙扎的遲鈍腳步。緊接著霰彈爆炸開來，不停撕裂纏繞在它身上的光學迷彩。

縱然是再厲害的新型，再厲害的強敵，畢竟這已是第二次交手了。不用接受指示，大家也知道該如何戰鬥。只要剝掉光學迷彩，多對一的情況下不足為懼。

高機動型試著往後跳開，但一發成形裝藥彈終於追上了它。秒速遠超過一千公尺的戰車砲彈，在這極近距離下幾乎能在發射的同時命中。

就在以人類的動態視力，實在無法辨認的那一瞬間。

砲彈接觸到敵影，引信啟動爆炸。

高機動型的銀色身影，在下個瞬間——簡簡單單就炸碎了。

『雷達反應……消失。確認高機動型已靜止……真不愧是西汀。』

可以感覺到在遠離這個殺傷區的地點，蕾娜在後方的指揮中心鬆了口氣。

但是西汀卻大感納悶。

太簡單了……總覺得再怎麼說也未免太好對付了。

西汀在第八十六區多年死裡逃生的直覺如此告訴她，說這不太對勁。對，很可能是——……

這時辛倒抽了一口氣。

同時西汀也察覺到他的反應，渾身寒毛直豎。

『各機繼續保持警戒！——它還沒死！』

「唔……！」

西汀之所以能緊急讓「獨眼巨人」向後跳開，是憑著長年的兵戎生涯培養起來的直覺。千錘百鍊的戰士本能不靠五感就捕捉到可謂殺氣的氣息，做出了超越思考的反應。

緊接著眼前擦過一架黑色機體，以及它揮舞的高周波鎖鏈刀。「獨眼巨人」才不過被輕輕掠過一下，裝甲就發出金屬尖叫遭到撕裂。

「高機動型……！」

光學感應器的藍光嘲笑般地看著她，接著消失無蹤。它再次將藏身於雪中飄落的阻電擾亂型光學迷彩纏繞於己身。即使如此……

「夏娜！正面！狠狠給它個教訓——……？」

西汀正想指示隊友砲轟敵機可能前進的路線時，高機動型的銀色身影出現在預測完全失準、距離遠到這麼短短一瞬間不可能到達的異常位置。夏娜倒抽一口氣的同時讓「蛇女」掉頭，用砲火轟炸目標。直接遭到攻擊的高機動型爆炸飛散，接著她們又在另一處捕捉到移動物件反應，友機急忙想轉動砲塔，卻在下個瞬間從正上方被鎖鏈刀劈中。

這究竟是……

「怎麼一回事啊……！」

那幕景象，也傳送到了指揮中心的蕾娜等人眼前。

「這是……怎麼回事？」

「速度比上次戰鬥更快了？不，還是說不只一架機體？可是這樣的話，是怎樣在啟動狀態下騙過辛的異能……」

伴隨著喀答一聲挺出上半身的氣息，葛蕾蒂透過知覺同步說了：

『是替身！發動攻擊的才是本尊，其他都是空有外殼的……只有流體裝甲的替身！』

於發言的同時，葛蕾蒂所在的後方砲兵陣地傳來圖片資料。她似乎也幫忙確認過布里希嘉曼戰隊的光學影像了。剛才戰鬥中捕捉到的高機動型靜圖一字排開，顯示在蕾娜的子視窗上。

『請確認光學影像，上校。中了砲擊炸碎的高機動型『只是流體裝甲』。而發動攻擊的高機動型是……』

啊！蕾娜瞠目而視。

黑色。是高機動型本身裝甲的顏色。它卸除了流體裝甲。

『本體與誘餌交互解除光學迷彩，以製造出高速移動的假象。既然有作為裝甲的強度，可見它本身應該可作為框架勉強移動，況且如果只是要冒充移動物件的話，就算大小不同應該也沒有問題，不如說小一點還比較不容易中彈呢。』

「是遠程操控嗎？能否用某種電波加以干擾……」

『這就難說了。畢竟流體裝甲本來就有變形功能，說不定只是拿這點來應用喔。』

「…………」

只是……蕾娜咬住嘴唇。

就算知道了原理，這樣他們還是無法有效聯手出擊。

有時是移動物件反應，有時是本身的身影。它故意用不完整的方式同時讓兩者出現，準星與視線都會被引開分散，而且由於本體與替身的反應混在一起，因此難以預測移動方向。

大概是聽說到狀況了，安琪與可蕾娜正在往這邊趕來；靠安琪「雪女」的大範圍壓制能力可以一口氣燒光替身，然而兩人的原先位置在反方向斜坡的砲兵陣地，現在過來也許會趕不上。

至少要是能知道敵機的目的，或許還能利用這點減少它的行動選擇——……

蕾娜正在咬牙切齒時，忽然猛一回神。

對了，就是目的。真要說起來，高機動型究竟是為了何種目的而襲擊指揮中心？

從戰略層面來說，高機動型的一連串行動就是不合邏輯。事實上其他「軍團」也並未前來支援，甚至到現在都還沒看到半點聯手行動的徵兆。

難道是……

「失控……？」

過去，竊取了雷腦部構造的「牧羊人」與辛曾有過一場「單挑」。

如果只是要殺死辛的話大可以一次出動多架機體，但敵機卻徹底無視於戰術上的合理性，隻身前來。

完整保留了生前腦部構造的「牧羊人」似乎有著這種傾向。比起戰略或合理性，它們更容易受到生前的執著所困。

高機動型應該就是為了改進這點而開發的純粹機械智慧，但機械也不是一定不會出錯。「軍團」都是配合人類的武器與戰術做學習，並採取對策。假若學習的資料有誤，那麼從中導出的「合

THE CAUTION DRONES

[「軍團」的高威脅性戰力]

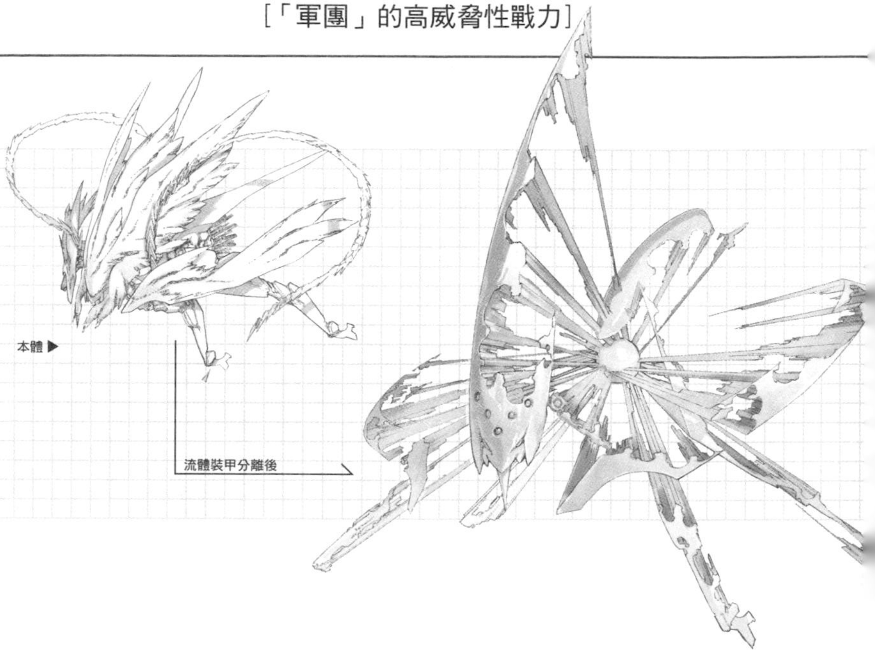

[Phoenix]

高機動型・替身系統

[ARMAMENT]

無

[SPEC]

[全長]30cm～2m上下（不定形）
[重量]不明

本機並非「軍團」機種之一，而是近似於一種裝備。是應用流體裝甲的變形功能，與高機動型本體分離後能夠獨立行動的個體。由於終究只是變形的裝甲零件，因此只能做出單純的動作，也不具有強大的機動性能，且未配備武裝，但能夠偽裝成多架機體，藉此隱瞞本體的行動。據推測，這可能是活用了前次遭到八六們以集團戰術逼入絕境的經驗而設計出的因應之策，讓人感受到「軍團」的戰況對應能力。

理」結論也會跟著出錯。

假如高機動型也是這樣，不慎學習到了錯誤的知識……

「那麼，它的目的就是……」

高機動型至今的戰鬥……高機動型常常都是針對辛下手，很可能是被命令擄獲或擊殺他。假如是從這些戰鬥中學到的結果，那麼──這次的目的也會是辛。

所以……

「所以，它才會來襲擊指揮中心……！」

「軍團」看來已經掌握到了辛的部分異能。它們似乎將辛視為高優先度的擄獲或者擊殺目標。而經過前次收復戰的誘餌作戰，「軍團」們應該也發現它們的此一認知已經被人類察覺了。

既然如此，並且有鑑於辛異能的珍貴性與有用度，辛的第一優先部署位置應該是這個指揮中心才對。留在這裡不會被「軍團」奪走，不會死於砲彈，又能充分活用他的異能。假如只從合理性來考量，辛很有可能待在這個指揮中心。

所以高機動型才會在戰術上毫無意義地襲擊這個指揮中心。

這樣一想，就知道高機動型果然沒有聽從「軍團」的作戰命令。辛現在人在龍牙大山，龍牙大山據點的敵軍應該也有此一認知。然而高機動型卻沒接到這份情報，因為這不是高機動型原本負責的作戰目標。

既然如此……

既然它不知道辛實際上不在這裡……就算在這裡，也完全不知道他的確切位置的話……

「——維契爾上校，萬一有狀況時，請您代替我指揮作戰。」

『上校？妳這話是什麼……難道妳！』

「請管制人員離開現場……呼叫布里希嘉曼各機。敵機雖然擁有複數身影，但只有高機動型本體會發動攻擊。既然這樣，只要能限定它的攻擊目標，知道它的前進方向，妳們就能夠加以應對吧？」

蕾娜開啟了平時不用的無線電。「軍團」不懂人類語言，但是只要察覺到無線電波的發送來源，在這種狀況下應該會將該處判斷為類似司令部的設施才對。

並且判斷理當嚴密保護的寶貴戰力，為了節省防衛戰力應該會待在同樣受到嚴密保護的地點，例如司令部。

蕾娜深吸了一口氣。

然後她凜若冰霜地，將聲音送進了麥克風。她將頻道設定在「所有頻帶」，以引誘出遠方的野獸。

「華納女神總部呼叫各位人員！」

果然不出所料，在雪中，一個看不見的東西，猛然踏破積雪衝了出來。

辛透過知覺同步聽見蕾娜的決斷，加上異能捕捉到高機動型的動作，整個人當場凍住。

『妳開什麼鬼玩笑啊，女王陛下！』

『等一下，蕾娜！』

西汀或賽歐阻止蕾娜的聲音，聽起來很遙遠。思維與感情以近乎恐慌的速度狂飆。

她怎麼……這麼亂來？

竟然拿自己當誘餌引出敵機，假如萬一她們射漏了，她打算怎麼辦……不對，她已經把之後的事情託付給葛蕾蒂了，所以是覺得就算有個萬一也無所謂。

辛狠狠咬緊牙關，讓臼齒嘰嘰作響。

要塞基地那時候也是，現在也是……她為什麼總是能如此輕易地做出捨棄自己性命的行為？

不顧辛不願失去她的心情。

辛還沒為了日前的爭執道歉，連幾句話都沒說上……不，就算內心沒有這些牽掛，辛還是不願失去她。

維克說得沒錯。就算不抱持期望，就算假裝放棄追尋，一旦失去，還是一樣會痛苦不堪。而且心中會不斷充滿後悔之情，所以說不定沒說出口就失去會更痛苦。

不能失去她。不能在這種時候失去蕾娜。

就算這是她自己的意志，辛也絕對不准她這樣任性妄為地死去。

「——西汀，對手是白刃裝備。只要知道攻擊目標與攻擊時機，妳就射得中吧？」

在知覺同步的另一頭，西汀吃驚地倒抽一口氣。

接著是堅定點頭的氣息。

『可以，看我把它打個正著。』

「拜託妳了。萊登、賽歐……抱歉。」

說完，他讓「送葬者」後退。

跟他們是老交情了，辛知道只需要這麼一句話，他們就會明白——就會幫他撐住這個戰況。

「交給你們了。」

他閉起了眼睛。

靜下心，潛入捕捉「軍團」們聲音的異能帶來的臨死慘叫風暴之中。

怨懟與悲嘆之聲形成沉重吹襲的龍捲風，但指揮官機的叫喚清厲地穿透這一切。在這當中，辛將意識投向如今只有高機動型發出的，以不解其意的機械語言持續喊叫的聲音。

雖說是指揮官，但畢竟身在九十公里外的他方。再加上眼前有另一架「牧羊人」發出聲如霹靂的尖叫妨礙聽覺。昔日戰友加上如今滿是「牧羊犬」的成群「軍團」發出的尖叫與喘鳴，幾乎要蓋過了高機動型的聲音。

但並不是完全聽不見。

只要既沒遭到破壞也沒進入休眠狀態，就能聽到聲音。「軍團」身為被滅亡的祖國拋下、長久悲嘆著渴望安息的亡靈，只要還被困在人世間的一天，就一定會持續悲嘆著想安息。

遠方傳來高亢的聲音。

辛極度專注的異能，確切捕捉到了那個音色。

在這距離之下幾乎只像耳鳴，像樹葉的窸窣聲，又像空氣中水分凝結的聲音。

但是確實有。

「軍團」……

在攻擊的瞬間……

會發出像是高喊勝利的，格外高亢的尖叫。

攻擊……

要來了。

就是現在。

「——西汀！」

聽見信號，西汀衝出雪地。指揮中心就在她的背後。日前無論是光學感應器還是「獨眼巨人」

的強化雷達都還未能捕捉到的高機動型，恐怕已經迫在眉睫。

看樣子是趕上了。

「破壞神」與高機動型相比之下是高機動型比較快。她擔心用這種方式攔截，會趕不上對手的速度。

只是，儘管看不見高機動型在哪裡，但它確實「就在某處」，並且有著可以用砲彈打壞的實體。所以她命令麾下所有機體展開支援砲擊，要求她們對著剛才與高機動型交手的位置到這個指揮中心的直線路徑，執拗地用砲擊進行無差別轟炸，為的是讓只會隱形但是裝甲單薄而挨不起砲火的高機動型走不了這個最短距離。

西汀本身則配合時機讓砲擊瞬間停火以跑過最短路徑，藉此爭取時間趕往指揮中心——蕾娜的身邊，為的是確實攔截高機動型，死守有勇無謀地讓自己陷入險境的女王陛下。

它攻擊的瞬間，身在遠方的死神現在通知她了。

而且他說的一定沒錯。就在眼前。西汀明白這一點。

她甚至覺得彷彿聽見了鎖鏈刀高舉劈下的風切聲。

但是比起這個⋯⋯

⋯⋯結果是我比你快，該死的臭鐵罐。

她扣下了扳機。

背部砲架的八八毫米霰彈砲發出咆哮。

霰彈砲能在極近距離的廣範圍內，一瞬間散播出大量霰彈。雖然不擅長遠距離射擊，但相對地……極近距離內的壓制能力出類拔群。

初速每秒一千六百公尺。剛剛飛出砲口，幾乎尚未減速的超高速霰彈——歪扭地射穿了眼前的景色。

重戰車型的戰鬥重量足足一百噸，以強力無比的一五五毫米滑膛砲武裝自我，而且是能以只比「女武神」略遜一籌的機動性狂奔的怪物。

縱然是聯邦的尖端科技結晶「女武神」也實在難以與重戰車型捉對廝殺。更何況這個活火山戰場還有隱形高溫區段不規則地林立，對移動造成了大幅限制。

在這樣的戰場上，重戰車型以這些熱源為盾，簡直就像共和國的鋁製棺材那樣，憑藉著謹慎而狡猾的戰術疾速奔馳。

原本是八六，而且很可能是「代號者」。己方的招數全被看穿，再加上這種地利之便與機體性能落差。

即使如此，萊登與賽歐挺身保護無法戰鬥的「阿爾科諾斯特」自爆機、「清道夫」與停止動作的「送葬者」對抗重戰車型時，嘴角卻浮現笑意。

畢竟……

『再怎麼不利，也不能輸。』

「要是現在讓那傢伙通過，我們面子就掛不住了！」

——抱歉。交給你們了。

聲音中有種不顧一切的語氣。就連交情已久的兩人，都幾乎是第一次聽到他這種聲音。

辛變了。離開第八十六區，在那共和國邂逅濫好人的指揮管制官……假如辛說想保護那個管制官少女，那麼他們無論如何都要幫忙。

因為他們終究是八六，是在同個戰場，恐怕會比他先捐軀的存在。

所以，他們以前沒有辦法拯救要求自己帶著先一步死去的所有人前進的辛。

「西琳」特有的，彷彿觸摸到屍體肌膚般的寒氣岔入知覺同步，少女的聲音呵呵笑著。

『小女子薇拉來為二位開路，請儘管通行。』

話音甫落，她的——薇拉的「阿爾科諾斯特」展開突擊。

她無視於至今一路躲避的熱源，一直線衝向重戰車型。砲火發射，但被正面裝甲彈開沒能穿透。重戰車型瞥了她一眼，但連反擊都沒做就繼續應付其他「破壞神」與「阿爾科諾斯特」，而正如它的判斷，薇拉機由於過熱而頹然倒下，彷彿臨死掙扎般匍匐在地，用堵住高溫空氣噴出口的方式倒下了。

最後，他們彷彿聽見了呵呵笑聲。

「阿爾科諾斯特」的駕駛艙位於長腿中央、胴體部位的砲塔下方。她一邊讓人類一旦接觸到可不是燙傷就能了事的高溫，隔著單薄的底面裝甲直接焚燒自己，一邊發笑。

賽歐一面感到毛骨悚然，一面把「笑面狐」的操縱桿狠狠推向了前進位置。

他直接沿著她走過的路線前進。機體溫度亮起警告燈，但沒有繼續上升。

因為原有的滾燙壁壘，被薇拉擋住消失了。

重戰車型終於注意到這點。就在它扭動身軀想改變位置或開火時，萊登麾下的火力壓制小隊賞它一頓全力掃射拖住它的腳步。已經太遲了。

「……對不起，我又……」

賽歐踩踏著薇拉頹然倒地的「阿爾科諾斯特」的背部跳過去。

她們與自己到底有哪裡不同？到底有哪裡必須不同？賽歐還不明白。

即使如此，賽歐認為自己就算想為同伴做些什麼，也不會是她現在的這種做法。

賽歐辦不到，也不會這麼做。因為他不想死，而且一定……會害對方悲傷。

他不想害對方悲傷。

即使只有這點程度，但此時死去的她與自己，仍然是有著差異的。目前光是這樣就足夠了。

賽歐將鉤爪射進一根岩柱上，捲起鋼索進行移動，在空中占據了重戰車型的正上方位置。

可供迎擊的兩挺機槍之前被辛打壞，不復存在。

「我是不知道你是誰啦，不過……你該回到你的安息之地了。」

他扣下了扳機。

高速飛散的霰彈，這次終於從正面射中高機動型的漆黑裝甲，將其撕裂。

正上方，從砲塔上頭射出的戰車砲彈，貫穿重戰車型的「牧羊人」。

『————————————————————！』

兩者都發出沒人能聽見的無聲悲鳴。用不解其意的機械語言，喊著生前臨死的淒厲慘叫。

然後……

重戰車型的龐然巨軀發出轟然巨響，頹然倒在熱氣蒸騰的岩石地上。

讓裝甲碎片像血花般飛濺，高機動型在空中摔了個跟斗後墜落在地。它在雪原上翻滾了兩三次，才終於爬起來。

緊接著，剩餘流體裝甲形成的替身自爆了。

它將運轉用的能源全轉換成射擊用，無差別地射出裝甲碎片。「破壞神」緊急退開，橫颳的銀雨打在裝甲上，雖不至於貫穿卻拖延了腳步。野獸般的黑影趁著這段時間，沿著雪地斜坡南下。

遙遠北方的砲擊，與眼前的戰鬥。辛以他的異能聽見兩邊的整個經過……長吁了一口氣。

指揮中心的主螢幕，也捕捉到了高機動型的逃走場面。

「！……諾贊上尉，抱歉，我們讓它逃了。高機動型已脫離指揮中心周遭區域，很可能正在前往龍牙大山據點。」

『我捕捉到了，米利傑上校。並且正如妳所說的，它正在往這邊來……大概是認為假如我在那裡的話，早該現身了吧。』

蕾娜咬牙切齒，但辛卻淡定地回應，想必是因為他早已用異能聽見了高機動型的動靜。

辛用聽在失手的一方耳裡略嫌狂妄的，不帶感情色彩的聲音說：

『它願意追過來正合我意，我會讓先鋒戰隊迎擊……上校那邊的狀況呢？』

聽到這個問題，蕾娜隨即抿緊了嘴唇。

「布里希嘉曼戰隊與指揮中心都安然無恙。當然我也平安無事……只是羅森菲爾特助理官以及艾瑞斯管制員受傷了。雖然生命沒有大礙，但我判斷他們無法繼續進行管制工作，將兩人送往後方了。」

他們是中了高機動型替身最後自爆的流彈。

兩人從指揮中心出去避難時運氣不好，在備用陣地的通道上被從槍座飛進來的裝甲碎片打中了。看來是有個替身一路匍匐爬到了指揮中心的附近。

辛顯示出忍著不咂嘴的模樣。雖說是芙蕾德利嘉自願這麼做的，但是讓才十歲出頭的她同行來到戰場，辛內心似乎也感到有些羞愧。

『——收到。』

「由於指揮中心的位置曝光，我們將轉移陣地到『華納女神』車上。包括羅森菲爾特助理官的脫離戰線在內，管制能力多少會有所下滑，但應該不會造成影響。」

蕾娜以作戰指揮官的身分，向最前線的戰隊總隊長傳達該傳達的內容後，說了接下來的話。

坦白講，辛幫了他們一個大忙。蕾娜雖然很感謝他，但是……

「諾贊上尉，關於方才你對依達少尉做的目標指示……你不需要那麼做的。請不要擔心我們這邊的狀況，專心處理你的戰鬥就好。你不用那樣涉險沒關係的。」

那時辛直到前一刻，應該都還在與重戰車型戰鬥才對。蕾娜猜想他可能是將麾下隊員交給萊登或賽歐指揮，幫忙她這邊搜索敵蹤……但畢竟是在敵人的眼前，要是走錯一步也許就換他被打倒了。

然而……

辛似乎不太高興地閉上了嘴。

難得看到平時不讓感情見於言表的他，會如此明顯地不服氣。

辛絲毫不隱藏這種情緒，開口了：

『我不要。』

跟蕾娜在列維奇要塞基地聽過的聲音一樣，但是這次帶有某種強硬的語氣。

蕾娜皺起眉頭。

「這是命令，上尉。」

『我不聽。』

「辛……」

『我不聽。真要說的話，妳怎麼好意思這樣要求我——蕾娜。』

蕾娜發現不知不覺間，辛同步的對象已經切換成只有自己一人。

而且使用的稱呼不是作戰中該用的軍階……而是用暱稱叫她。

『妳不是命令過我，要我回來嗎？既然這樣，請妳等我回來。如果失去歸宿，我們就回不來了。請妳讓我們能夠回來……蕾娜。』

這時，辛就像有所遲疑，就像猶豫不決，就像心存迷惘——不對。

是一種更強烈的根源性感情，使他一瞬間為之語塞。

被這種感情掐住咽喉，他吐露般地說了：

『請不要留下我一個人。』

那是一種哀求般的嗓音。

彷彿一個孩子孤身待在無邊無際的戰地，被封閉視界的黑暗與掩埋腳邊的屍山嚇得呆站原地，朝向看見的一絲光明伸出手，一邊害怕它消失一邊伸出手而發出的那種嗓音。

『我一定會回來。所以，請不要留下我一個人。不要在遇到生命危險時叫我不准保護妳……別人也就算了，只有妳絕對不能對我做出這種命令。』

「辛——……」

『以前妳問過我不只一次……說等戰爭結束後，我有沒有想做的事，對吧？妳說我可以去追求，即使依然不覺得世界美麗也無所謂。蕾娜，我……』

這是他多次想說出的話語。

在尤金的墓碑前，他輕易就說出了這個心願。

然而對於現在的辛而言，說出這句話卻是令他頭暈目眩的沉重負擔。

「我想帶妳看海，去看不曾見過的景色，去看必須等戰爭結束才能一睹的景色。所以，等戰爭結束後……假如我們能在這場戰爭中活下來——我們就一起去看海吧。」

這是這半年來，他一直抱持的心願。作為他戰鬥理由的——那份願望。

但是此時，要他把這份願望說出口——向蕾娜做出這種要求……

令他害怕。

彷彿眼前變得一片黑暗，彷彿無聲空間堵塞住耳朵——他很害怕。

害怕一旦伸手……

一旦抱持期望……

而他所期望得到的某種事物……打從心底希望得到的，某種珍惜的事物……

如果被冷血無情地奪走的話——該怎麼辦？

所以，他害怕抱持期望。

至今一直是如此，現在也是如此。他害怕抱持期望，害怕許下心願。這些他都曾經遭人剝奪過，長久以來反覆體會到，他再也得不到這一切了。所以曾幾何時，他不再抱持期望，甚至想都不願去想。

抱持期望……

許下心願……

代表著受到傷害。

代表著永遠失去期望得到的某種事物。

那種恐懼勒住他的脖子。恐怖感令他頭暈目眩。

即使如此他仍然不願失去……即使是蕾娜自己的所作所為，他仍然無法承受失去她的事實。

恐懼與自己的自私自利，讓他一陣眼花。

他不覺得世界是美麗的。

他還沒想出任何能夠期望的未來。

自己是踐踏屍體的怪物。過去的事無從改變，事到如今已經無從改變。

即使——即使自己的這種模樣，這種與蕾娜沒有任何共通之處的模樣可能會傷害到她……辛仍然忍不住抱持期望。

懷抱著唯一能夠……想去追尋的心願。

拜託……

「我目前……還只能抱持這點期望。我不知道我自己能有什麼未來，可是，拜託……不要連這點期望，都從我身邊奪走。」

這番話讓蕾娜發不出聲音來。

她第一次聽到辛如此軟弱的話語。

她以為辛是個堅強的人。

是暴露在亡靈不絕於耳的悲嘆中，扛起每一個逝去的戰友，為了誅殺困在「軍團」體內的哥哥而持續奮戰的——堅強的人。

結果根本不是如此。豈止不是，他是多麼地……

軟弱、膽小……又脆弱的一個人啊。

——不要留下我一個人。

這是自己曾經說過的話語。是對著踏上決死之行的他，哀求般地說過的話語。

其實，辛才是一直想對別人說這句話的人。

戰友也是，哥哥也是，辛一次次被別人以死別的形式拋下。但是他要求自己扛起先一步死去的同伴們的記憶與心靈走下去，無法對任何人說出這句話。

其實他一直以來，一定很想跟別人說——不要留下他一個人，不要拋下他。

我們先走一步了，少校。

那時候能夠那樣說，對他而言一定成了些許救贖。

「……當然了。」

話語自然而然地脫口而出。

辛並不是沒有依靠過自己。

自從那時候起，他——就已經將心願託付給自己了。

既然如此，自己必須有所回應才行。

蕾娜跟他說過，可以抱持期望。所以她必須回應辛接納這句話，在依然冷酷的世界願意託付給她的——第二份心願。

「我絕不會留下你一個人的。你那時候不是有等我來嗎？因為我說過不要留下我一個人。所以——」

往昔聽過的嗓音、看過的光景重回腦海。

誅殺尋覓了長達五年的哥哥亡靈，哭泣的聲音。在那互相都不知道對方是誰而重逢的火照花園，疲憊不堪而不知何去何從的話語。面對「西琳」堆積如山的屍體，呆站原地的側臉。此時孤弱到彷彿隨時可能不支倒地的——脆弱與易逝。

辛並不是堅強到能夠戰鬥到底。

是拿戰鬥到底的驕傲當成支柱，依賴著僅剩的這一份驕傲——拚命試著活下去罷了。

不是不會受傷，只不過是已經遍體鱗傷到沒有受傷的餘地。

不是不覺得痛，只不過是已經過度習慣疼痛而不會分辨了。

只不過是除了這份驕傲之外，沒有能夠支撐自己的事物罷了。

怎麼能夠讓這樣的他，繼續受更多的傷——背負更多的重擔？

「我也不會留下你一個人。我會等你。你一定要帶我去，等戰爭結束時，帶我去看從未看過的大海。」

因為蕾娜期望能成為他的支柱。

因為她希望辛能依靠自己。

只有自己，決不會讓他背負重擔——絕不會留下他死去。

所以……

「所以，你一定要回來。我絕對不會留下你一個人，所以——你也一定要回來。」

蕾娜堅決地說完，頓了一頓之後說：

「辛。」

大概是想說什麼話做回應吧，她能感覺到辛正要開口，卻碰了一下釘子而措手不及地眨了幾下眼睛。

「謝謝你。」

即使我如此不可靠——你仍然願意依靠我。

†

儘管勉強擊退了高機動型，但機動打擊群的指揮中心，以及其周遭的防衛陣地仍舊是一片亂亂騰騰。畢竟防衛線被突破了，雖然敵人只有一架機體，造成的混亂仍然很嚴重。

「軍團」可不會錯失這個機會。

總指揮官對鎮守前線的「軍團」部隊下達的命令仍然是待機，要求它們盯緊聯合王國軍的動靜，維持警戒狀態。

然而「軍團」的中央處理系統在遭受攻擊時，會第一優先抵禦攻擊。它們流體奈米機械的腦部寫下了嚴格命令，叫它們迅速排除敵性存在。

再加上之前聯合王國發動的砲火轟炸。那些無庸置疑地，是對「軍團」的攻擊與威脅。是無論在何種情況下，都必須除去的問題。

卻沒有發現這個判斷來自於懼意。某個「牧羊人」自始至終都沒有發現——這是它體內的八六過去在第八十六區的戰場，長久暴露在敵軍單方面長距離砲擊之下養成的懼意。

一部分的部隊離開了戰鬥隊列。

它們聽從指揮官「牧羊人」下達的命令，為了排除敵軍砲兵而前進。

目標是突如其來地，在後排發生戰鬥使得隊列自內側崩潰的——聯合王國備用陣地帶的一角。

負責警戒的機甲注意到它們。機甲有著經過磨亮的骨白色彩，以及在聯合王國的戰場未曾見過的纖瘦四腳。

有點像是失去自己的頭顱，四處匍匐爬行的白骨屍首。

它們早已沒有了感到似曾相識的心情。

受到「牧羊人」——重戰車型率領的成群「黑羊」與「牧羊犬」，襲向了那架機甲與它背後的部隊。

第四章　居於他的天堂

看到傳送過來的敵陣影像，「無情女王」嘆了口氣。為的是一部分獨斷專行的部隊無意義地衝出隊列，以及造成這件事的原因——高機動型的失控。

正在奇怪它違抗命令想做什麼，原來是這麼回事。

她並未命令「軍團」襲擊敵軍挺進部隊的司令部。

因為現在擊潰那裡沒有意義。攻進龍牙大山的部隊，好歹也是挺進部隊，是能夠深入敵地，擔負得了形同孤立的破壞任務的部隊。縱然司令部被搗毀，他們也一定能夠處變不驚地繼續進行作戰。

所以要擊潰的目標應該是挺進部隊，而非司令部。

雖說它們讓敵軍攻進了她的心臟地帶，但終究不過是奇策罷了。敵軍特地讓珍藏的精銳部隊脫離聯合王國軍本隊，等於是把人交出來任由它們慢慢輾爛。「軍團」若是能按照命令斬斷敵軍退路，將其關進她與它們的支配區域，早就能用更確實的手段耗盡他們的戰力了。衝出隊列的重機甲部隊也是，要不是它們衝太快讓戰鬥隊列出現空隙，即使挺進部隊的退路遭到斬斷，聯合王國軍也無法出手援救。然後只要殲滅掉挺進部隊——聯合王國軍就無計可施了。

假如聯合王國像聯邦那樣還有多餘的人力與國力，打從一開始就會分配更多兵力給挺進部隊並且提供支援。聯合王國如今已經連這點都辦不到了。

即使關係到國家的命運，仍然只能撥出區區一個旅團程度的挺進部隊，其他就只能連火藥庫裡擱置不用的東西都搬出來進行砲擊，然後把半自律兵器用到壞掉以提供僅能稍微壓迫前線的支援；這就是聯合王國的現況。

本來只要摧毀挺進部隊，然後用阻電擾亂型讓生產緊縮，靜待聯合王國人民餓死，或是等湊齊數量足夠突破戰線的重戰車型後發動攻勢，應該就足以取勝了。

「軍團」無法違逆高階指揮官機的命令。她麾下的高機動型，只要她一聲令下就會回到手邊，但她刻意坐視它的失控。

設計並製造高機動型的目的已經達成。預定從那架機體採樣的各種資料也全數收集完成。那架「新型」已經沒有用處了。

既然如此，最後就放任它去做想做的事吧。

——畢竟，是我命令它成為最強的存在。

命令它進行學習與自我改良，得到進化，以成為戰無不勝的存在。

……即使這並非她開發那架高機動型的真正目的。

†

在龍牙大山據點之外，與班諾德一同指揮士兵封鎖作戰區域的滿陽，與辛連上了知覺同步。

『諾贊上尉！雷達偵測到一架機影……是高機動型！』

「來了啊……流體裝甲應該已經在指揮中心的戰鬥中全毀了，不過在得到證實之前不可大意。」

打倒重戰車型後再次開始進攻的先鋒戰隊，此時走在通往「無情女王」王座廳的最後一條迴廊上。

「無情女王」至今仍然沒有要逃走的跡象。辛一邊聽著她那冷冰冰的臨死聲音，一邊讓「送葬者」跑在先鋒戰隊的前頭。

這是一條沿著過去火山筒外圍部分緩緩繞圈下降的迴廊。是在悠久古代噴火之際，岩漿冷卻凝固後堵塞住的火山筒。堵住上方的岩塊似乎崩落過，高如大廈的無數岩石斷片，好像昨天才剛剛破開般露出尖銳的斷面，插在火山筒的中央位置。迴廊圍繞在這些表面浮現出宛如巨龍的原生動物化石，好似巨大奇怪尖塔的岩石旁邊，一邊仰望著它們一邊往下延伸。

可能是有隙縫與禿山表面相通，淡淡光明從岩塊尖塔的頂端附近滲入迴廊。冰冷空氣似乎也從那裡鑽了進來，這個空間的氣溫比較穩定。

「可以的話就解決它，但不要勉強。如果覺得作戰區域封鎖不住，就放它通行沒關係。」

若是與高機動型交戰而受到損傷——甚至萬一全隊敗亡的話，據點內的部隊有可能無法全數逃生。這裡是「軍團」的支配區域，龍牙大山外面一樣有「軍團」存在。

即使應該明白這個道理，知覺同步的另一頭，仍然傳來滿陽不高興地噘嘴的氣息。

『上尉其實不用顧慮這麼多的。雖然看在上尉眼裡，我或許只是個菜鳥，但我好歹也是「代號者」……』

『！不對，小姑娘！』

班諾德倒抽了一口氣打斷她。他那粗嗓門因為緊張激動而變得僵硬。

『那傢伙的目標不是我們！……上尉！』

由於資料量太大會造成負擔，平常「破壞神」之間不會分享光學影像。況且以目前必須依靠中繼器才能與外界進行無線通訊的狀況來說，沒有可以供他們倆傳送圖檔的線路。

即使如此，擁有異能的辛仍然能聽出某種程度的狀況。

應該是跳起來了。那個東西，在滿陽與班諾德兩人的面前高高跳起。

高機動型的聲音，往上方龍牙大山的山頂前進。如同以岩壁為狩獵場的雪豹，用如履平地的速度在山地上疾走。它再次做出跳躍的動作，然後在跳躍的軌跡中途，聲音倏地消失了。可能是拋棄了野獸型機體，將本體分割成了蝴蝶的形狀。

山岳上方似乎也有出入口……想想這也是當然的。這座據點是阻電擾亂型的補給地，考慮到經常滯留於高空的阻電擾亂型的出入問題，在接近天空的位置做個出入口比較有效率。

『推測是去追趕先鋒戰隊了。預測到達時間為——最短路徑三百秒！』

「……這……」

前者說得應該沒錯，但後者……

「就難說了。」

有如呢喃，又好似蝴蝶振翅聲的叫喊集結一處。不解其意的機械聲音形成的悲嘆震耳欲聾。

突如其來地，高機動型的機影出現在雷達上。

正上方。就在先鋒戰隊的頭頂上。

以岩塊尖塔群為背景，辛透過光學感應器定睛注視那個頭下腳上飛來的銀影，確定設定為眼動模式的十字線即刻鎖定對手後——扣下了扳機。

在這密閉火山筒裡形成回音，雷霆萬鈞的砲聲與強烈衝擊波給高機動型一個下馬威。拋開聲音飛奔的成形裝藥彈迫近銀色機影，準備貫穿它的身軀。

可能是打算來個奇襲，但這招對辛不管用。就連會從哪裡出現都是預料中事。

高機動型具有將流體奈米機械變成無數蝴蝶，換掉受損的機體以求生存的功能。

本體終究只是構成中央處理系統的流體奈米機械。

既然如此，與其老實地從已遭機動打擊群壓制的路徑一邊戰鬥一邊前進，不如只讓本體的小蝴蝶鑽進能直線前往先鋒戰隊身邊的隙縫，然後穿起新的機體與流體裝甲比較快。

而裝甲武器的弱點與最大的死角，遠在履帶式戰車的古早年代就一直是砲塔上面。

所以假如要來——他早就料到是頭上了。

高機動型向下降落。砲彈逼近。

高機動型將早已如羽翼般伸展的其中一把鎖鏈刀大大一揮，插進岩壁內做緊急煞車。順從著慣性，它那野獸般的軀體像鐘擺一樣擺盪後在牆上著地。

在毫釐之差後，設定為近炸引信的成形裝藥彈自爆。這時高機動型早已將牆面當成立足處踢，避開了致命性的爆轟範圍……戰鬥機器的反應速度，每次總讓人恨之入骨。

辛看出它用以護身的流體裝甲銀光比之前看到時更具厚度，看來裝甲的總量相當不少。不知道是增厚了裝甲來應戰，還是打算在這裡繼續使用方才對蕾娜他們出過的替身招數。

隊上所有人都明白，對他們發動奇襲的是高機動型。跟列維奇要塞基地那場戰鬥一樣，各機往四面散開，以包圍敵機並用彈幕將其壓爛。機體布署位置不會踩到友機的砲線，不會進入高機動型配備的近距離射擊裝備射程，並且能夠以濃密的砲彈風暴壓潰敵機。「清道夫」與自爆型「阿爾科諾斯特」退後到不會妨礙眾人的位置。某人犀利呼一口氣的聲音，在知覺同步中響起。

高機動型墜向此一包圍的中心。

即使是高機動型，也無法在半空中蹬地移動。它受到重力牽引，一直線往戰隊摩拳擦掌、嚴陣以待的那個位置墜落。喳啦一聲，阻電擾亂型有如銀白粉雪，宛若碎裂星斗般飛落，纏繞其身展開光學迷彩，讓那銀色機影從人類肉眼與雷達中消失。

那副模樣讓辛覺得不大對勁。

為什麼「現在」要展開光學迷彩？

現在隱藏蹤影並沒有意義。因為墜落的軌道不會改變，反正它一著地就能瞄準開火。既然如此，它特地這樣做是要隱藏什麼？

例如需要時間因此容易引起注意，可能在這段時間內被設法應對的……

射擊武裝的預備動作——……！

「各機找掩護！砲擊要——……」

在列維奇要塞基地展現過的那招，即使在極近距離內中彈，威力也只能讓機體踉蹌一下。為了保險起見，辛提高警戒，也與各機保持距離。但在剛才急襲的那一剎那，辛曾經看到「多到過剩」的流體裝甲。

仔細注視才會產生些微突兀感的，阻電擾亂型的光學迷彩自內側破開。

它無聲地撕裂，從那裂縫與飛舞飄散的蝶翼碎片之間，銀色流星疾射而出。

那有如長槍的大型砲彈，讓人聯想到古代攻城戰中投射機的弩箭（Ballista Bolt）。

這些好似針狀結晶或用金屬塊削成的粗箭像是一場豪雨——打在所有包圍它的機甲身上。

†

雖然只有少部分「軍團」衝出隊列，但遭敵軍突圍的備用陣地由於剛剛受到高機動型急襲而陷入混亂，造成嚴重影響。不，可能正是趁著混亂才攻進來的。

「軍團」方面似乎也不是按照作戰在行動，很可能是一個部隊的獨斷專行。它們既沒有配合高機動型的奇襲，也完全沒有跟其他待在防衛線維持警戒狀態的部隊展開聯手行動。

只是重戰車型的數量很多，難以對付。

蕾娜一邊從「華納女神」指揮直衛的布里希嘉曼戰隊，以及留下來提供砲火支援的射控分隊「破壞神」，一邊咬牙切齒。

運氣不好，偏偏是為了突破己方防衛線而集結的，以重戰車型與戰車型為主體的重機甲部隊。雖然看似還沒湊齊規定數量，但仍是有如土石流倒流的大規模兵力。

敵軍前鋒不費吹灰之力就踏爛了己方的巡邏線，早已攻進了蕾娜所在的防衛陣地帶後方。敵我雙方重重疊疊，形成讓人不敢直視的大混戰。

這是在以利於自軍的方式緊密建構的防衛陣地帶展開的戰鬥，而且還占據了機甲兵器相互對峙時有利的上方位置。

但是戰況卻令人慘不忍睹。

馬塞爾說即使無法進行正式的機動戰鬥，好歹也能負責固定砲台，於是下了「華納女神」駕駛「破壞神」，現在正在進行幾乎要將槍身燒掉的猛烈砲擊。

原本該往斜上方發射的榴彈砲，如今朝向水平方向，以直接瞄準的方式拚命迎擊重戰車型。

蕾娜用力咬緊牙關。

這下……

可能會很危險。

†

『呃啊……！』

準星沒有接受射控系統(FCS)支援的戰車砲那麼準確。

現在駕駛「破壞神」的全是代號者，或是能與之匹敵的高手。

大家都對警告做出反應而緊急採取了閃避動作，因此沒有人的駕駛艙被破壞。但是動力系統、戰車砲的砲身或是躲避不及的腳部被打個正著，超音速與既長且大的金屬塊質量造成的龐大動能，把所有機體的裝甲撞到變形，使其跪地不起。在訓練精度上不如他們的「阿爾科諾斯特」有幾架的駕駛艙正面中彈，被炸飛出去。

除了唯一沒受攻擊的「送葬者」之外，所有機體無一倖免。

辛一時之間連聲音都發不出來，注視著這幕宛若惡夢的光景。

他們並不是沒對射擊武器提高警戒。

此處雖然是密閉空間，但有一定的寬敞度。他們在列維奇要塞基地已經見識過敵人的射擊武裝，所有人都拉開距離，站到了射程範圍外。

但沒想到它居然在短期間內延伸了射程，並附加上僅僅一擊就能讓「破壞神」無法戰鬥的威力——……

高機動型用「軍團」特有的無聲方式著地。

碎裂四散的蝴蝶碎片灑落堆積在它的腳邊。少許存活下來的阻電擾亂型，拍動著輕薄但毫髮無傷，或是邊緣破爛原形盡失的翅膀飛上空中。

高機動型漆黑裝甲上流動著少許銀光的斑點狀軀體，出現在眼前。

原本覆蓋全身的羽狀流體裝甲，幾乎已經半點不剩。啪哩一聲，少許蛇形電流在殘存的流體裝甲上散開，讓看見的人知道原來是以電磁力進行加速。

辛明白到對手是將厚重纏身的流體裝甲大半都投注在砲擊——砲彈的形成上。砲彈的威力以穿甲彈來說，威力依存於彈著時的動能。它用上了速度不如戰車砲的簡易電磁彈射機，盡其所能地提高了威力。

一切都是為了僅僅一擊，就將包圍網打破到面目全非。

高機動型像頭野獸似的身軀一抖，甩掉留在身上當成彈射軌道的流體裝甲。銀色飛沫在淡淡陽光下，閃爍出暗沉的光彩散落在岩盤上。

宛如獸眼直豎的光學感應器，直勾勾地看著「送葬者」。

冰冷的幽藍。

其中蘊藏著顯而易見的……

執著。

對「送葬者」，或是對其中的辛。

如同那時，在列維奇要塞基地的戰鬥結束後，它在「無情女王」的身邊，用失去機體的蝴蝶形體凝視著辛的時候一樣。

給人的那種感覺，非常不像是既無憎惡也無亢奮，只是當成作業程序般殺戮眼前敵人，心如木石的戰鬥機器。

轉瞬間，連一個預備動作都沒有，那個黑影雙腳蹬地，衝向了「送葬者」。

「嘖……！」

不能在這個地方戰鬥，隨便開火會傷及自己人！

為了引開敵人，「送葬者」跳下迴廊，往更深處前進。高機動型疾速奔馳，隨後追上。

辛瞄了一眼轉眼間越離越遠的同伴們——萊登與賽歐的「破壞神」。

可能是系統發生故障了，他們的機體腳部以近乎痙攣的動作在抖動，但駕駛員應該沒死。知覺同步還是相連的，甚至能微微聽見某人衝口而出的咒罵。

是否應該引開敵人直到同伴恢復戰力，然後並肩作戰？

不……假如在那之前，對手判斷他們果然還是會礙事，改變目標去砍殺一時無法動彈的他們的話……

辛不能讓它這麼做……他不能這麼做。

「……抱歉了。」

他們恐怕……不，是鐵定會生氣。辛一面這麼想，一面讓「送葬者」往後跳到更深的地帶。他們一定會生氣，萊登也好賽歐也好戰隊隊員也好，還有不在這裡的安琪或可蕾娜也是。

還有蕾娜。

——你一定要回來。一定。

嗯，我會回去。不回去不行。可是正因為如此，就原諒我這一件事吧。

辛懷抱著某種近乎祈求寬恕的心情，讓「送葬者」後退，「破壞神」的純白機影被屹立於迴廊中央的岩塊擋住，看不見了。

高機動型彷彿覺得正中下懷，舉起高周波鎖鏈刀。無數的細微刀片開始運轉。它任由宛若報喪女妖（Banshee）哭號的叫喚尖聲響起，下個瞬間，那既長且大的刀刃，甩到了旁邊聳立的岩塊尖塔上。鎖鏈刀將岩塊從根部深深斬碎，讓它倒向迴廊，形成用岩塊的大質量與硬度堵住高機動型背後道路的狀態。

就像在說：誰都別想來礙事。

如今自地底下噴發岩漿的通路已堵塞許久，徒留開在山嶽半山腰的昔日火山口。而在它的底層……

來自上方高達一百公尺以上的火山口，陽光受到銀翅削弱，細微而黯淡地射進地下。憑這一點光線完全無法照亮的，廣大到能容納整座離宮的空間，就是隸屬於這座據點的發電機型處理中樞的御用宮室，也是幾億隻阻電擾亂型的飼料場。

宛若樹木林立的電磁誘導式充電裝置，張開它椏杈細分的金屬枝條。上面聚集著有如葉片的無數銀蝶。更深處彷彿與王座合為一體的古老龍王屍骸，蹲踞著發電機型的控制中樞，周圍則有眾多整備機械服侍著它，忙碌地賣力。

這一切，此時此刻，全在維克的眼前冒出朱紅烈焰熊熊燃燒。

無論是充電裝置、成群的阻電擾亂型、發電機型還是那些整備機械，一律平等。

在這裡的所有「軍團」，都是非武裝的支援型。一旦被敵軍闖入，簡直不堪一擊。

蝶翼由於輕薄而極為易燃，機械蝶群一邊起火燃燒一邊紛亂飛舞。它們如火星般想飛往遙遠天空，卻力有不逮而簌簌飄落。

可能因為是需要抬頭仰望的龐大身軀吧。發電機型即使全身起火仍然死命掙扎，其光學感應器捕捉到維克駕駛的「卡迪加」。對於它充滿無生命憎惡的視線，維克嗤之以鼻，不屑一顧。

「……換作那個死神的話，或許會知道你是何人，為你哀悼吧。」

很遺憾地，維克這個人沒有能為早已死去的陌生人哀悼的感情。

他比沉默無言地靜觀火葬的「阿爾科諾斯特」們更為冷酷地，轉身背對了火祭之地。

這邊的任務已經完成。再來就是……

「各位隊員，發電機型已擊毀。『阿爾科諾斯特』全機布署完畢。這邊準備已經大功告成，你們那邊的狀況呢？」

立刻有人做出了回應。是負責壓制自動工廠型的雷霆分隊的尤德，以及前去破壞發電設備的闊刀分隊的瑞圖。

『我是克羅少尉。自動工廠型也已壓制完成。』

『發電設備也破壞完畢了。呃……「阿爾科諾斯特」也已布署完畢。』

但是沒有來自辛的回答。維克迅即皺起眉頭。

他將知覺同步的對象切換為先鋒戰隊全體隊員，重問了一遍：

「諾贊？聽到了就回答我，你那邊的狀況怎麼樣了？」

這次立刻有人回答了。

只是不是辛，而是萊登的聲音。

『王子殿下……我是修迦。辛不在這裡，所以我代他回答。』

「抱歉，我們這邊的目標尚未達成，我們沒能發現『無情女王』——高機動型目前似乎正在與辛交戰。」

在裝甲變形後感覺變得狹窄了點的「狼人」駕駛艙內，萊登苦澀地接著說道。

雖說是高速的巨大質量，但高機動型的流體裝甲砲彈威力仍遠遠不及戰車砲。

儘管受到衝擊後一時無法動彈，不過目前至少不影響作戰行動。「破壞神」所有機體都能繼續行動，「阿爾科諾斯特」除了幾架被炸飛的之外也都安然無恙。

聽到萊登這語氣，英明睿智到異常地步的王子殿下似乎就猜出狀況了。他用增添些許緊張的聲調質問：

『你們被分散了嗎？』

「對，現在正在搜索他的下落。」

萊登看向視野下方攔腰折斷，將迴廊分割成上下兩截，巨大到令人惱怒的岩石群，如此告訴了維克。雖然因為上方還有少許空間，所以並非完全無法通行，但接近垂直的角度加上岩石搖搖欲墜，增加了攀爬的難度。正如字面所述，是阻擋他們去路的障礙物。

辛與高機動型如今就在岩石的後方。

雖然從聽不見戰鬥聲來看應該已經不在附近，不過剛才萊登在無法動彈的狀態下，看著辛被高機動型追趕著跑下迴廊。緊接著岩石尖塔群被砍倒，就成了現在這種狀況。

賽歐只是接通知覺同步而沒說話，但通過同步感覺得出來，他其實焦躁到坐立難安的地步。

「笑面狐」的光學感應器視線顯得靜不下心地四處徬徨。

在默然佇立的「清道夫」們當中，只有菲多一架原地不停踱步，怎麼看都是一副不知所措的樣子。

不對。萊登苦澀地歪扭了嘴角。

不只是因為被追趕。辛是自己選擇換地點與高機動型單挑，為的是不讓倒地的萊登等人受到波及……為了挺身保護難看地敗給高機動型的萊登等人。

那個笨蛋。

等找到他之後一定要揍他一頓；萊登用這種想法勉強讓自己打起精神。目前為了前去支援他，「阿爾科諾斯特」們正在檢查與迴廊相通的道路，尋找迂迴路線。他們的目標「無情女王」也在下面。既然手邊沒有像樣的地圖，不找到別條路線就無法行動。

維克似乎在忍耐著不咂嘴。

『——收到。我會等到最後一刻。』

想在龍牙大山中找出不知身在何處的「無情女王」，辛的異能不可或缺。

雖然最優先的目標終究還是破壞這座據點。

「抱歉了。」

『沒什麼，作戰本來就會發生意外狀況，動腦思考解決方案是指揮官的職責。你不用……』

『……萊登。』

賽歐的呼喚，讓他抬起了視線。

『下面。在岩石的背後——它怎麼會在那種地方……』

賽歐凝然地，讓「笑面狐」的光學感應器朝向一處說道。萊登一面滿腹狐疑，一面讓自己轉頭朝向那邊——……

「什……」

那邊。

佇立著一架白群色彩宛若月光的老舊斥候型。

在那分割迴廊的岩壁前，它明明位於視野下方，卻以一種睥睨伏地臣民的女王威儀仰望著他們。呈現天上滿月般金色的光學感應器，奇妙地帶有近似於人類的冷漠。

肩上本來該有的七·六二毫米泛用機槍（GPMG）與十四毫米重機槍都不見蹤影，展現出戰場不該有的，非武裝的桀驁不遜。

然後是畫在裝甲上的，女神憑倚新月的識別標誌。

「無情女王」。

無論是萊登、賽歐或戰隊隊員們，就連「西琳」們一時之間都發不出聲音來。這傢伙……為什麼會在這裡？

忽然間，「無情女王」別開了視線。

然後迅速地轉身就走。

用的是「軍團」特有的無聲機動動作——但卻是「軍團」不可能有的，彷彿一名女士享受散步般的閒適腳步。它消失在岩壁的背後，一半被迴廊牆壁上的自然起伏處擋住的道路。

簡直好像在引誘、嘲笑他們。

萊登猛一回神，瞬大眼睛。這傢伙剛才……

是怎麼來到這裡的？

「……我們去追它。」

『萊登？可是我們必須去找辛……！』

「這傢伙原本所在的位置，不是比那堵牆更下面嗎？」

啊！賽歐叫了一聲。

沒錯，他們之所以沿著這條迴廊往下走，就是為了抵達「無情女王」的跟前，前往那個位置比這裡更低，被戲稱為王座廳的區塊。辛說過它還沒逃走，既然這樣，他們在與高機動型交戰之時，它應該還待在那裡才是。

但這傢伙，現在卻越過擋路的岩壁出現在這裡，就表示……

沒有明確的根據。

但是……以目前這個情況來說，這應該是最確實的方法。

「這傢伙通過的道路——就是迂迴路線！」

真是禍不單行。

維克暫時切斷知覺同步，終於忍不住嘖了一聲。先是蕾娜他們指揮中心與周遭的備用陣地遭受「軍團」部分部隊的暴衝而陷入大混戰，接著又換辛下落不明。

剛才靜靜聆聽的蕾爾赫插嘴道：

『……殿下，那個……關於方才狼人閣下說的事情……』

察言觀色似的聲調，讓他忍不住不動聲色地笑了出來。

「蕾爾赫，我說過了。妳以為我是為了什麼，才沒在妳的初始指令裡要求妳絕對服從我的命令？」

他感覺到蕾爾赫神色一亮地露出笑容。

明明沒有相同的記憶，這種坦率的地方卻跟蕾爾赫莉特一模一樣。

『那就恭敬不如從命……懇請殿下准許下官也前去搜尋死神閣下。機外氣溫如此之高，時間拖得愈久……死神閣下的生命就愈有危險。』

「好……其他應該還有一些人完成壓制任務，手邊有空吧。把那些人也帶去。」

一路被追趕之下，辛來到了岩石組成的龍牙大山之中，恐怕位於最深處的地下洞窟。

這是個外界光線自然不可能照得進來，理當受到無明黑暗深鎖的地方。

然而這廣大的空間即使看在人類眼裡，仍然明亮到能看清整個景觀。光線朱紅而眩目。

在朱紅強光的正中央，不知是因為溫度過高還是岩壁反射的反光，連空氣都顯得朱紅耀眼的位置，辛環顧自己被趕進來的這個場所。

「破壞神」原本處於夜視模式的光學影像，自動切換成了一般模式——不是光學感應器捕捉到的真正光量，而是輔助電腦將其判斷為有礙流暢操縱的資訊，自動減少了光量的修正後影像。

光源來自視野的遙遠下方。

在腳邊，峭立的岩石平台之下。隔著光是摔落都會喪命的高度，搖盪著朱紅昏黃的亮光。是岩漿。

那是一片熔解搖動，不時還捲起火焰浪潮的、赫赫炎炎的超高溫熔爐，是低黏性、液狀的高溫岩漿。它簡直就像地下湖，填滿了廣大洞窟的整個底部。

即使在這個距離之外，輻射熱仍然讓機體溫度直線上升。金屬腳尖倒退一小步，彈飛一小塊石片；它滾落下去碰到朱紅水面，只一瞬間冒出火焰就脆弱易逝地熔解消失。

地下洞窟的天頂，高到彷彿連一整棟高樓大廈都能容納於內。位於最深盡頭處的洞窟牆面幾乎是垂直的，宛如陡峭城牆般聳立，地下熔岩湖就以那裡為邊界，呈現半圓形地擴展開來。城牆般岩壁的頂端與圓頂狀的洞窟天頂部分交界的最高位置，有個通往洞窟外面的微小開口，想必是與上古時代曾經存在於山頂的火山口相通。蕩漾的熔岩湖面上有著像是踏腳石的岩石平台，包括辛與高機動型站立的部分在內，無數岩石不規則地屹立於湖面。

辛與高機動型對峙而立的，是在這些岩石當中位於洞窟極深之處，就在城牆般岩壁的前方近處，最寬廣平台的中央位置。

這個岩石平台呈現好似斷頭台的歪扭長方形，四面都是斷崖峭壁。可能是早在很久以前就攔腰斷裂、上半部滑落，平台頂端部分維持著異樣平坦的岩石斷面，面積有一個街區那麼大。

從辛被趕進洞窟的矩形出入口，有一條細窄的——但還是可供戰車型通行——同樣以岩石構成的道路，像是罪人登上的階梯般通往這座斷頭台岩石地。

高機動型佇立在背對這條道路的位置，彷彿無言地宣布「我不會讓你逃走」。

「…………」

從蕾娜那裡領取的、大致來說已經記在腦子裡的三維地圖上，沒有記載這個空間。地圖是藉由辛的異能推算出「軍團」移動路線繪製而成的，因此在這份臨時地圖上，未部署「軍團」的地點就只能留白。

由於不是作戰區域，這座洞窟四周沒有辛的友軍。

同樣對「軍團」而言，此處想必也不是會頻繁出入的場所。從岩石表面淺淺刻出的多腳機器特有的軌轍，再加上棄置在斷頭台角落的幾個空貨櫃來看，可能是把這座熔岩湖當成廢棄物處理場。

既然它特地將「送葬者」——將辛趕進這種地方，就表示……

「……只想一對一單挑，是吧。」

「軍團」照理來講應該沒有輸入榮譽概念，但也不是完全不可能存在。至少辛知道有這種情形。

兩年前的特別偵察，發生的第一場戰鬥。

一架「牧羊人」不願讓友機介入戰鬥，將它一砲轟飛。

當時的那架重戰車型——被關在其中的哥哥的亡靈，執著於奪去辛的性命。

但是這傢伙……

明明沒有來自於戰死者的思維殘渣，甚至從頭到腳連來自於人類的零件都沒有。

從人類身上竊取腦部構造的「牧羊人」有時會受到生前的執著所惑，做出以兵器而論不合理的行動；這傢伙明明是為了避免這點，而被創造出來的純粹機械智慧……

高機動型展開行動。

它那漆黑的機體「站了起來」。

後腳留在地上，抬高前面的雙腳。配合這個動作，前腳周圍的裝甲與部分框架也敞開變形。前腳摺疊縮短，多出來的零件變成保護側腹部的追加裝甲。後腳內部的軸心部分隨之伸長，從相當於腳跟的部位長長突出。尖銳的軸心前端，淺淺地陷進岩石表面。

它挺起了背部與頭部，但不是直立姿勢。而是將重心置於前方，準備襲擊獵物的野獸前傾姿勢。

出現的是小型獸腳類恐龍——恐爪龍般的外貌。

它有著取得身體平衡的長尾巴、背上羽飾或鬃毛狀鐵刺般向後伸長的鎖鏈刀，以及身手敏捷，作為太古時代肉食猛獸的狠惡外觀。

THE CAUTION DRONES

[「軍團」的高威脅性戰力]

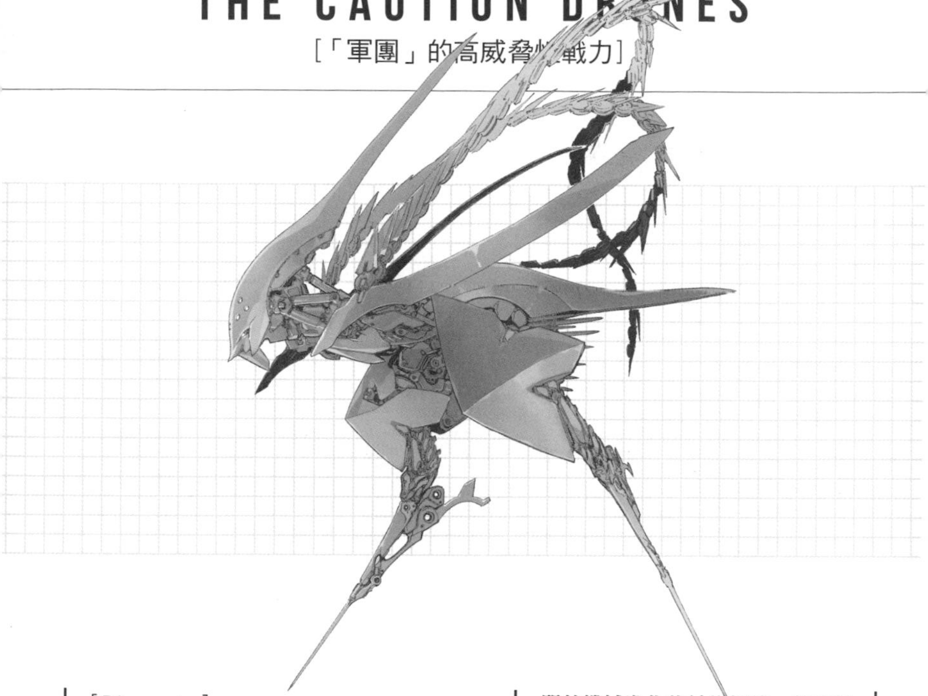

[Phoenix]

高機動型・超高機動戰式樣

[ARMAMENT]

特殊可動式・高周波鎖鏈刀 X 2

[SPEC]

[全長]2.2m　[頭頂]2.8m
[重量]不明

※本機不具有至今裝備的任何流體裝甲，
並喪失了至今發揮的所有迷彩與匿蹤能力。

關於機械進化的最後解答，終究還是「人」嗎——？
本機乃是高機動型僅僅為了與「軍團」軍呼號「火眼」——機動打擊群戰隊長辛耶・諾贊一決雌雄而採用的外形。
本機捨棄作為兵器本來具有合理性的匿蹤能力、射擊能力，甚至是流體裝甲，僅只加強近戰攻擊力與機動力。這就是在戰鬥理論上理應優於「八六」、「西琳」以及其他任何一切存在的純粹機械智慧得到的結論。
孰優孰劣，現在即將分曉。

——不對。

它那踏穩地面的一雙腳，以及就恐龍來說略嫌太長的雙手……

毋寧說——……

「你以為你在模仿人類嗎？」

像是用原本近似野獸的形狀，勉強模仿人類的外形。

以能夠學習達到自我進化的戰鬥機器而論，或許是正確的選擇吧。

在夏綠特市中央車站地下鐵總站的戰鬥中，高機動型在捨棄「破壞神」暴露出血肉之軀的辛的槍火下敗逃。

在列維奇要塞基地敗給同樣以機體為誘餌，憑著人形身軀揮刀砍來的蕾爾赫，而被迫放棄機體。

到目前為止，高機動型經常是敗在人形物體的手下。

既然如此，它判斷二足步行形態才是最適於戰鬥的外形，或許不是絕無可能。

實際上，倒也不是完全不適合戰鬥的形狀。

雖然敏捷性上較差，但人型也不是沒有優勢。例如能運用多樣化武器的雙手，例如哺乳類當中首屈一指的投擲能力。只是兩者對高機動型的戰鬥風格來說都是無用的優勢。

窮究目的到了最後，達成不符目的的畸形進化。

辛定睛注視對方，冷冷嗤笑。

「即使變成人的形體，也得不到什麼的。全都迷失方向了……你的這份執著也是。」

高機動型如今的目的，恐怕只有單槍匹馬擊殺辛——「送葬者」這一件事。

所以它徹底忽視戰略上的合理性，為了尋找辛而襲擊了指揮中心。

所以它雖擊敗了萊登等人卻沒有殺死他們，做出拿他們當人質的行為。

所以它特地將「送葬者」趕進這座地下熔岩湖，這種一架友機都沒有的地點。

這些以戰鬥機器來說都是不合理的行動。是只須排除眼前敵性存在的「軍團」不該有的行為。

一切都是為了擊殺辛，只因為它執著於這一點。

什麼執著……明明不是人類，卻有這種想確定自己生命樣貌的思維。

「你這個機器，本來根本不需要這種東西的——你成了失敗品。」

照理來講，它不可能聽得懂這句侮辱。

但高機動型卻用它的雙腳，猛然踢踹了地面。

備用陣地的戰鬥如火如荼。蕾娜看著顯示於一個子視窗的麾下「破壞神」與友軍聯合王國機的數量，感覺到己軍正在節節敗退，折兵損將。

這樣下去，也許會沒命。

此種冰冷的思考忽地閃過腦海，蕾娜咬緊牙關，狠狠壓下了這種想法。不准這麼懦弱，什麼叫作也許會沒命？

我不能死。

說什麼也不能死。

因為要是死了，就會留下他一個人。

他明明希望我不要拋下他。

我明明答應過不會拋下他。

辛就沒有留下我一個人。

他來了。

甚至跨越了注定死亡的命運，來到那火照之花的戰場。

既然這樣，我怎能只因為可能喪命，就……

先是配備的車身上部自衛用二五毫米鏈砲(Chain gun)射光砲彈，接著一二·七毫米重機槍也步上後塵。

失去戰鬥能力的「鮮血女王」坐騎面前，又出現了一架斥候型阻擋去路。

蕾娜一邊看著它肩上的機槍開始旋轉，一邊下令：

「全速前進！把它輾爛！」

「啥——！」

「區區斥候型，用『華納女神』的重量絕對撞得飛！」

「！……遵命，長官！——抓緊了，女王陛下！」

駕駛員做好最壞準備大吼大叫。雖說比起戰車來說屬於輕裝甲，但仍足足重達三十噸的裝甲指揮車發出柴油引擎的凶惡咆哮發動突擊。

管他是戰鬥用或是配備了武裝，都無法改變這個重量差距。由於正在做照準動作而閃避不及的斥候型被撞飛出去。「華納女神」毫不留情地壓到因為重量關係而沒飛太遠的它身上，把它踩扁。

可能是腎上腺素造成的影響，蕾娜一邊看著這莫名鮮明、強烈而緩慢地映入眼簾的悽慘場面，一邊心想：

世界是……人類是醜惡、無情、冷漠而殘酷的。

眼前的這片慘烈卻簡直毫無意義的，泥淖般的戰場恐怕正是世界的真相。

可是……

用力咬緊的牙關擠壓出嘰嘰聲。

——會弄髒的。

當時辛如此說過。在「西琳」們的成堆殘骸前方。用一種不知該何去何從，疲憊不堪的，有氣無力的眼神與聲調。明明他身上沒有任何地方會讓蕾娜碰髒了手。

當時辛覺得骯髒的是……

覺得一旦碰到，會玷汙蕾娜的是……

她有時與辛說話，會感覺出一種彷彿傷痛的空虛。當他談起人類的醜陋與低劣、世界的冷酷與無情時，會顯露出類似虛無的一面。

那些神情原來是……

辛厭惡這個冰冷的世界。

厭惡無藥可救地醜惡的人類。

也厭惡屬於可厭世界的一部分、可厭人類之一的自己。

或許是因為這樣，他才會說「會弄髒」。在那雪中庭園，才會冷言冷語地想與蕾娜保持距離。

無論蕾娜說多少次不在乎，他總是堅持不肯依靠她。

簡直好像把自己當成可怖骯髒的醜惡怪物，嫌棄自己似的。

好像怕把蕾娜拖進他所佇立的冰冷、無情的世界。

既然這樣……

既然他不願把蕾娜拖進去……

蕾娜狠狠瞪著眼前的戰場，想著長久以來只看見這種慘狀的人。

你其實應該也並不情願……

繼續留在你所看到的，這個悽慘的世界才對啊——……！

蕾娜定睛瞪視的前方，當然沒有辛的存在。僅僅只有混亂無序的戰場，無邊無際地鋪展開來。

他並不是不需要未來，並不是無法抱持期望。

而是還在害怕抱持期望、許下心願後……會無情地遭到剝奪。

他告訴自己在這種世界沒有多餘心力去作夢，而扼殺了其實很想抱持期望的內心。

如果是這樣的話……

如果他認為自己的手中仍然只有戰鬥到底的驕傲，連抱持期望的力量都還沒有的話……

如果他的心靈在世界的磨耗下，連未來的希望都一點不剩了的話……

那就由自己來代替他戰鬥吧。

對抗辛所看見的醜惡世界。對抗至今仍將辛封閉在內的冰冷世界。

好讓一路戰鬥至今的他，這次能夠遇見溫柔良善的世界。

讓結束戰鬥的辛能夠做他自己，追求未來。

所以……

我才不要死。

掀起漫天漫地的如煙雪花與恰恰相反的幽幽地鳴，某種東西在「華納女神」的眼前著地。帶著鐵青色裝甲與凶猛的一五五毫米戰車砲。

重戰車型。

若是大約十噸重的斥候型還另當別論，面對戰鬥重量多達一百噸的這頭鋼鐵怪物，就算用「華納女神」衝撞也沒有意義。不，真要說起來，看來就連那種時間都沒了。那砲口瞄準「華納女神」，以口徑一五五毫米的空洞從正面瞪視蕾娜。

不知為何，她不覺得害怕。

豈止如此，蕾娜還正眼瞪向即將殺死自己的那個黑暗。

我不會死。

我不能死。

我才不要死。

我……

還沒……

——剎那間。

高速穿甲彈的彈道，從側面刺穿了重戰車型的砲塔。

貧化鈾彈芯咬破厚重裝甲板的異樣聲音響起。接著是好像拿兩塊鋼板互擊似的，尖銳而沉重的八八毫米砲砲聲響徹四下。

就像太陽穴被射穿的人類會有的反應，重戰車型的龐然巨軀一瞬間靜止下來，緊接著從呆站原地的難看模樣，像是失去了支柱般崩潰倒地。

咦？

蕾娜不由得呆愣地注視它那龐然巨軀。她不明白發生了什麼事。

駕駛員恐怕也是同樣的心情，「華納女神」停止前進，某種東西降落在它的旁邊，發出沉重的喀鏘聲——不屬於「軍團」的行走聲。自動轉去的光學感應器映照出那個身影。有如經過磨亮的骨白裝甲，以及無頭骷髏死屍般的造型——是「破壞神」。

座艙罩底下的識別標誌，是裝有瞄準鏡的步槍——是「神槍」。

可蕾娜的座機。

『妳還活著嗎，蕾娜？』

愛理不理的聲調，從無線電與知覺同步各自響起。

從感覺恍如隔世的第八十六區戰場，以處理終端與指揮管制官的身分相處時以來，就從沒改變過。

同樣是雖然不愛理人，卻珍惜戰友的少女嗓音。

『因為他拜託過我。要是讓妳死掉，我就沒臉見辛了……請妳不要在一些奇怪的地方亂來，擅自說死就死。』

雖說是精密而堅固的花崗岩，但經過長期高溫烘曬，仍然變得極其脆弱。

越是接近熱源的低矮岩石地，這種現象就越顯著。「送葬者」用它當成立足處踩踏，在著地或跳躍的衝擊力道下使其崩壞碎裂，一邊逐漸縮小自己的移動範圍，一邊與高機動型展開激烈衝突。

零星分布的岩石平台即使是比較小的，頂部仍然有一幢民宅那麼大，比較大的甚至有一個街區那麼寬廣。高低起伏也各有不同，有幾個太矮而無法降落，另有幾個則是正好相反，高到無法跳上頂端，如擋牆一般聳立。

兩架近戰格鬥機跳躍通過這些立足處，就連高如擋牆的岩石都踢踹著牆面當成移動支點，宛如黑白雙色的野獸，互相伺機咬破對手的喉嚨。

不知是第幾次的砲擊，沒能追上敵機過快的速度而徹底打偏，飛往大錯特錯的方向。

「嘖……！」

配備了八八毫米戰車砲與裝甲，使得「破壞神」比高機動型要重上許多，能夠跳躍的距離也有差距。這些限制了「送葬者」能夠利用的立足處，讓即使是細如錐子的岩柱都能當作立足處飛馳的高機動型，幾乎能夠單方面地將他玩弄於股掌之間。

條件上的劣勢反過來說，賦予了「送葬者」長射程的戰車砲，但高機動型速度快到能擺脫自動照準，並以緊急停止的方式四處彈跳。沒有僚機聯手行動的單架機體連要瞄準對手都有困難。

辛於跳躍中途將鉤爪打進一面岩壁，強行變更軌道。鉤爪抓住的岩壁隨即遭到砍裂。高機動型踢踹著「送葬者」無法踩踏的燒紅、低矮的立足處，幾乎是從正下方像一枝飛箭般急速上升逼近。

「…………！」

鉤爪鬆脫，「送葬者」幾乎就要落入熔岩湖時，辛勉強將另一支鉤爪插進別的立足處，將機體拉向該處。一著地的同時，高機動型以簡直無視於重力與慣性的陡急角度衝殺過來，不給辛喘息的時間。

由於可蹬地的腳少了一半，高機動型的人型形態乍看之下似乎不適合高速機動，實際上速度卻反而加快了。它將露出的軸心尖端卡進岩盤裡，藉此提升抓地性，而能夠更有效率地將驅動器的功率轉換為推進力。高機動型奏響金屬與岩石互相摩擦的悲鳴，用猛烈踢踹的力道轟碎立足處，縱橫馳騁。

採用了徹底加強與「送葬者」戰鬥所需能力的形態。

甚至不惜拋棄自己誕生時的形體。

既然選擇留在戰場，或許就該如此吧。

在極度集中於與強敵的死鬥，逐漸專注沉沒的意識當中，無意間，一種搞錯場合的思維閃過了腦海。

既然是為戰鬥而生的存在，只為戰鬥而存在才是它該有的模樣。

既然要活在戰場上，其實除了戰鬥功能之外什麼都不要才是對的。

——明明不肯捨棄你那不適合戰鬥的肉體。

蕾爾赫說得沒錯。

他們八六，終究恐怕只是不完全的存在。

即使如此，辛仍然不會想變成那樣，變成只為戰鬥而生的存在。

過去，辛曾經試著變成那樣。那是在他開始被人稱為死神，稱為送葬者(Undertaker)的時期。當時他尚未認識萊登或是如今並肩奮戰的夥伴們，一同戰鬥過的夥伴總是比他先走一步。

他曾經覺得，若能拋棄人心該有多輕鬆。

他由衷認為既然要戰鬥到底，那樣比較有機會活下去。

但是到頭來，他沒能變成那種存在。

斬擊來襲。這個姿勢難以閃避。辛用停止運轉的高周波刀撈起掉在旁邊的一個貨櫃殘骸，讓它岔進斬擊的軌道。金屬貨櫃的重量與移動的慣性將鎖鏈刀拉離原本方向，「送葬者」像受傷的野獸般，以一種瘋狂逃命的難看德性匍匐鑽過其下。刀刃擦過使得腳部裝甲脫落。

——其實你明明就希望，有一天能跟某人過著幸福的生活。

是這樣嗎？

或許是吧。雖然辛還不知道自己想要什麼，或是試著期望什麼，即使如此，過去……

在第八十六區的先鋒戰隊隊舍；在調到那裡之前，輾轉長達數年的各戰區基地；與一些曾經共同生活過一段時光，後來因為配屬地點異動或戰死而分離，或是重新配屬到同個部隊的戰友們共同度過的時間。

那些對旁人來說想必平凡無奇，能夠聊著無聊小事一同歡笑的短暫時光。

只有那時候，他不曾想過戰鬥的事。
他不是忘了。
只是沒有自覺。
早在待在第八十六區的那時候起，他們就並不是只有戰鬥到底的驕傲。
也不曾希望如此。

瑞圖與他率領的闊刀分隊接到了下一份命令，要他們去搜尋辛的下落。
「收到。那麼——……」
瑞圖回答指示後，接著觀察了一下身邊的存在——一群與闊刀分隊共同進攻到這裡的「阿爾科諾斯特」。
她們是破壞據點用的自爆部隊。包括一架為了搭載高性能炸藥到接近「阿爾科諾斯特」最大裝載量，豈止武裝，連一部分裝甲都卸除了的機體，以及保護她直到起爆的幾架僚機。
瑞圖對其中的一名隊長級人員，隔著知覺同步說了：
「我們要走了。呃……柳德米拉。」
『好的，路上小心。』
她伴隨著微笑的氣息平靜地回話，同伴們的「破壞神」彷彿要逃離她的身邊，一架接一架地後退。瑞圖待在為了負責替隊伍移動殿後而留下的自機「米蘭」當中，注視著她那宛如領悟到死期的天鵝般平靜的儀態。

上次死過，現在又要再死。

但她們卻……

忽然間，柳德米拉說了：

『您怕我們嗎？』

她的「阿爾科諾斯特」——「馬利諾夫卡一號」的座艙罩打開了。彷彿蝴蝶脫蛹誕生般，有著少女身姿的控制裝置降落到滾燙火山的胎中。

她彷彿引以為傲地張開了雙臂。

如同殉教者。

「告訴我——您怕我們嗎？對您來說，一死再死，死了又死的我們很可怕嗎？」

瑞圖一瞬間為之語塞。

瑞圖畢竟也是十五歲上下的少年。雖說對方的內在是戰死者的殘骸，但是被外貌只比他稍微年長的少女般存在問到這種問題，據實以對有損他的自尊心。

即使如此，他也只能點頭。

因為她說得一點也沒錯。而這個「西琳」也早已發覺到了這點。

「——嗯。」

看到瑞圖有些不甘心地點頭……

柳德米拉宛如慈悲為懷的聖女般微笑了。

「這樣呀……那真是太好了。」

「咦……？」

「因為覺得我們可怕，表示您與我們不同呀。表示您並不想變得像我們這些死亡鳥(西琳)一樣。如果看到我們，您能夠覺得可怕……那正符合我們的心意。」

彷彿由衷地……

感到安心似的……

「那麼我問您，您想變成什麼樣的人呢？您不想變得像我們一樣——那麼，您想得到什麼呢？」

「……我……」

因為我是八六，所以想活得像八六。然而這句話，一時之間梗塞在喉嚨裡。

八六究竟是什麼？

戰鬥到耗盡生命的最後一刻，是八六的榮耀。但是總有一天注定會死也是八六的命運，而走到最後，就是那堆悽慘而毫無意義的屍體。

自己從來都不想死。沒錯。

他不想死……可是，他也絕對不願變成逃避戰鬥，只能活在別人幫助下的可悲豬玀。

他想戰鬥到底……可是，他也不認為自己內心希望死得毫無意義與作為。

戰鬥到底，但是不要送死，不要沒有意義。這就表示——……

「我想好好活著。我應該是想得到我的生命意義，好好活下去。」

在這絕命戰場上戰鬥到底，是八六的驕傲。

沒錯，過去他曾經如此要求自己。他覺得無論失去什麼，被人剝奪什麼，只有這點他絕不會退讓。

即使在第八十六區這種地方——即使在這種世界裡，他仍然想「活」得有尊嚴。

八六不是送死之人。

是好好活著的人。雖然或許只有極其短暫的生命……但仍是活到最後一刻之人。

這件事……曾幾何時，他竟然忘了。

「即使可能會死，但我並不是為了自殺而戰鬥。我想要的是意義。即使也許只是自我滿足，但……無論是生是死，我都希望讓自己能夠接受，所以……」

縱然總有一天注定會死。

只有這點，一定要做到。

「……嗯。」

最後，柳德米拉心滿意足地點頭了。

她嫣然瞇起眼睛，就像早在期盼著這個回答。

「這樣就對了。因為您還活著，還能對您的生命抱持期望，而且能活得如同您的期望……只是……」

「只是……」已死的小鳥重複了一遍。

宛如祈禱，宛如乞求。

「只是，假若能夠實現——不管得到什麼、失去什麼，只有您無論如何都不願讓步的事物，那份驕傲，請您千萬不要放棄。不要捨棄您作為您的部分。然後，但願您——能獲得幸福。」

柳德米拉——「西琳」沒有生前的記憶。

她生前是什麼樣的人，只是短期派遣至此的瑞圖無從得知。

但是……即使如此……

瑞圖感覺似乎能理解她的心願。

不知為何，瑞圖明白到她們「西琳」正是為了這份願望而戰。

生前的她讓步的，或者是放棄、未能實現、失去的事物。

僅只一次作為人類的死亡，造就了她如今的形體。尚未迎接過那一刻的瑞圖……八六們……

還活著的你們人類……

但願……

你們不用失去。

「……嗯。」

瑞圖輕輕點了個頭。目前，他還沒有其他能作為回答的話。

他感覺這樣對他說的，不是只有柳德米拉。

不在這裡的「西琳」們也是。

而更不能忘記的是不同於他們，在第八十六區沒能存活下來，除了驕傲之外什麼都沒得到就死去的八六戰友們，以及之前捐軀的伊莉娜。

似乎都在對他這麼說。

「您走吧——然後請您就當作是一隻微不足道的小鳥死了，把我忘了吧。」

「嗯……不過……」

然後，瑞圖說了。

對著眼前可怖且可憐的死者之鳥說了。即使就連這段對話，下一個她想必也不會記得。

但他說出了自己目前的答案。

「我不會忘記的，我會好好想想……因為我還辦得到。」

這是個只能讓「破壞神」勉強留步的，高度略矮的岩石平台。

在這系統因為周圍溫度過高而發出警告尖叫的地方，「送葬者」停下腳步。

高機動型正想從居高臨下的斷頭台起跳，但在前一刻可能是察覺到辛的打算，停了下來。

在斷頭台與「送葬者」之間，沒有類似踏腳石的立足處。

雖然以高機動型的跳躍力可以勉強跳過，但這樣做距離太遠了。除非往正下方縱身一躍，否則跳躍軌道會呈現拋物線。換言之一定會有一瞬間到達拋物線的頂點，既非上升也非下降、靜止於半空中的一點。

正因為知道那一瞬間會遭到狙擊，所以高機動型無法魯莽靠近。

辛定睛注視著它想必正在高速思考如何追擊的模樣，尋找讓「送葬者」後退的機會。他一面估算背後堵住退路般聳立的岩壁與自己的距離，一面謹慎地小幅後退，後腳彈開了破裂的碎片，讓它落進岩漿裡。高度專注的聽覺，早已聽不見響起的「滋」一聲不祥聲響。

只是——好熱。

雖說不至於熱到燒紅，但這個立足處還是離岩漿很近。暴露在強烈的輻射熱下，就連理應屬於密閉空間的駕駛艙都已經變得悶熱，有點難呼吸。雖說即使如此，人體還是有保持一定體溫的功能，然而只是與身體接觸，本身位於體外的同步裝置擬似神經結晶當然不在恆溫範圍之內。忽然間，它的銀環發出一道尖銳警告聲。

「……！」

即使音量沒有多大，但畢竟是來自後頸的極近距離。對異常現象保持戒心的人類本能剎那間讓他身體僵了一下。表示故障的電子音效結束後，原本斷斷續續勉強聽見的萊登或蕾娜的聲音——終於從耳朵深處杳然消失了。

接收到無意識地繃緊的手臂抽搐動作，「送葬者」的左後腳違背意圖地動了一下。緊貼岩壁邊沿的腳尖一滑，踩碎了立足處的少許邊緣。

「！糟……」

「送葬者」的姿勢稍稍歪斜了一下。雖然被打亂的姿勢輕易就能調整回來，絕不至於從立足處摔落或是踩空，然而畢竟是在一摔落就勢必喪命的岩漿上戰鬥，辛的意識一瞬間分心去注意左後腳的位置。

高機動型沒錯過這個機會，付諸行動。

它伸長背上的鎖鏈刀，勾住掉在地上的一個貨櫃，把非運轉狀態的刀刃用力一甩，用蠻力把裡面應該空無一物，但終究以金屬製成的巨大箱子丟了出來。

若是直接擊中裝甲單薄的「破壞神」，這個重量足以構成傷害……但無論以攻擊或障眼法來說，這種行動都太粗糙了。它總不可能以為辛會為這點花招所惑而浪費戰車砲的彈藥吧——……

果不其然，貨櫃根本丟不中「送葬者」，難看地在不前不後的位置開始往下墜落。

看到那個動作，辛渾身寒毛直豎。

太早進入墜落軌道了——貨櫃裡不是空的！

當辛看到貨櫃表面貼著一隻像死了一樣，但微微發出死前呢喃的阻電擾亂型時，他瞬即幾乎是反射性地讓「送葬者」向後跳開。

同時，阻電擾亂型讓翅膀發出白光，釋放電氣。

電流通過貨櫃內部的某種東西。裡面裝了什麼，不用看也能猜到八成。紫色電流舔過可燃彈殼底部的電子引信。引信以能夠讓裝藥燃燒的速度起火。

在彈藥箱中——塞滿的戰車砲彈爆炸了。

收納在箱子裡的似乎是高速穿甲彈。爆炸只發生了一次，被燃燒氣體撞飛的彈芯往四方飛散。

只是，高速穿甲彈的威力依存於其龐大無比的動能。而動能來自於彈體的質量，以及裝藥燃燒氣體在砲管內持續替彈體加速賦予的超高速度。在沒有砲管作為加速器的狀況下，只讓砲彈爆炸無法賦予其速度，自然也就產生不了原有的威力。雖說能將四．六公斤的彈芯加速到秒速一千六百公尺的裝藥威力也不小，但還沒有高性能炸藥那種破壞性的火力。

所以無論是飛散的彈芯、擴展開來的衝擊波或爆炸火焰，都無法對向後跳開的「送葬者」造成致命打擊。真要說起來，由於根本沒用砲管固定飛翔方向，所以是名符其實的四處飛散。飛到「送葬者」這邊的彈芯也只在極少數。

辛一面用腳部驅動器的最大功率往後跳開，一面調整左右驅動器的功率，藉此在空中調轉方向。他朝著背後的岩壁射出鋼索鉤爪，捲起鋼索讓機體攀住角度垂直的壁面。

緊接著高機動型突破爆炸火牆，出現在他的眉睫之內。

「嘖！」

沒那多餘時間回收鉤爪了。辛分離了捲到一半的鋼索，留下鉤爪，用力踢踹岩壁逃向唯一可供閃避的空中——……

高機動型慢了一瞬間後降落在岩壁上，順勢以比「送葬者」強過一倍的駭人腳力劇烈踹碎一整塊的花崗岩板，緊跟著躍上半空。

本來就已經高性能、高功率到不合常理的驅動器，又輸出了很可能超出極限負荷的力量，高機動型的雙腳尖刺部分都出現裂痕，但鋼鐵猛獸以此為代價即刻消滅自己與「送葬者」之間的距離，逼近必須屠戮的敵機。

用爆炸火焰做障眼法，張開彈幕限定退路，再抓準敵機待在空中、無處可逃的瞬間下手。跟辛在夏綠特市地下鐵總站，以及機動打擊群在列維奇要塞基地使用的手法完全相同。

簡直就像還以顏色似的，它將「送葬者」逼到空中，然後在轉眼間追上。

無論是砲擊還是斬擊，「送葬者」想迎擊從後面追來的高機動型，都得掉頭與對方面對面才行。然而追來的高機動型不用多這一個步驟，其中差距會帶來出招時間的落差。

鎖鏈刀的影子，落在「送葬者」的機師座艙上。

對方的動作比較快。自己現在就算揮刀，連兩敗俱傷的成果都達不到；辛直到此時依然冷靜透徹的頭腦一隅做下這個判斷。他知道這樣下去駕駛艙會被斬裂，失去控制的機體將會直接墜入視野下方的熔岩湖。

可能是因為極度專注的關係，時間看起來像是被奇妙地拉長；振動的刀刃即將迫近眼前。面對高速撲來的自身之死，辛的意識絲毫無動於衷。

忽然間他想，或許這也是一種舊傷。

無論戰友有誰或有多少人陣亡，他都能以正在戰鬥為由，將悲傷與憤怒延後處理。

他告訴自己要悲傷等戰鬥結束後再說，割捨該有的感情，以維持不可或缺的冷靜透徹。無論是讓思考變得狹隘的憤怒還是讓人裹足不前的恐懼，因為在戰鬥中都是不必要的，所以將它們封印起來。

意識甚至連生物理所當然該有的生存本能都能迫其休眠，用冷漠無情的目光觀察他人與自己的性命，比起人類，毋寧說落入了更接近戰鬥機器的層級。

這是培養起來的技術，也是銘刻於心的傷痛。

他總算能將這當成傷痛了。

目前，這還是必要的傷痛。

但假如有一天，他能抵達一個可以捨棄傷痛的地方……

為了抵達那個地方，現在——就連這份傷痛他也要利用。

切換武裝選擇。

腳部破甲釘槍，四具。強制排除貫釘——同時引爆。

擊出（Trigger）。

在沒有任何物體可供貫穿的空中，於腳下只有空氣的位置，四具破甲釘槍炸飛它們的貫釘，接著發出炸裂聲啟動了。

雖說只限最薄弱的砲塔上方，但畢竟是能捅破重戰車型裝甲的五七毫米破甲釘槍，而且是四具同時引爆。

用以替鎢合金樁子加速到足以貫通堅固裝甲的大量裝藥，憑藉著與製造出超高速度的力量同等的激烈後座力讓「破壞神」向上彈起。支撐機體的四隻腳，全獲得了往上的推進力。

結果，簡直就像拿空氣當立足處似的。

「送葬者」於跳躍的途中，踢踹空氣做了第二段跳躍。

高機動型的鎖鏈刀空虛地砍斷了「送葬者」腳下什麼也沒有的空間。早已不具射擊裝備的高機動型無法做出同一種機動動作。只有光學感應器的幽藍視線，依然帶著無生命的憎惡與殺意仰望著「送葬者」。

辛正眼回望那個視線……

高舉高周波刀往下劈砍。

這對高機動型而言，是無從閃避的空中斬擊。

砍個正著。至今面對「送葬者」——所有「破壞神」的攻擊總是持續躲過致命傷的高機動型，終於被這一擊撕裂開來。

漆黑裝甲與框架遭到斬裂，露出內部構造。辛再補上一擊，利用反作用力將另一把刀劈向對手。

高機動型反射性地保護己身，將一把鎖鏈刀岔進刀刃的軌跡。高速振動的刀刃互相干涉，兩把都被彈開折斷，飛了出去。

產生的反作用力，讓兩架機體也都被震飛。

由上往下劈砍的「送葬者」飛往上方。

承受攻擊的高機動型，則像是被這份力量與刀刃干涉的反作用力拍打般往下摔。

不具有飛行能力的「破壞神」旋即受到對萬物一律平等的隱形重力之手所囚。它描繪出拋物線，在頂點靜止後迅即往下掉，一路加快速度墜落。

交錯的位置不好，這樣下去會掉進岩漿。辛射出剩下的鈎爪，讓它卡進斷頭台的中心附近位置。不顧在高溫環境下已經受到加熱的馬達陷入過熱狀態，辛以最大速度捲線變更墜落方向。他分離終於開始噴火的鋼索鈎爪，降落在斷頭台上。

「……！」

畢竟是從比設計時預設的高度更高的位置著地，儘管不同於共和國的鋁製棺材，「女武神」的緩衝系統在設計上安檢標準較高，即使在這種狀況下仍保護了處理終端，但就像為此付出代價，驅動系統回以警告。線性驅動器斷裂，框架與關節零件損壞。幾件裝甲脫落，硬梆梆地掉在火燙的岩盤上彈跳起來。

至於高機動型，並未配備鈎爪。

也沒有墜入岩漿之前，能用來讓自己逃到安全地帶的多餘時間——亦即開始墜落的高度不如

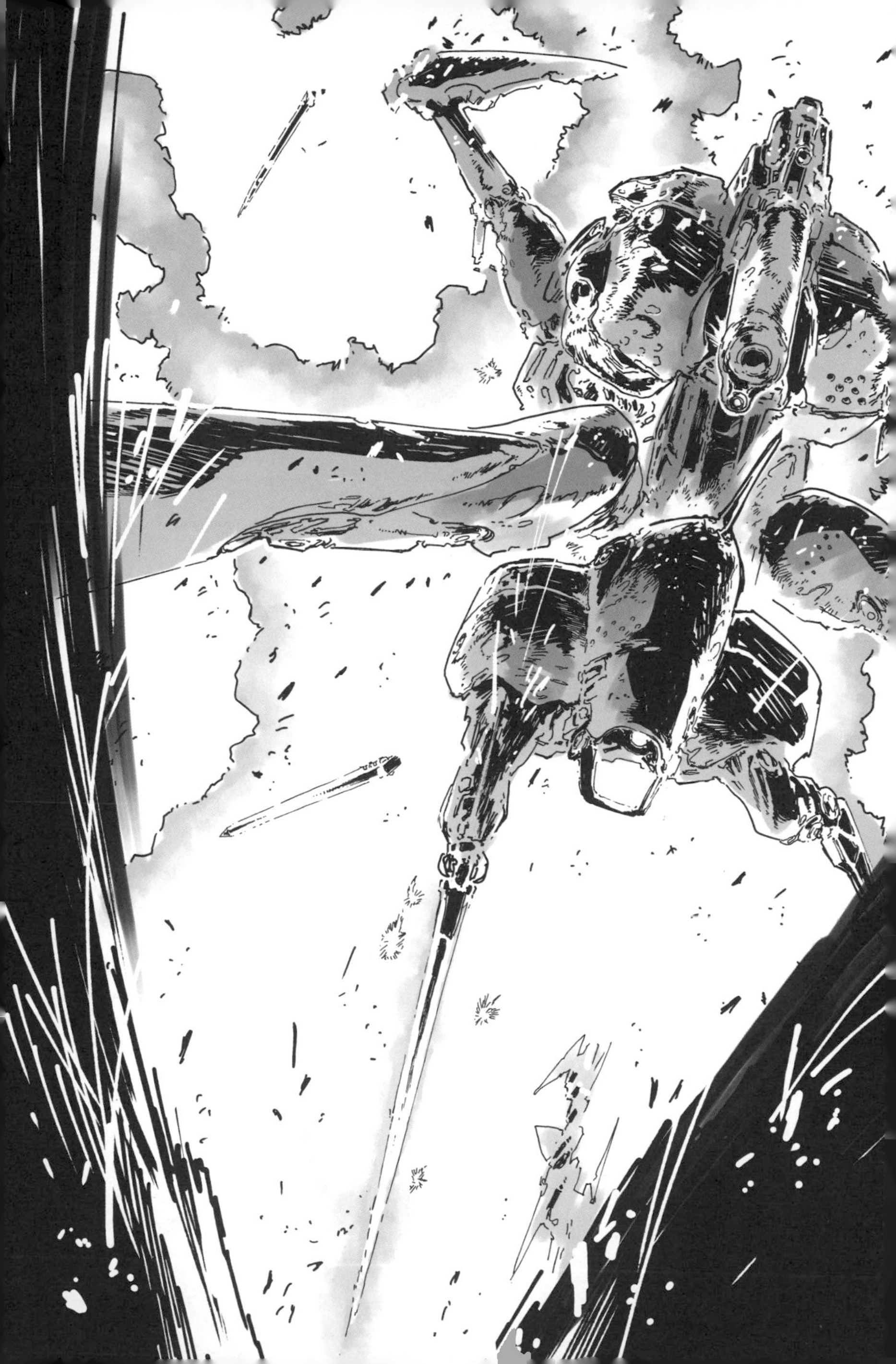

「送葬者」來得高。

即使如此，它仍然揮動剩下的鎖鏈刀，設法控制住姿勢。它勉強降落在附近一塊岩壁的邊緣，然而立足處被尖刺弄破而無法承受所有衝擊力，脆弱地崩垮。黑色軀體再次搖晃，被拋向腳下的地獄深淵。

『…………！』

它就像人類伸出手那樣伸長鎖鏈刀，插進斷崖。高速振動的刀刃未受到抵抗就切開了岩壁，順勢往下滑了幾公尺，等停止運轉後才總算靜止於半空中。

由於岩壁和緩地往內彎，它被鎖鏈刀吊在半空中。手腳都搆不到斷崖，就像掛在蜘蛛絲上的蟲子一樣可悲。縱然是擅長三維戰鬥的高機動型，這下也絕無辦法爬上斷崖。

大概並未設計得能持續支撐幾噸的自身重量，刀刃根部發出不祥的嘰唏擠壓聲。零件被拉長而發出的嘰嗤嘰嗤慘叫，高亢地混雜於岩漿的低吼中。

除了放棄機體之外，已經沒有辦法脫離這個困境。

或許是做了這個判斷吧。只見它故技重施，流體奈米機械的銀光從裝甲縫隙中絲絲滲出……

「——受死吧。」

將那把鎖鏈刀納入準星，辛毫不留情地扣下了八八毫米砲的扳機。

在破損狀態下硬是強行急速掉頭，而且雖然用制退復進機吸收了後座力，然而後腳左側全面承受到八八毫米砲強烈的射擊後座力，原本已經龜裂的關節部位終於應聲折斷，飛了出去。

然而，以失去行走能力作為代價……

從極近距離砲轟的高速穿甲彈粉碎了花崗岩的岩盤，以及卡在裡面的鎖鏈刀前端。

『————————————!』

伴隨著近乎悲鳴的尖叫，高機動型往下墜落。

落向視野下方，熔化沸騰得赫赫炎炎的岩漿之海。

即使如此，戰鬥機器的本能依然做出臨死掙扎。大概是想趁完全墜落前飛走吧，流體奈米機械繼續滲出機身，在朱紅湖泊的上方勉強塑造出蝴蝶形體，沉重地起飛。

然而拍動的翅膀，卻在起飛之後即刻起火燃燒。

接連不斷。

一滲出變成蝴蝶形體，拍動單薄翅膀的瞬間，蝶翼就開始燃燒。明明還沒碰到岩漿，卻自己冒出朱紅透明的火焰燒了起來。如同火星，如同被吹散的虞美人豔紅花瓣，一邊引燃火焰一邊瘋狂地激烈亂舞。它們短暫地散播出赤紅火花，最後焚燒殆盡化作灰燼下墜。

是輻射熱。

別說「破壞神」，就連戰車型或重戰車型都無法在這高溫環境下久居。更何況這些溫度容易上升的薄紙般蝶翼，離高溫空氣盤繞不去的岩漿那麼近。

不逃走就會一起墜入岩漿，但一逃走蝴蝶翅膀又會起火燃燒。

不曉得高機動型究竟有沒有發覺，它太過執著於獨力擊殺辛，竟然自己選擇了這種戰場。

拖著沒能逃走的流體奈米機械，高機動型的框架墜入岩漿。低黏性的暗紅液體吞沒漆黑裝甲，紛紛飄落的蝴蝶灰燼跟著步上後塵。

響徹四下的機械尖叫——消失了。

這就是長達數個月，僅憑一架機體將機動打擊群逼入絕境的高機動型——最後的結局。

對辛而言，「軍團」無論是吸收了戰死者靈魂的「牧羊人」或「黑羊」，還是不同於它們的機械製「白羊」，都是持續悲嘆著想安息卻無法如願的可憐亡靈。

話雖如此，辛從第一次在任務中遭遇高機動型以來就一直受到它的煩擾也是事實，或許是因為如此吧，即使如今已經擊毀對手，他幾乎沒什麼感嘆。

也沒有與「軍團」戰鬥時本來就從未感受過的勝利亢奮，或是為逐漸消失的亡靈送行時的一抹寂寥。

「…………」

辛僅僅只為了讓過度集中的意識稍稍得到放鬆而呼一口氣，拖著折斷的機腳讓「送葬者」掉頭。

好熱。明明戰鬥行動結束後，已經將功率降低到巡航模式了，機體溫度卻不見下降，反倒還一點一點地即將上升到危險層級。是洞窟內的氣溫太高了。由於此處地形貼近熱源，上方有厚實岩盤隔熱，開口又極端地少，造成熱空氣無法釋放出去。

沒辦法再待太久了。再不離開這裡，無論是機體還是辛自己的身體都會受到這高溫的傷害，遲早會無法動彈。屆時命喪黃泉就是時間的問題了。

所以，要在那之前……

「送葬者」跛著腳的遲緩動作讓辛滿心焦急。即使如此，他仍然設法讓雖是匹悍馬卻忠實可靠的機甲成功一百八十度掉頭……

然後，他才終於看到了那個光景。

在戰鬥中他沒有去留意。直到現在這個瞬間之前，由於那裡位於他的背後，他一直沒看到視線前方的那個狀況。

可能受到兩架機甲激烈交戰的餘威波及吧，事到如今，已無從得知是哪一邊的攻擊導致這個狀況。現在高機動型已經斃命，就連是蓄意還是無心都永遠成謎。

從斷頭台到這個洞窟原本的入口……辛在遭到追趕時經過的，與這個洞窟唯一的出入口相連的……

細長的岩石通道——從中間崩塌了。

「……咦？」

不知道茫然自失了多久。

無意識之中脫口而出的，不知算是疑問還是否認的聲音讓辛回過神來。

脫口而出的是疑問還是否認，其實根本沒太大差別。無論他對狀況表示疑問，還是否認這種可能性，眼前的光景都不會改變。

狀況作為無可爭辯的事實，依然如故地擺在眼前。

長達十餘公尺的唯一通道已經崩毀。這件事將一個結局擺在眼前。

這下……

回不去了——……

雖說是回程通道崩毀而陷入孤立的立足處，但畢竟是剛剛才讓兩架機甲兵器展開死鬥的場所，寬度足以提供助跑距離。若是同時使用鋼索鉤爪更是肯定能夠脫身。要跳越崩毀的部分並不是很難。

本來應該是這樣的。

假如「送葬者」處於最佳狀態的話。

機體腳部受損，鋼索鉤爪一個不剩。憑著必須跛著腳才能勉強步行的「送葬者」，無法跳越這短短十餘公尺的距離。當然靠血肉之軀更不可能，也沒有化不可能為可能的器材。

辛已經無法靠一己之力，逃離這個地下洞窟了。

也沒有求援的手段。

同步裝置壞了，連不上知覺同步。

由於電波被厚重岩盤遮蔽，資訊鏈也好雷達也好，就連無線電都不通。

要是芙蕾德利嘉留在管制崗位的話，或許還有可能察覺到他的困境，但她已經因受傷而離開戰鬥隊列了。

萊登等人應該正在搜尋辛的下落，然而他們既然不知道辛人在何處，在廣大的地下要塞中抵達這個地點的可能性不高。能繼續封鎖這個戰域的時間也所剩不多。

而在這種環境下不用等時間耗盡……辛的身體恐怕會先撐不住。

「…………」

當他有所自覺，知道無計可施的瞬間，全身頓時變得癱軟無力。

啊啊。

就在這裡。

我就要在這種地方死去了嗎？

不為人知地，無法回到歸宿？

無所作為地。

面對這個事實，不可思議地，內心卻很平靜。

即使明白不能如此，但是習慣了就是習慣了。或許是因為如此吧。

或許是起因自在第八十六區活過的九年之間，定睛注視著從軍到最後注定面臨的死亡結局，在他們心中建立起的生死觀。

死亡，經常是近在眼前的。

自己也許明天，就已經不在人世了。

所以……

即使今天得死，也必須接受。

沒有必要恐懼，也沒有理由排斥。

只要已經戰鬥到最後一刻的話。

「……已經夠了吧。」

辛脫口說出再也無人聽見的話語——記錄處理終端發言的任務記錄器，不知何時已經停擺了——打開座艙罩下到機外。系統早已受熱過度而陷入沉默，冷卻系統也一併宣告不治，既然如此，駕駛艙內的溫度很快也會達到危險層級。雖然他知道離開駕駛艙只會加快死期，但他不是很樂意在密閉駕駛艙中悶死。

堪稱熱風的機外滾燙空氣裹覆全身。未經過輔助電腦修正的岩漿朱紅強光燒灼了視網膜。

或許是無可奈何的事吧。

辛為無數人送過行，長久以來埋葬了眾多戰友。現在只不過是自己加入戰死者隊列的時刻到了。

八六是注定死亡的存在。

死得簡單、容易、理所當然。

只不過是輪到自己罷了。

只是……

「早知道……就不說了。」

他小聲低語了一句。

光只是這樣，熱風就烤得喉嚨又辣又痛。

不該說那些話的。

果然不該對未來抱持什麼期望。

有期望就有失落，一向如此。

他說過希望蕾娜不要留下他一個人，答應過她一定會回去。結果偏偏就在之後沒多久，變成這種結局；既然如此……

不知道蕾娜會不會悲傷……八成會吧。她就是那樣的人。所以兩年前，辛才會希望蕾娜能夠記得他們。

都怪自己做那種反常的事——結果害她必須背負起不必要的傷痛。

辛背抵著若不是穿著斷熱性強的機甲戰鬥服，已經連靠都不能靠的「送葬者」裝甲，仰首向天。儘管他早已失去能夠祈禱的神。

舉槍自殺應該會比被熱死痛快一點，但他不想這麼做。因為他覺得那樣有點像是背叛。像是背叛他跟至今並肩戰鬥過的所有戰友說好，要戰鬥到最後一刻，帶著先一步死去的所有人，前往他最後抵達之地的約定。

像是背叛他跟蕾娜說好，一定會回去的約定……雖然最後他還是沒能遵守。

「……蕾娜。」

至少……

或許應該慶幸不用讓她知道……自己是怎麼死的——……

「抱歉了。」

這時，一個白影站到了他面前。

悲嘆之聲靜靜降臨。那是「軍團」發出的臨死之言。是被人將腦部構造的複製品封入殺戮機器之中，不停重複死前最後思維的亡靈悲嘆。

女性的聲音。

冷漠地拒人於千里之外的，宛如月光的無情嗓音。

辛彷彿受到吸引般抬起視線，看到一架老舊的斥候型，不知從何時起寂然無聲地佇立於前方。

它有著月光般的白群色裝甲，以及女神憑倚明月的識別標誌。

「無情女王」。

「——！」

當下支配意識的無可懷疑，是強烈到一時之間漂白思緒的恐懼感。

對死亡的恐懼。

專精收集情報的斥候型，以「軍團」而言屬於戰鬥能力較低的一類。但那是從「女武神」或「破壞之杖」等機甲的角度來看。

脆弱的活人肉體與它對峙，不可能取勝。

對人類而言，出現在面前的無論是斥候型或是重戰車型都沒有差別。同樣都會被機械性、單方面地遭到殘殺。雖然「無情女王」跟在列維奇要塞基地見到時一樣，呈現未配備泛用機槍或一四毫米機槍的非武裝狀態，但也不能代表什麼。憑斥候型的重量與功率，區區人類只要一抬腳就能踩爛或撕裂。

它就是一架能像打死蟲子一樣隨手殺死辛，而且為了殺人而存在的殺戮機器。

比做好覺悟的時刻更早來臨的——不曾有所覺悟的死亡形式。

沒錯。

只有死亡無論對誰來說，都是公平、蠻橫——而且唐突。

辛以為自己會在這裡被滾燙空氣灼燒而死。他自認為能夠從容接受這種死法。

就連這份覺悟與懷抱小小感傷的些許時間，都面不改色地奪走。對於已接受的死亡，拿出一個比那更淒慘的形式，逼他承認自己無法接受。

辛應該早就知道，世界是如此殘酷。而現在，連這最後的時刻——都還要逼他面對。

斥候型步步逼近。

辛用一種並非基於思考而是本能的動作，反射性地站了起來。雙腳無意識地試著逃跑而後退一步。那是基於生存本能的警戒與逃跑的動作。

突然間，辛強烈地覺得不想死。湧上心頭的這份感情，強烈到比整個本能更令他頭暈目眩。

我不想死。

我不想死。

因為如果我死了，我會忍不住呼喚她。在臨死之際呼喚她，呼喚她的名字。

而假如萬一自己被「軍團」竊取之後，只要不毀壞就會永遠呼喚下去。

聽見「軍團」的——機械亡靈們的悲嘆，是辛的獨門異能。至今未曾發現到擁有相同異能的人。

而且不同於知覺同步，目前尚未能夠以機械重現。一旦失去辛，人類就接收不到「軍團」的悲嘆。

即使如此，萬一呼喚的聲音，傳進了她的耳裡……

所以，他不想死。

不想害她哭泣。

對，他不想害她哭泣，不想害她悲傷。不想因為實在無法實現就放棄。

他答應過她了。

答應她一定會回去，會跟她聊聊。自己甚至還沒為傷害到她的事道歉，怎麼能死在這種地方？

他不想死。

不想讓她為更多事悲傷。不對，辛希望她能……

——希望她能永遠歡笑。

這份思緒忽然間，明明處於這種狀況下，卻豁然開朗地填滿了自從上次戰鬥到現在一直無法填補的空洞。

不能繼續這樣下去，自己必須有所改變。但是該改變什麼，又該如何改變？該以什麼為目標？一味追問、焦急而沒能解惑的問題，終於寫下了答案。

辛不知道自己想成為什麼樣的人，而且到現在，他都還無法想像該以何種未來或幸福為目標。

但是至少……

他希望能活得讓蕾娜願意對他展露笑顏。

如果可以，希望能跟她一同歡笑。

「無情女王」靠近過來。輕而易舉、無聲無息地。

辛反射性地提高了警戒。他視線緊盯對方，伸手拿起裝在駕駛艙內的突擊步槍，用訓練有素的流暢動作拉起槍栓，裝填第一發子彈，一邊對打開折疊式槍托的少許動作感到不耐煩，一邊將它抵肩舉好。

九毫米手槍子彈對斥候型的裝甲絲毫無效。即使是七．六二毫米的全尺寸步槍子彈，也會被正面裝甲彈開。即使如此，並不是完全沒有戰鬥的方法。雖然辛從未在這麼近的距離，於沒有掩體的狀況下獨力剝奪斥候型的戰力，但是不設法打倒它就無法存活。無法存活就回不去。

他必須回去。

雖然就算能剝奪「無情女王」的戰力，辛一樣沒有辦法逃出這座地下洞窟，但此一念頭早已飛到了九霄雲外。無論如何都得除掉眼前想傷害自己的「敵人」——這個近似於憤怒的原始感情支配了全副思維。

我不會放棄。誰要放棄了。

她可是跟我說過，叫我一定要回來——……

「無情女王」靠近過來。進入攻擊距離後，又進一步往辛走來。就像玩弄獵物，又像毫無攻擊的意願。

忽然間，辛發覺到了。這聲音……

傳入耳裡的女聲悲嘆——不帶有攻擊的一瞬間特有的高亢，以及蘊藏的殺意。

……真要說起來，這架斥候型……

是如何來到這個岩石地的？

它並不是跳越通道的崩落處過來的。因為「無情女王」是在辛看著那邊時，從背後現身的。

這也就是說……

靜悄悄地，腳邊出現一道影子。

那不是辛自己的，也不是「無情女王」的影子。是個四四方方、巨大而外型拙樸的——……

「……！」

幾乎就在辛發覺到狀況，猛一抬頭的同時……

「——嗶！」

明明就是個不具戰鬥用途的非武裝撿垃圾機器人，哪裡來這麼大的膽子？

在地下洞窟最深處的城牆般岩壁，菲多一路奔馳，從岩石表面未經修整的歪斜角落沒減速就起跳，以時速將近一百公里的速度猛地飛來，順勢撲到了「無情女王」的身上。

即使是斥候型，遇上重量相當的對手，而且還是以附加墜落與奔馳速率的速度狠狠撞上來，實在也吃不消。它被撞飛得腳尖離地，難看地橫著摔倒在地。

眼見「無情女王」發出轟然地鳴倒下，菲多用上全身重量壓住它。遭到十幾噸的重量毫不留情地踩扁，白群裝甲裂開，應聲彈飛了出去。

由於與菲多的距離太近，它無法用肩上的機槍反擊。真要說起來，「無情女王」根本連這個最低限度的武裝都沒有。即使如此，可能是拜戰鬥機器的本能所賜，白色斥候型扭動著腳部，想踹開壓住自己的菲多——

『——菲多，讓開！』

『辛，你別動喔！』

菲多——比起「破壞神」動作拖拖拉拉很多——向後跳開之後，震耳欲聾的砲聲隨之而來。從砲聲與命中幾乎同時發生的極近距離內，四十毫米機砲砲彈與八八毫米成形裝藥彈自斜上方精確瞄準「無情女王」的腳部刺上去。引信似乎設定為非活性，雖然命中但並未爆炸，只是用龐大動能重擊對手，把六隻腳折斷打飛。

雖說是腳部，但也有一定的重量，不會飛到待在附近的辛有危險的距離。飛散的小碎片或零件，有菲多用龐大身軀擋在前面打不到他。

發出鏗啷的尖銳腳步聲，「破壞神」現身了。識別標誌為嗤笑的狐狸，是賽歐的座機「笑面狐」。接著萊登的「狼人」也來了。

『辛，你沒事吧！』

『你還活著吧，這個白痴！』

如同菲多的突然出現，兩架機體也是來自這座地下洞窟最深處的牆面，有如城牆的岩壁上，一處像是岩棚的地方。高度或距離都只離斷頭台幾公尺遠，雖然人類無法跳過這種距離，但處於最佳狀態的「女武神」哼著歌都能辦到。

辛正要回答，但喉嚨被熱氣灼傷而有點疼痛。他輕咳一聲清清嗓子後，才用手觸碰還配戴著的無線耳麥回應：

「——耳朵很痛。」

畢竟「破壞神」的主砲是戰車砲。賦予沉重砲彈秒速一千兩百公尺初速的大量裝藥，自然也會發出強烈的巨大爆炸聲。更何況這裡雖然寬敞，但終究是聲音會反彈的密閉空間，然後在極近距離內由一架以上的機體同時開砲。

儘管辛在聽到警告時立刻摀起了耳朵，但過度巨大的轟炸聲仍然讓耳朵深處痛得發麻。

不過反過來說，就表示除此之外沒什麼疼痛的原因。

賽歐似乎聽懂了，好像在笑。辛感覺到他大大鬆了口氣。

『既然能開玩笑就表示不要緊吧，太好了。』

然後，他忽然聲音有點哽咽。

『——太好了。真的，很高興你沒事。』

「…………」

辛本來想說「抱歉」，話到嘴邊又吞了回去。

早在將近兩年前賽歐就對他說過，不要再做出害他們擔心的……捨棄自己性命的行為。

辛沒有好好遵守約定，他有這份自覺。雖然他是覺得抱歉……但是沒有遵守約定卻只會口頭道歉，恐怕不夠誠懇。

取而代之地，他問：

「你們是從哪邊來的？」

從狀況來看，只知道似乎是追著「無情女王」來的。

『喔，你那邊可能被擋住了看不到，這面岩壁差不多在我背後的位置有條通道……我是不知道它們幹嘛要在這種地方挖通道啦。』

「喔……」

原來是這樣啊。

辛話說到一半開始咳嗽。開口說話讓他稍微吸了一點周圍的熱氣。

萊登似乎關心地皺起眉頭。

『會把喉嚨燒壞的，不要勉強說話啦——「送葬者」不能動了對吧？我們現在就過去。』

「抱歉。」

『叫你別說話了。菲多，麻煩你回收「送葬者」。至於那邊那架斥候型……』

「嗶！」

菲多發出電子音效打斷了萊登。

由於萊登當然不可能聽懂，於是辛用疼痛的喉嚨幫忙解釋意思。

「它說其他『清道夫』就快過來了。」

『你為什麼光聽那樣就懂了啊……它是說在離這裡不遠的岔路分頭前進的那幾架吧，收到。那就交給它們──』

『死神閣下────！』

正在說話的時候，好幾架「清道夫」與「阿爾科諾斯特」從通道另一頭的矩形出入口跳進洞窟來，不知為何還伴隨著「海鷗」機體內蕾爾赫的大叫。

『閣下貴體是否無恙？……哦哦，這不是狼人閣下與狐狸閣下嗎！』

『……呃，怎麼連妳都來了啊，蕾爾赫？』

『是前往此處的「西琳」聯絡下官的。這邊的通道與自動工廠型的廢物堆積場相通，下官就是從那裡與各位會合的……啊，現在不是說這個的時候呢。「清道夫」閣下，請快搭橋。』

幾架「清道夫」走上前來，它們是改造成架橋用途的個體。這些特殊多腳機能夠將加裝於腳部的鉤爪打進地面固定住自己，伸展架置於背部的折疊式架橋器材，在河川或峽谷上架設臨時橋梁。

由於「清道夫」本身重量較輕，橋梁最長也只能伸展十五公尺左右，無法讓「破壞之杖」之類的重量級機甲通行，但夠讓「破壞神」或「清道夫」過橋了。

架橋型即刻滑動伸展背上的橋梁，開始搭起組裝好的十五公尺出頭的鋁製建築物；菲多移動到「送葬者」身邊。「狼人」用輕鬆自在的動作，跳到了這邊的岩石地來。

眾人呈現一片莫名和平、一如平時戰鬥結束後的光景。

得救了……

總算產生這種實際感受的瞬間，辛不禁渾身虛脫，當場癱坐在地。

他到這時才發現自己口渴得很，體內凝滯著異樣的熱度。

『喂！』

「狼人」的光學感應器嚇了一跳看向他。

萊登似乎想說什麼，但又吞了回去——大概是想問「你還好嗎」之類的吧，但是既然沒開口，大概表示用看的就知道辛狀況不妙——他視線顯得有些慌張，轉頭看向「笑面狐」。

『賽歐，你帶辛先回去。菲多它們的回收工作有我看著，你們先走沒關係。』

『明白，我帶一半戰力走嘍——第一、第三、第五小隊，我要加快速度，你們努力跟上——辛，站得起來嗎？啊，抱歉，不行就算了沒關係。你等我一下——……』

鏗啷一聲，「笑面狐」跳越地獄深淵降落在辛身旁。

「——收到。後退到預定位置後給我報告。」

收到已經擄獲「無情女王」並救回辛的報告後，維克點點頭。辛似乎受了傷，由萊登向他報告，不過從口吻聽起來似乎暫時沒有生命危險。

一會兒後，他再度接到報告。

先鋒戰隊已後退到規定界線……機動打擊群攻堅班，所有部隊已確認撤退完畢。

再來就剩……

知覺同步連上，阿涅塔說話了。

她坐在一架混雜於戰隊裡的「破壞神」上。由於必須讓非戰鬥人員共坐駕駛艙，這架「破壞神」一次也不曾加入戰鬥，總是讓僚機保護著。

『這下總算是抓到「無情女王」了，不過……你猜會找到什麼？這個不惜傳話要辛來找它，把他叫來的寶箱裡裝了什麼？』

「大致上來說，最糟的情況就是這只是用來引出我或諾贊的計策。最好的情況則是一個驚喜——停戰的方法……就現實性來說，頂多提供點情報吧，先不論是不是出於她的個人意志。」

假如「無情女王」吸收了「軍團」開發主任瑟琳．比爾肯鮑姆少校的腦部構造，裡面就有情報可供取用。若能套出除了她以外再無人能重現的「軍團」控制系統方面的新情報，光是這樣就獲益良多了。

『她？……對喔，記得你們認識嘛。』

「只是講過幾次話罷了……然後呢？」

維克開啟專為自己增設的操作面板，一邊設定幾項條件一邊回應。

設定結束後，他說了：

「妳那邊的賣命實驗也做完了嗎，潘洛斯？」

伴隨著像是苦笑的氣息，對方回答了：

『你明知故問啊，王子殿下？——情報不是從聯合王國走漏的，也不是知覺同步。』

阿涅塔沒向聯邦軍報告與攻略部隊同行的事。

只有機動打擊群與聯合王國軍知道阿涅塔人在這裡。

想必是識別記號已經被記錄下來了，維克與辛遭到了攻擊。

然而非戰鬥人員又沒有識別記號的阿涅塔，在完全不加入戰鬥的奇怪「破壞神」裡，明明持續以知覺同步與旁人通訊聯絡，卻未遭到攻擊。

「軍團」沒認出阿涅塔——或者是不知道她人在現場。

洩漏情報的不是聯合王國軍，也不是機動打擊群。

知覺同步以目前來說，似乎也並未受到竊聽。

維克淡定地接下去說道。

「這點程度」對他來說，還不算是背叛。

「那麼，是聯邦做的？」

阿涅塔似乎收起了笑意。

她散發的氛圍變得凶惡尖銳，帶有厭惡、侮蔑等反應混合而成的，難以形容的強烈感情。

『……不是還有另一個國家，對我的事情知之甚詳嗎？』

解除幾項安全裝置後，自爆裝置的按鈕按下了。經由電波發布的命令透過中繼器，傳送到了向天露出獠牙的山嶽每個角落。

傳送給潛伏於該地，揹著炸藥的「阿爾科諾斯特」。

為防發生維克與阿涅塔受傷或電波遭到遮斷的意外狀況，駕駛員「西琳」們待在座艙內待機，以備使用物理手段啟動引信。為了不讓「軍團」奪走腦部構造資料，她們的初始命令當中，都包含了盡可能自毀而不留下殘骸這一條。

所以她們沒有移動。

她們面帶微笑，想像著自己下次站上的戰場。

接收到信號，引信啟動。

高性能炸藥爆炸了。

受到厚實岩盤阻擋，自爆的爆炸聲沒有響起，只有震撼臟腑的「隆隆……」振動傳播至遠方。

醫護兵苦笑著說「沒想到會在雪山幫人治療中暑」要求辛安靜躺著，他躺在重裝運輸車的車廂裡一段時間，這時坐了起來。

雖說要擊潰據點，但威力還不至於大到炸飛整座山嶽。為防萬一引起火山爆發，他們將集合地點選在這個有一段距離的地方；從這裡眺望過去，龍牙大山依舊以朝天露出獠牙的威儀為傲。

即使如此，目前地底已經沒有任何能用異能捕捉的悲嘆之聲。包括「軍團」，以及為了執行爆破任務而留下的「西琳」們的聲音。

阿涅塔、維克與負責封鎖龍牙大山周邊區域的班諾德等人似乎都已經歸隊。只要擄獲的「無情女王」收納完畢——為了不讓它在運輸過程中忽然啟動，並且不讓敵軍接收到它的位置情報，他們將它嚴密地拘束於專用的屏蔽貨櫃裡——再來就只剩撤退了。

叩叩，有人像敲宮廷房門那樣敲了敲運輸車的門，隔了一拍之後車門開了。

「您這次又被打得好慘呢，死神閣下。」

「……蕾爾赫。」

蕾爾赫探頭進來看看，她穿著「西琳」專用的胭脂色戰鬥服。由於設計造型與平時的軍服無異，左腰還佩帶著上個時代的軍刀，因此給人的印象沒什麼改變。整齊綁起的金髮與翠綠玻璃般雙眸也是。

她這副模樣與傳入耳裡的悲嘆，如今已不讓辛覺得可厭。

「什麼事？」

「沒有，只是稍事探望。聽聞閣下已經做完治療，現在正在休息，所以過來看看。」

蕾爾赫的聲調與表情都像是來閒聊似的平靜，但辛看出她應該是對列維奇要塞基地的那場對話有些介意。大概是絲毫無意收回那時候說的話，但又怕是那些話拖累了辛吧。

「幸好閣下沒受傷，真是萬幸……不過竟然只因為溫度太高就無法動彈，人類的身體果然很脆弱呢。」

「…………」

雖說是與高機動型交戰過後，但那溫度就連「破壞神」都動不了了，辛不認為像「西琳」這樣只能搭載人體大小容器所能容納的最低限度冷卻系統，在那種環境下能夠活動。

辛不禁半睜著眼看著對方，蕾爾赫低頭看著他笑了。不同於以前的某次笑容，是純粹無憂無慮的表情。

「如何呢，脆弱的人類？費盡千辛萬苦死裡逃生，產生了必須回來的自覺，是否讓閣下開始害怕死亡了？……是否有意將戰爭交給我等『西琳』了？」

與話語的內容正好相反，聲調聽起來就像是在繼續閒聊。

那種聲調與語氣，像是已經猜出一半辛的答案而做個確認。

「——妳說得對。」

所以，辛也淡定地回答了。

「的確，人類……我不是只為戰鬥而生的存在。我無法變成那樣，而且還是無法捨棄人類的身體。或許就如同妳所說的，我是個半吊子。」

「那麼……」

「但是——」

辛打斷正要開口的蕾爾赫，說了：

「那又怎樣？妳們的尊嚴與我無關。我已經決定戰鬥到底就是我的驕傲，這我不能捨棄。我不想活得丟臉難看。無論我適不適合或是能不能為此而活，我都無法逃離這個戰場，而且……」

之所以一瞬間欲言又止，或許是因為這對他來說是一句生澀的話語。

至今他一直以為，自己不能抱持期望……不想抱持期望。

——有一天，能跟某人……

——過著幸福的生活。

「我也想跟某人共度人生。我無法從中擇一……因為……」

不同於早已亡故的蕾爾赫或「西琳」們，也不同於遭到「軍團」竊取的亡靈或先一步死去的同伴們。

「我還活著。」

對於這句回答，蕾爾赫笑出了聲音來。

「什麼都不放棄，竟然還想得到更多……這正是生者該有的，貪心到讓人看了大呼痛快的強烈欲望呢。很好。」

蕾爾赫收起笑聲，繼續帶著笑容說道。

她那透明如玻璃的翠綠眼眸閃閃發亮，與人類的眼睛有著些許差異。

「即使如此，我依然要秉持著我們的尊嚴對閣下宣言：人類啊，有朝一日戰場將不再需要你們。」

由於為戰鬥而生的死者之鳥，笑著說出這種話……

於是辛簡短地哼笑了一聲作為回應，同時知道永遠沒有那樣的一天。他不會讓那樣的一天到來。

「妳試試看吧，利劍。」

†

即使接收到壓制完畢的報告，畢竟龍牙大山遠在九十公里外的他方。

雖說位於山頂附近，但從蕾娜的所在地連它的影子都看不到。

就連裊裊升天的黑煙也是。

雖說是擊潰據點用的炸藥，但威力不會大到能讓整座山倒塌，想必也無法讓它轟鳴振動到能以肉眼看見。所以從這麼遠的距離之外，就算能看見那座山，想必也看不出個所以然來。

因此備用陣地帶的各個部隊只是持續等待。等待入侵至敵境內部深處的他們王室一名成員、其率領的死者鳥群，以及並肩作戰至今的戰友們回來。

不久……

忽然間，覆蓋天空的銀雲變薄了。

阻電擾亂型以「軍團」而論是最小、最輕的機種。內部能保持的能源量也不怎麼多。覆蓋天空的銀色蝶群每當能源殘量減少就飛往南方，但是沒有蝴蝶再次歸返，銀雲的密度因此逐漸減少。如同聯合王國參謀院的預測，一旦失去龍牙大山據點，縱使是「軍團」也無法布下多到足以堵塞天空的阻電擾亂型。

天空恢復了蔚藍。

然後就這樣過了一晚，在恐怕久違了幾個月的遼闊、澄澈的碧藍天空下，龍牙大山據點攻略部隊歸隊了。

藍彩濃重的夏日天空，搭配起積雪山野顯得極其突兀。雖說是北方大地，但初夏陽光仍有一定的強度，突然遭受到豔陽的曝曬，積雪急速開始融解，速度快到讓人擔心融雪水流入的河川與流域今後可能得面臨一些挑戰。

踩踏著這些又黏又重的殘雪，攻略部隊回來了。重裝運輸車一輛輛停下，穿著鐵灰色戰鬥服的處理終端們從車廂上下來。

第二機甲群的總隊長，與暫時替辛代行指揮的萊登走到蕾娜跟前，敬禮之後說：

「米利傑上校，第八六機動打擊群歸隊。」

「辛苦了，席恩中尉、修迦中尉——各位也是。接下來請好好休息。」

長官與部下之間的禮儀，總之就這樣結束了。包括萊登在內，所有處理終端都頓時放鬆心情，有幾成人員馬上開始各自聊天，或是砲火支援組的處理終端跑上前來，熱鬧氣氛轉眼間籠罩了備用陣地。萊登一面輕輕揮手一面從蕾娜身邊走過，席恩中尉、幾名處理終端與重裝運輸車尾隨其後。有些人對蕾娜說「我們回來了」或是「上校也辛苦了～」，也有些人只以眼神示意就逕自走過，或是沒注意到蕾娜，一邊跟朋友聊天一邊走開。

在他們當中，一個同樣穿著鐵灰色戰鬥服、繫著眼熟天藍色領巾的人走來她身邊。

他似乎又做了些令人不敢置信的瘋狂之舉，無論是機甲戰鬥服還是天藍色領巾都有很多地方被燻黑。一如平常地變得原形盡失的「送葬者」被好像一肚子苦水沒處吐似的擺臭臉的葛倫與又好氣又好笑的藤香從菲多身上搬下來。

即使如此，他終究是回來了。

如同蕾娜的期望。

如同他說好會回來的約定。

辛走過來，蕾娜上前迎接，放下指揮官的身分說話。

以她個人本身的話語。

笑著說：

「你說過你會回來，對吧？」

出乎意料的一擊，讓辛渾身抖了一下。

蕾娜認為自己有面帶笑容，然而內心的憤慨以及笑容背後散發的氛圍卻是欲蓋彌彰，只是蕾娜看不到自己的臉所以沒發現。

「呃……我不是回來了嗎？」

可能是傷到喉嚨了，聲音有點沙啞。

由於蕾娜早就聽說過原因了，所以更是生氣。

「關於擄獲『無情女王』的經過，我已經聽萊登報告過了。之後的診斷，醫療班也跟我說過了。真要說的話，你現在不就是因為醫護兵不准，所以還是由萊登代行指揮嗎？」

辛一時啞口無言。

他一瞬間視線越過蕾娜飄往後方，大概是在找萊登本人吧。不過萊登八成也是早就猜到，所以才會早早走人。

辛斟酌了用詞半晌——應該說從蕾娜來看是在找藉口，結果似乎沒找到，垂頭喪氣地說：

「抱歉。」

「就是啊！辛你真的是每次都愛亂來……！」

蕾娜才不管什麼因為有必要，或是迫於無奈。

她說了「你一定要回來」。

辛也回應了「我會回來」。

既然如此，他就有義務非回來不可……蕾娜再也不會准許他做出擅自送死的行為。

更何況，如果他真的一個人死掉……

一陣巨大的感情忽地從胸口深處湧起，蕾娜感覺到自己哽咽了。她勉強吞下險些奪眶而出的淚水。

昨天，當她聽萊登說出整件事情時……即使知道最後辛得救了，她仍然不住發抖。

「你害我擔心死了，真的……只要想到要不是你正好人在『無情女王』前往的地點，或者如果救援慢了一點，說不定你已經死了……」

「…………」

「不可以再這樣了，你不可以再做這種傻事。請你多依賴一下同伴，不要選擇自己一個人犧牲生命——絕對不可以再這樣了。」

「……抱歉。」

然後，辛忽然促狹地笑了。

那是許久沒有看到的，無憂無慮的笑容。

「蕾娜妳才是，後來應該沒做什麼危險的事吧？」

蕾娜嚇了一跳，全身僵住。

「……當然沒有。」

「真的嗎？我晚點會問西汀或是誰喔。」

「西汀是站在我這一邊的，才不會老實告訴你呢。」

蕾娜擺著架子說，結果辛加深了眼中的笑意。

「妳這樣說等於是承認了。」

「咦……啊！」

看到蕾娜會過意來用雙手摀住嘴巴，辛搖晃著肩膀吃吃笑起來。

「妳不是說過會等我回來嗎？」

「…………」

被辛這樣回嘴，蕾娜板起臉孔生悶氣，他毫不介意地乘勝追擊。

「妳明明說過，卻做出可能會送命的危險舉動？」

「…………辛你最討厭了。」

無話可回。

雖然無話可回，但蕾娜又不甘心保持沉默，於是只說了這麼一句，讓辛更是忍俊不住地笑了起來。

蕾娜氣呼呼地轉身就走，辛隔著半步距離跟來……不肯追上來。蕾娜拿他沒辦法，放慢腳步主動跟他走在一起。

她抬頭看著身旁的人，看著回望自己的紅瞳說了。

這次帶著發自內心深處、只有喜悅之情的微笑。

其實，她早就想講這句話了。

自從兩年前，只能說「不要留下我一個人」的時候開始。

自從那場說著再見送行，連一面之緣都沒有的別離開始。

一直到現在。

既然為他送行了，那麼之後……

希望能這樣說……

笑著……

迎接他。

「你回來了。」

抬頭看著的紅瞳，穩重地微笑了。

「嗯……我回來了。」

兩年前，兩人連一面之緣都沒有，只知道對方的名字就別離了。

半年前，兩人都存活下來，在同一個地點交談了。

三個月前，兩人在抵達的地方重逢，終於見到了對方。

還只是見到而已。

而現在……

今後，他們終於能靠近對方了。

無論有什麼無法讓步的事物，有什麼無法相互理解的部分，如何地南轅北轍，即使如此，還是能夠為了相伴左右而努力不懈。

兩人沒說出口，但是——都明白了這點。

終章　甜蜜的家

按照人家告訴他的住址抵達的房屋，大到實在無法置信是一戶人家的宅邸。

辛站在嚴格劃分內外區域，彷彿以長槍排列而成，高聳到帶有拒絕之意的大門前，仰望著那幢宅邸半晌。

前帝國貴族將帥門第之冠，諾贊侯爵之家。

即使如今已將領地與爵位返還政府，這個過去支配過帝國的大貴族之一仍然擁有遠遠超出一個地區的廣大私有地、幾家企業以及對軍方內部的潛在影響力。

自稱是他祖父的老人，如今正是這個家族的大家長。

雖然只離開基地兩個月多一點，不過一回來，還是會覺得回到家了。

兩個月之間季節已經完全進入夏季，從敞開窗戶吹進來的風和煦宜人。受到基地周圍的綠意降溫，風中帶有青翠的草木芬芳。

蕾娜一邊感受著這舒適的風，一邊將目光從窗外拉回辦公室內。演習、整備與許多人的談話聲形成基地喧嘩熱烈的日常喧囂，隨風飄進室內。

「接下來大概有一陣子沒有任務，似乎可以好好休息了呢，維克。」

視線對準的前方，維克坐在會客沙發上聳聳肩。

「但我想趁這陣子盡量替『阿爾科諾斯特』做演習與調整就是了。畢竟聯邦西部戰線與聯合王國的地形大有不同，想必會發生意想不到的負荷或狀況。」

就跟第八六機動打擊群受派前往聯合王國時進行過的調整一樣。專為聯合王國雪地戰場打造的「阿爾科諾斯特」恐怕無法直接搬到聯邦使用。

只是……

可能是憂心之事寫在臉上了，維克瞄了蕾娜一眼，接著說：

「『西琳』如同在聯合王國的運用方式，除了任務與演習之外都會停止運轉，收納在機庫內。至於演習，我也預定借用遠處的場地，而非這裡的演習場……不會增加諾贊的負擔的，所以妳別露出這種表情吧。」

被他這麼說，蕾娜苦笑了。

難道自己就真的這麼一臉擔心嗎？

「謝謝你這麼貼心，維克。」

「畢竟諾贊的搜敵能力是真的很寶貴。要是在戰鬥以外的時間給他造成負荷，萬一把他身體搞垮就糟了……不過如果只有蕾爾赫一人的話，似乎不會造成什麼負擔。」

「是的。」

經過蕾娜與蕾爾赫死纏爛打地一再追問「真的不會嗎？」「閣下沒有在硬撐吧？」，感覺應該是真的。

其實蕾娜是覺得辛罕見地嘟噥「我講話就這麼不可信嗎？」的樣子有點可愛，所以忍不住多問了幾遍，不過這是祕密。

「以聯邦的立場來說，應該也希望能控制或是以機械重現他那能力吧……假如爾等准許，我可以用我的方式做些試驗。」

由於維克用一種毫無幹勁、擺明是開玩笑的口吻這樣說，於是蕾娜也說：

「不行。」

「我想也是，早就知道了。」

王子殿下也毫無慍色，聳了聳肩。

蕾娜心想，歸國前扎法爾王儲交給她一份篇幅超長、名為「對維克的禁令一覽表」的事，可能還是別告訴他比較好。

畢竟那份清單可是在封面用紅筆寫著「假如你看到了，你明白我的意思吧，維克。不准做裡面寫到的事，全部都不准。擴大解釋也不行」。該怎麼說呢？威脅度增加了一倍。而且還加上王儲殿下與國王陛下的親筆簽名當成臨門一腳，實在太可怕了，提都不敢提。

除了開發「西琳」之外，這個人到底還做過些什麼好事？

這個念頭閃過腦海，但她還是不敢問，所以只是想想就算了。

「維克，你說你只要一般將校的待遇就好，不過……實際上住過幾天，有沒有什麼不滿意的地方呢？有什麼要求的話，我可以在能力所及範圍內做改善。」

聯邦對聯合王國提供的兵員派遣結束後，這次換成聯合王國向機動打擊群提供兵力，指揮官就是維克。目前他以「阿爾科諾斯特」部隊指揮官的身分隸屬於作戰指揮官麾下，以中校階級編入機動打擊群的指揮系統。

身為中校的他，住的當然也是校官用房間，與尉官級的處理終端們有所區別，但是——他雖身為軍人但終究是王族，蕾娜擔心居住環境無法令他滿意。

「基地尚且不論，即使在聯合王國，最前線也是不分王族平民的。我對居住的房間也沒有任何不滿。雖然一看就知道是趕工建造的，但算得上是不錯的基地。只是——」

「只是什麼呢？」

「好熱。」

聽他用一種受夠了的語氣這樣說，蕾娜先是睜圓了眼，然後噗哧一聲笑了出來。

的確。

維克在大陸北方的聯合王國出生長大，而且在阻電擾亂型的超重層展開下，直到日前都還待在下雪的戰場，突然被丟進這種初夏氣候是會有點難受。

「用不著取笑我吧，妳要不要趁著大冬天到我國來看看？異邦人說連靈魂都會結凍，一致好評呢。就連我國國民也是這麼說。」

「不好意思。呃，我也很希望有一天能去觀光。」

等有朝一日這場戰爭結束，到時候……

「嗯，歡迎妳來。到時候我看妳也會想念起這種熱天氣。」

蕾娜欣然微笑了。

然後她說了：

「好的，有一天一定。」

「機動打擊群第一機甲群——諾贊上尉等人於本次派遣任務結束後，將暫時脫離戰鬥任務。這是因為接下來他們要休假一陣子，並且轉往鄰近城鎮的教育設施……」

「我聽說了。應該說妳不是也從昨天開始放假嗎？好像聽說齊瑪曼大總統邀請妳過去？」

「是的，因為大總統是辛與萊登他們的監護人，出於這層關係才會請我到家裡……辛、萊登還有芙蕾德利嘉都先回去了……然後辛今天……」

蕾娜微笑著讓目光低垂。

辛已經拒絕這件事很久了。

這次是他第一次主動表示想跟對方見面。

「去了他祖父的——諾贊侯爵的府上。」

大廳的深處，高掛著手持長劍的無頭骷髏徽章。

對辛來說豈止眼熟——熟悉不已的徽章，讓他不禁駐足抬頭端詳。

那跟辛作為個人標誌原型的，哥哥的識別標誌如出一轍。

「那是自諾贊家始祖代代相傳的徽章。」

走在前面帶路的老管家折回來說道。這人穿戴著古意盎然的燕尾服與銀框單眼鏡，背脊嚴謹耿直地挺起。看來這位老人也一樣習慣走路不發出腳步聲。他像個靜悄悄的影子，滑行般走路。

「過去老爺分別贈予您以及您的哥哥，作為生日禮物的繪本也是以這個圖案為封面。繪本的內容是將始祖的豐功偉業改寫得簡單易懂，成為給孩子閱讀的童話故事……雖然您的父親逃亡到了共和國，但是會定期寄信過來。老爺礙於家規不曾回信，但還是寄了繪本聊表祝賀之意。」

「…………」

「又聽說雖然您的哥哥並不是那麼中意，但您相當喜歡那個繪本……我聽說您自從在共和國從軍時開始，就使用骷髏圖案作為座機的識別標誌，莫非您還記得這個圖案？或是對它有著某些感情？」

「……沒有。」

對於老管家流露出少許期待之色的詢問，辛輕輕搖頭作為回應。他不記得了，還沒能回想起來。至少目前還沒有。

不過，雷應該是記得的。

記得他曾經唸給年幼的自己（弟弟）聽——過去的自己曾經特別喜歡過的繪本。

雷為何要將這個徽章畫在自己的座機上，當成識別標誌？如今，辛終於明白了。

過去他以為，那像是在諷刺半死不活的自己。

重逢而得到哥哥幫助後，他只覺得疑惑。

如今他終於明白了。

哥哥。

你……

其實從來沒有恨過我，連一次也沒有。

「辛現在應該已經見到爺爺了吧？」

先鋒戰隊所屬的第一機甲群從昨天開始休假，可能是因為這樣，基地裡沒幾個熟面孔。

過了中午的餐廳有些冷清，賽歐一邊在窗邊陽光照臨的餐桌吃較晚的午餐，一邊說道。坐他對面的可蕾娜瞟了他一眼。

家人與故鄉都遭到共和國剝奪的八六，即使休假也沒有能回去的家。雖然也不是沒有人像辛一樣作為移民的世代較淺，還有一些家人尚在人世，但也只在少數。所以休假的人大概都不是回家，而是去鄰近城鎮玩樂或是購物。

萊登與芙蕾德利嘉先回恩斯特的宅第去了；安琪陪著還不熟悉聯邦市區的達斯汀買東西。

可蕾娜坐在對面座位上，一句話也不說。

她面前擺著食勤人員發揮廚藝為他們接風的午餐，但她動也沒動一下，好像在為什麼事情掛心。

為了不在這裡的某人。

賽歐看看她，苦笑了。

「妳不用露出這種表情啦。他說今天只是見個面，我看很快就回來了。」

辛幾乎不記得對方是誰，但對方認識他的父母親。

至今與祖父見面，對辛而言只是讓他重新確定失去的事物一去不復返。只是讓他體認到，他無法記得那些人事物。

但現在不是了，辛認為即使無法完全一如往昔，但那仍是取回失落事物所需的時間。

他想取回那些事物。

想必是因為有了這種想法，辛才會去見至今拒絕見面的祖父。

「別擔心啦，目前還只是去見面而已，很快就會回來了。」

「……可是……」

可蕾娜講到一半欲言又止；賽歐似乎能明白她想說什麼。

目前，辛還會回到跟他們一樣的地方。

明天，也許就不是了。即使明天依然如常，總有一天……

那一天遲早會來臨。

雖然這並不代表建立的情誼斷絕，甚至不代表別離；但總有一天，他們的歸宿與目標將會分道揚鑣。

如果在第八十六區逝去，就不會來到這裡了。即使逝於不同時刻，卻是死於同個地方，而且都注定一死。所以，他們想都沒想過會有這種情形。

想都不用去想。

但是，因為他們活下來了……因為他們還活著，所以……

「可蕾娜，我們也一樣喔。」

「…………」

「雖然目前一無所有，但還是得好好想想才行。想想以後要做什麼……希望能慢慢成為什麼樣的人。」

讓人帶路走進會客室後，似乎等待已久的人影無聲地站了起來。

兩人。

一位是黑髮幾乎變白、黑眼如鷹、體格高大健壯的老人；另一位正好相反，是位圓臉、將白髮高雅地綰起的慈祥老婦。

老人——諾贊侯爵開口：

「你就是……」

問句中微微帶有懇求的聲調。

那種語調讓辛一時無言以對。

他不知該如何回答才好。

只是輕輕地，低下頭去似的點了個頭。

除此之外，他不知道還能做什麼。

這件事實讓辛略為抿起嘴唇。雖然他早就知道八成如此。

毫無感覺。即使見到這個自稱祖父的人，他還是沒有半點感慨。

可能光是以血緣為依據，對他來說仍然太生疏了。這件被迫體會到的事實——令他有些哀傷，內心抑鬱惆悵。

不同於辛內心的糾葛，諾贊侯爵「哦哦」叫了一聲，漆黑眼睛閃爍著淚光。

「你長大了，而且果然像他們。既像吾兒雷夏，也像邁卡家的千金。」

「髮色與個頭雖然是諾贊的血統，但相貌五官應該是像了尤娜。眼睛的顏色也是。」

老婦彷彿懷念過往時光般露出微笑，跟著說道。圓眼鏡底下有著血一般色彩的紅瞳，代表焰紅種的特徵。

聽說辛的祖母——諾贊侯爵的妻子早已過世。由於都說帝國貴種之間最忌與其他色彩混血，所以此人想必不是他的妻子。

看到辛困惑地回望著他們，「喔喔。」諾贊侯爵點點頭。

「這位是葛妲・邁卡女侯爵，她是你母親的母親——就是你的外婆……我想既然有機會，就不妨大家都見個面。」

邁卡女侯爵微笑著致意。「那麼……」諾贊侯爵嘴角微露笑意。

「從哪裡聊起好呢？話雖如此，我們對你而言恐怕只是初次見面、除了血緣之外沒有半點關係的兩個老人。一開始見面，我想你應該有很多不能說出口，或是不想被問到的事情吧。」

「首先呢，這樣好了，我們喝杯茶吧。你喜歡吃甜的嗎？我帶了我家溫室草莓的果醬來了，你回去的時候就帶一點當禮物吧。」

對於這個面帶微笑的問題，辛明白到對方是在等他回答，於是一面斟酌用詞一面開口。

對方與他之間的距離，仍然遠到需要斟酌說話用詞。即使如此還是得回話，才能讓對話維繫下去。

辛目前還無法心生任何感慨，對方就只是剛認識的外人罷了。

即使如此……

因為這兩人代替辛，記得父親與母親的——自己所不知道的幸福模樣。

「……我不是很喜歡甜食。不過隊上的吉祥物，或是長官，應該會很高興……謝謝妳。」

諾贊侯爵面露微笑。

「也是。剛開始，我們就聊這些話題吧……今天的晚餐廚師長想配合你的喜好，問題是對你喜歡吃什麼一無所知，傷透腦筋之後只好在走廊上偷聽我們說話，我們總得提供點線索吧。你會留下來吃過飯再走吧？乾脆今明兩天就住下來也行的。」

「……不了。」

不知為何辛能夠明白，這番聽起來心平氣和的話語，其實是祖父鼓足了勇氣的發言。

這讓辛不知不覺地——自然地展露笑顏，他搖搖頭。

在大規模攻勢中失去家人的「她」，休假時也一樣無家可歸。所以今早恩斯特說過，派人去接賽歐他們時會一起招待她到家裡玩。

辛要回到蕾娜所在的地方。

「我今天要回去……因為有人在等我。」

後記

極光真是讓人嚮往啊！大家好，我是安里アサト。

不過在聯合王國篇 根 本 沒 用 到 極光就是了。難得寫雪地戰場的說！還有鑽石塵，其實我也還沒看過呢。

據說以前人們認為極光是北歐女神華爾秋蕾的鎧甲光輝，因此我本來想讓華爾秋蕾也就是「女武神」的駕駛者機動打擊群與極光現象同台演出，結果還是有很多不可行之處。題外話，辛等人在Ep.2、3的戰隊名稱為「Nordlicht」，就是北極光的意思。明明從那時候就已經意識到了，卻沒能用上真是有夠不甘心。總有一天希望可以捲土重來……！

……呃，雪地戰場有很多問題太難解決，還是算了吧……

開頭的喪氣話就講到這裡。

謝謝大家一直以來的支持！為各位獻上《86─不存在的戰區─》第六集〈─旭日不昇，是為永夜─〉。

這是聯合王國篇完結的一集，但卻讓大家等了這麼久，真是抱歉……這次又是……應該說這次是有史以來辛迷失方向最誇張的一次……

辛你好歹也是主角，是不是該差不多一點了呢？嗯？（對角色施加壓力的作者）

・地獄之門

第一八八頁第二行是但丁《神曲》中的一段，引自谷口江里也譯（ＪＩＣＣ出版局，一九八九年三月初版）第二十八頁。由於無法註記在本文，特此註明。（註：中譯引自《神曲①：地獄篇》黃國彬譯，九歌出版社，二〇一九年四月訂正版九印，第一三三頁）

・座天使

大家最喜愛的潘加朱姆。

沒聽過的讀者請搜尋看看。不過原型其實並非潘加朱姆，而是如同作品中維克所說，是中世紀守城軍的防衛武器就是了。另外後文提到的活雞地雷與地雷犬也都是真實存在的計畫與軍武，有興趣的讀者不妨查查看。

・第三章後半的那個

辛這人真是的，Ｅｐ.３之後明明吃了一堆苦頭卻又忘記了，「女武神」駕駛艙內的發言可是會被任務記錄器記錄下來的喔……而且作戰後還有義務將紀錄資料連同報告書呈交給長官呢……

祝他好運。

最後進入謝詞的部分。

責任編輯清瀨氏、土屋氏，高機動型最後會呈現那個形態，以及第四章結局能以現在的形式完成，都得感謝兩位的指點！

しらび老師，包括同時發售的電擊文庫MAGAZINE四月號封面在內，您這次又提供了這麼多美麗插畫，真是看得我目眩神迷。辛與蕾娜站在一起的模樣更是……！

I－Ⅳ老師，獲得您提議的「女武神」那個機關！雖然形狀稍微有所改變，但我拿來用在高潮情節了！

吉原老師，現在應該正好來到小說版第一集情節的第一個高峰了吧。您追加的凱耶插曲，凱耶實在是可愛到不行……！

然後是賞光買下本書的您，感謝您一直以來的支持。

在Ep.4總算開始編織重逢之後的故事，然而辛與蕾娜面臨到兩人還只是產生了邂逅，其實互相沒有半點了解的事實，之間發生的糾葛、困惑與誤解也在本集告一段落。兩人將會各自得出何種結論，還請各位讀者繼續見證下去。

啊，系列還沒有要完結啦。故事還很長，請各位讀者繼續關注。應該說下次Ep.7就真的是輕鬆回了，敬請期待！沒在騙你們，我是說真的！

那麼，願本書能暫時將您帶往地獄之門的後方，跨越寒冰原野進入泥犁地獄的哀嘆戰地，前往心存困惑但仍繼續前進的他，以及惶惶不安但仍為他送行的她身邊。

後記執筆中BGM：ロストワンの号哭（Neru feat.鏡音リン）

賭博師從不祈禱 1~4 待續

Kadokawa Fantastic Novels

作者：周藤蓮　插畫：ニリツ

第二十三屆電擊小說大賞「金賞」得獎作品第四局！
看似幸福的日常中，潛藏著揮之不去的一抹陰影——

結束巴斯的長期滯留，拉撒祿等人總算回到倫敦。然而，得到莉拉這個必須守護的重要存在，拉撒祿身為賭博師的無情心靈也因而變得破綻橫生。遭到黑社會大人物和警察組織盯上，同時與過去的戀人芙蘭雪所結下的梁子，將拉撒祿推入了毀滅的末路……

各 **NT$220~260/HK$73~82**

未踏召喚://鮮血印記 1~8 待續

Kadokawa Fantastic Novels

作者：鎌池和馬　插畫：依河和希

「殺死」了宿敵——白之女王。
然而，世界依然受到女王的支配……

為了破壞製作戰爭宣傳電影的大型電腦「亞特蘭提斯系統」，恭介與奧莉維亞入侵豪華郵輪，遇見了美得過火的F國國君辛西爾莉亞。恭介被母女的雙重出擊打得心驚膽顫時，最強大也最惡劣的失控未踏級正步步逼近他的背後！

各 **NT$240~280/HK$75~93**

終將成為妳 關於佐伯沙彌香 1 待續

Kadokawa Fantastic Novels

作者：入間人間　原作、插畫：仲谷 鳰

鬼才入間人間執筆的《終將成為妳》外傳小說！
以細膩筆法帶你深入佐伯沙彌香的內心世界

佐伯沙彌香從小便是個成熟達觀的少女。但在小學五年級時，面對一個女生朋友投射到自己身上的情感，她無法得出答案。到了中學時期，當親近的學姊千枝向她表白後，儘管覺得困惑，她仍接受了學姊告白，並漸漸陷入戀愛。然而……

NT$200/HK$67

食鏽末世錄 1~2 待續

瘤久保慎司　插畫：赤岸K　世界觀插畫：mocha

正寶座的克爾辛哈，

贏過他的暴虐無道!?

國家圖書館出版品預行編目(CIP)資料

86-不存在的戰區. Ep.6, 旭日不昇,是為永夜 / 安里アサト作 ; 可倫譯. -- 初版. -- 臺北市 : 臺灣角川, 2020.03
面 ; 公分. -- (Kadokawa fantastic novels)
譯自 : 86—エイティシックス. Ep.6, 明けねばこそ夜は永く
ISBN 978-957-743-625-2(平裝)

861.57 109000712

Kadokawa
Fantastic
Novels

86—不存在的戰區— Ep.6
—旭日不昇，是為永夜—

（原著名：86—エイティシックス—Ep.6—明けねばこそ夜は永く—）

2020年3月18日　初版第1刷發行
2023年1月3日　初版第10刷發行

作者：安里アサト
插畫：しらび
機械設計：I－IV
日版設計：AFTERGLOW
譯者：可倫

發行人：岩崎剛人
總編輯：蔡佩芬
編輯：高韻涵
美術設計：莊捷寧
印務：李明修（主任）、張加恩（主任）、張凱棋

發行所：台灣角川股份有限公司
地址：104台北市中山區松江路223號3樓
電話：（02）2515-3000
傳真：（02）2515-0033
網址：www.kadokawa.com.tw
劃撥帳戶：台灣角川股份有限公司
劃撥帳號：19487412
法律顧問：有澤法律事務所
製版：巨茂科技印刷有限公司
ISBN：978-957-743-625-2

86—EIGHTY SIX— Ep.6 —AKENEBA KOSO YORU WA NAGAKU—

Edited by 電撃文庫
First published in Japan in 2019 by KADOKAWA CORPORATION, Tokyo.
Complex Chinese translation rights arranged with KADOKAWA CORPORATION, Tokyo.